A LIVRARIA

24

HORAS

da

MR. PENUMBRA

ROBIN SLOAN

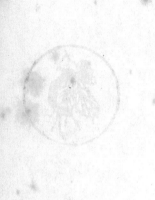

A LIVRARIA

24

HORAS do

MR. PENUMBRA

ROBIN SLOAN

Uma divertida e emocionante aventura sobre conspiração internacional, códigos secretos, amor platônico — e o segredo da vida eterna.

Tradução
Edmundo Barreiros

Editora
Novo Conceito

1ª Impressão — 2013

Edição: Edgar Costa Silva
Produção Editorial: Lívia Fernandes
Preparação de Texto: Helô Beraldo (coletivo pomar)
Revisão de Texto: Tamires Cianci, Alline Salles
Diagramação: Lucas Borges, Vanúcia Santos
Impressão e Acabamento Geográfica 150313

Este livro segue as regras da Nova Ortografia da Língua Portuguesa.

Dados Internacionais de Catalogação na Publicação (CIP)
(Câmara Brasileira do Livro, SP, Brasil)

Sloan, Robin
    A livraria 24 horas do Mr. Penumbra / Robin Sloan ; tradução Edmundo Pedreira Barreiros. -- Ribeirão Preto, SP : Novo Conceito Editora, 2013.

    Título original: Mr. Penumbra's - 24 hour Bookstore
    ISBN 978-85-8163-023-6

    1. Ficção norte-americana I. Título.

13-01797   CDD-813

Índices para catálogo sistemático:
1. Ficção : Literatura norte-americana 813

Rua Dr. Hugo Fortes, 1885 – Parque Industrial Lagoinha
14095-260 – Ribeirão Preto – SP
www.editoranovoconceito.com.br

Para Betty Ann e Jim

Sumário

A Livraria

Procura-se atendente

Perdido nas sombras das estantes, quase caio da escada. Estou exatamente no meio do caminho. O chão da livraria está bem longe de mim, a superfície de um planeta que deixei para trás. O topo das estantes está bem próximo, e é escuro por lá. Os livros estão bem apertados uns contra os outros e não deixam a luz passar. O ar também poderia ser mais leve. Acho que estou vendo um morcego.

Estou me segurando pelo bem da minha adorada vida, com uma das mãos na escada e a outra na beira de uma prateleira, os dedos brancos com a pressão. Meus olhos traçam uma linha acima dos nós dos dedos, para procurar entre as lombadas, e lá eu o vejo. O livro que estou procurando.

Mas deixe-me voltar um pouco.

Eu me chamo Clay Jannon e houve épocas em que raramente eu tocava em papel.

Ficava sentado à mesa da cozinha em casa e começava a procurar anúncios de emprego no meu laptop, mas logo uma aba do navegador piscava, eu me distraía e ia ver o link para uma longa reportagem de uma revista sobre uvas viníferas geneticamente modificadas. Na realidade, longa demais, por isso a acrescentei à minha lista de leituras.

Então, fui ver a resenha de um livro em outro link. Também a coloquei na minha lista de leitura, depois baixei o primeiro capítulo do livro, o terceiro de uma série de vampiros policiais. Bem, com os anúncios de emprego esquecidos, voltei para a sala de estar, botei o laptop em cima da barriga e fiquei o dia inteiro lendo. Eu tinha muito tempo livre.

Estava desempregado, resultado da grande retração no ramo das redes de alimentação que varreu os Estados Unidos no início do século 21, deixando em sua trilha cadeias de lanchonetes falidas e impérios do sushi desmoronados.

O emprego que perdi era na sede administrativa da NewBagel, que não ficava em Nova York nem em algum outro lugar com tradição na produção de bagels, mas aqui em São Francisco. A empresa era muito pequena e nova. Foi criada por dois ex-funcionários do Google que desenvolveram programas para criar e assar o bagel ideal: uma casca lisa e crocante, e o interior macio, tudo num círculo perfeito. Era meu primeiro emprego depois da faculdade de Artes, e comecei como designer, criando material de marketing para explicar e promover esse saboroso toroide: cardápios, cupons de desconto, diagramas, cartazes para vitrines de lojas e, uma vez, toda a experiência de criar um estande para uma feira de produtos de padaria e confeitaria.

Havia muita coisa a fazer. Primeiro, um dos ex-Googlers me pediu para tentar redesenhar o logo da empresa. O original tinha letras arredondadas nas cores do arco-íris dentro de um círculo marrom-claro. Parecia bem MS Paint. Eu o refiz usando uma fonte mais moderna, com serifas negras pontudas, que, para mim, evocavam as caixas e adagas das letras hebraicas de certa maneira. Aquilo deu alguma seriedade para a NewBagel e me rendeu um prêmio da filial do Instituto Americano de Artistas Gráficos de São Francisco. Então, quando mencionei para a outra ex-Googler que eu sabia programação (bem, um pouco), ela me encarregou de fazer o site. Refiz isso também, e depois consegui um pequeno orçamento de marketing para buscas de termos como "Bagel" e "café da manhã" e "topologia". Eu também era a voz da @NewBagel no Twitter e atraí algumas centenas de seguidores com uma mistura de curiosidades sobre café da manhã e cupons de desconto digitais.

Nada disso representava o glorioso estágio seguinte na evolução humana, mas eu estava aprendendo coisas. Eu estava me movimentando. Mas daí a economia entrou em crise, e acontece que durante uma recessão as pessoas querem bagels à moda antiga, irregulares e oblongos, não bagels lisos e parecidos com naves espaciais, nem mesmo quando salpicados de flor de sal moída com precisão.

Os ex-Googlers estavam acostumados com o sucesso e não ficaram parados. Logo mudaram a marca para Old Jerusalem Bagel Company e abandonaram completamente o algoritmo para que os bagels ficassem com formas irregulares e até queimadinhos. Eles me disseram para fazer o novo site com cara de coisa antiga, uma tarefa chatíssima, que não me valeu nenhum prêmio do IAAG. A verba de marketing diminuiu e, depois, foi totalmente cortada. Havia cada vez menos a fazer. Eu não estava aprendendo nada nem indo a lugar algum.

Por fim, os ex-Googlers jogaram a toalha e se mudaram para a Costa Rica. Os fornos ficaram frios e o site saiu do ar. Não havia dinheiro para pagar a indenização dos funcionários, mas eu fiquei com o MacBook e a conta do Twitter da empresa.

Após menos de um ano de trabalho, eu estava desempregado. Descobriu-se que algo maior que a rede de alimentação tinha se contraído. As pessoas estavam vivendo em motéis e acampamentos de sem-teto. Toda a economia de repente pareceu uma dança das cadeiras, e eu estava convencido de que precisava me sentar na minha, em qualquer uma, o mais rápido possível.

Estava num cenário deprimente quando considerei com quem competia. Tinha amigos designers, como eu, mas eles já haviam criado sites famosos no mundo inteiro ou desenvolvido novas interfaces de touchscreen, e não apenas a marca de uma nova loja de bagels. Alguns amigos meus trabalhavam na Apple. Meu melhor amigo, Neel, tinha sua própria empresa. Se eu tivesse passado mais um ano na NewBagel, tudo ficaria bem, mas não durou o bastante para montar o meu portfólio ou pelo menos ficar bom em alguma coisa específica. Só me sobraram uma monografia da faculdade de Artes sobre tipografia suíça (1957-1983) e um site de três páginas.

Mas eu insistia com os anúncios de emprego. Meus padrões estavam caindo rapidamente. No início, insisti que só aceitaria trabalhar numa empresa que tivesse uma missão na qual eu acreditasse. Depois, achei que estaria tudo bem se pelo menos eu estivesse aprendendo algo novo. Ainda depois, decidi que só não podia ser uma empresa do mal. Agora, estava revendo com cuidado a minha definição de "do mal".

Foi o papel que me salvou. Percebi que só conseguia me manter concentrado na busca de um emprego se não ficasse na internet, por isso eu imprimia uma pilha de anúncios de emprego, jogava o telefone na gaveta e saía para andar. Amassava os anúncios que exigiam muita experiência e os jogava nas latas de lixo verdes pelo caminho. Quando fiquei cansado e peguei um ônibus de volta para casa, tinha duas ou três perspectivas promissoras dobradas no meu bolso de trás e estava pronto para encará-las.

Essa rotina me levou a um emprego, apesar de não ter sido do jeito que eu esperava.

São Francisco é um bom lugar para passear a pé se as suas pernas são fortes. A cidade é um pequeno quadrado pontuado por colinas íngremes e com três lados cercados por água, e, como resultado, há vistas surpreendentes em toda parte. Você está caminhando, perdido em pensamentos com um punhado de papéis debaixo do braço, e de repente o seu chão cai e você vê a baía ao fundo, com os prédios iluminados de laranja e rosa se estendendo até lá. O estilo arquitetônico de São Francisco não tem nada a ver com o de qualquer outro lugar do país, e mesmo quando se vive aqui e se está acostumado, isso empresta às vistas uma estranheza: todas aquelas casas altas e estreitas, com janelas como olhos e dentes, um bolo de noiva confeitado. E lá, iminente, se você estiver olhando para a direção certa, verá o fantasma enferrujado da ponte Golden Gate.

Segui uma dessas imagens estranhas que criei na cabeça, desci por escadarias íngremes e caminhei à beira-mar, tomando o caminho mais longo para casa. Eu estava seguindo a linha dos velhos píeres, evitando o barulhento Fisherman's Wharf, e vi restaurantes de frutos do mar se transformando em empresas de engenharia naval e, em seguida, startups de mídias sociais. Quando meu estômago começou a roncar, avisando estar pronto para o almoço, caminhei em direção à cidade.

Sempre que caminhava pelas ruas de São Francisco eu procurava anúncios de PROCURA-SE ATENDENTE nas vitrines, algo que não se costuma fazer, né? Eu deveria ficar mais desconfiado desses anúncios, pois empregadores decentes anunciam no Craigslist.

Com certeza uma livraria 24 horas não tinha cara de empregador decente.

PRECISA-SE DE ATENDENTE
Turno da noite
Exigências específicas
Bons benefícios

Agora: eu tinha quase certeza de que "livraria 24 horas" era um eufemismo. Ficava na Broadway, numa parte eufemística da cidade. Meu passeio em busca de emprego me levara para longe de casa. A loja ao lado se chamava Booty's e tinha um letreiro com pernas de neon que se cruzavam e descruzavam.

Empurrei a porta de vidro da livraria. Um sino tocou alto, bem acima dela, e entrei devagar. Não me dei conta, na hora, do portal interessante que eu tinha acabado de atravessar.

Lá dentro: imagina a forma e o volume de uma livraria normal virada de lado. O lugar era absurdamente estreito e vertiginosamente alto, e as estantes iam até o teto, três andares de livros, talvez mais. Estiquei o pescoço para trás (Por que livrarias sempre o obrigam a fazer coisas estranhas com seu pescoço?) e as prateleiras desapareciam suavemente nas sombras, de um modo que sugeria que elas pudessem continuar para sempre.

As prateleiras estavam atulhadas e parecia que eu estava nos limites de uma floresta, não de uma amistosa floresta californiana, mas de uma antiga floresta da Transilvânia, uma floresta cheia de lobos e bruxas e bandidos com suas adagas, todos esperando logo além do alcance da luz do luar. Havia escadas que se prendiam às prateleiras e deslizavam de um lado para outro. Essas escadas normalmente têm seu charme, mas ali, se estendendo até a escuridão, elas pareciam agourentas. Murmuravam rumores de acidentes no escuro.

Então, fiquei na entrada da loja, onde a forte luz do meio-dia entrava com força e supostamente mantinha os lobos afastados. As paredes ao redor e acima da porta eram de vidro, painéis grossos montados em armações de ferro negro, e escrito em arco, de ponta a ponta, em letras altas e douradas, lia-se (de trás para frente):

A ЯAMИΘ 24 ΗΟЯA2 DO MЯ. PENUMBRA

Abaixo do letreiro, dentro do vão do arco, havia um símbolo, duas mãos perfeitamente abertas se erguendo de um livro aberto.

Mas quem era esse Mr. Penumbra?

— Olá — chamou uma voz baixa lá das pilhas. Emergiu uma figura, um homem alto e magro como uma das escadas, vestindo uma camisa cinza-claro abotoada e um cardigã azul. Ele caminhava cambaleante, deslizando as mãos pelas estantes para se apoiar. Quando saiu das sombras, vi que seu suéter combinava com os olhos, que também eram azuis, afundados em seus ninhos de rugas. Ele era muito velho.

Gesticulou com a cabeça para mim e deu um aceno delicado.

— O que você procura nessas prateleiras?

Era uma boa frase e por algum motivo me deixou confortável.

— Você é o Mr. Penumbra? — perguntei.

— Ele mesmo — assentiu. — E tomo conta deste lugar.

Não sabia bem o que ia dizer, até que falei:

— Estou procurando emprego.

Penumbra piscou uma vez, então balançou a cabeça e foi com seu andar cambaleante até o balcão, que ficava ao lado da porta de entrada. Era um bloco enorme de madeira escura toda trabalhada à mão, uma fortaleza sólida nos limites da floresta. Você poderia defendê-la por dias no caso de um cerco das prateleiras.

— Emprego. — Penumbra tornou a balançar a cabeça. Ele deslizou para uma cadeira atrás da mesa e olhou para mim por cima do balcão. — Você já trabalhou numa livraria antes?

— Bem, quando estava na faculdade, servia mesas num restaurante especializado em frutos do mar e o dono vendia seu próprio livro de receitas. O título era *O Segredo do Bacalhau* e o livro detalhava 31 maneiras de prepará-lo, entendeu? Bem, isso provavelmente não conta.

— Não, não conta. Mas não importa — disse Penumbra. — Experiência no mercado editorial não é algo muito útil aqui.

Espere, será que afinal aquele não era um lugar erótico? Olhei para baixo e ao redor, mas não vi nenhum corpete, rasgado ou não. Na realidade, do meu lado havia uma pilha de livros de Dashiell Hammett numa mesa baixa. Era um bom sinal.

— Fale um pouco — disse Penumbra — sobre um livro que ame.

Soube minha resposta imediatamente. Sem dúvida. Disse a ele:

— Mr. Penumbra, não é um livro, mas uma série. Não é a melhor literatura, provavelmente é grande demais e o fim é horrível, mas já li três vezes, e conheci meu melhor amigo porque estávamos os dois obcecados por ele no 6º ano. — Respirei fundo. — Eu amo *As Crônicas da Balada do Dragão*.

Penumbra ergueu uma sobrancelha e sorriu.

— Isso é bom, muito bom — disse ele, e seu sorriso alargou, mostrando dentes brancos acavalados. Então, ele apertou os olhos e olhou para mim de cima a baixo. — Você pode subir escadas?

E foi assim que me vi nessa escada que vai até o terceiro andar, sem contar o térreo, da Livraria 24 Horas do Mr. Penumbra. O livro que eu deveria apanhar se chamava AL-ASMARI e está a um braço e meio de distância à minha direita. Obviamente, tinha de voltar ao chão para mover a escada. Mas, lá embaixo, Penumbra gritava:

— Estique-se, meu garoto, estique-se!

E uau, como eu sempre quis esse emprego.

Botões de casaco

Isso foi há um mês. Agora sou o atendente noturno na livraria Penumbra e subo e desço aquela escada como se fosse um macaco. Tem uma técnica para fazer isso. Você bota a escada no lugar e prende as rodas, então dobra os joelhos e pula direto para o terceiro ou quarto degrau. Puxa com os braços para ajudar e num segundo já está um metro e meio no ar. Enquanto sobe, você olha sempre em frente, nem para cima nem para baixo, mantém seus olhos concentrados cerca de 30 cm a frente de seu rosto e deixa os livros passarem numa mistura de lombadas coloridas. Você conta os degraus de cabeça e, finalmente, quando está no nível certo e vai pegar o livro que procura... é claro que se estica e se debruça.

Como habilidade profissional, isso pode não ser tão valorizado quanto web design, mas provavelmente é mais divertido, e, a essa altura, eu agarro o que consigo.

Só queria ter de usar minhas habilidades com mais frequência. A Livraria 24 Horas do Mr. Penumbra nunca fecha, mas não por conta do enorme número de clientes. Na realidade, quase não há fregueses, e às vezes me sinto mais como um vigia do que como vendedor.

Penumbra vende livros usados e todos estão num estado de conservação tão excelente que se passariam por novos. Ele os compra durante o dia (só compra quem tem o nome na vitrine) e deve ser um cliente difícil. Não parece dar muita atenção às listas de best-sellers. Seu acervo é eclético. Não há indício de padrão ou objetivo além de, imagino, seu próprio gosto pessoal. Então, não há adolescentes feiticeiros nem vampiros policiais aqui. É uma pena, pois é exatamente o tipo de loja que dá vontade de comprar um livro sobre um mago adolescente. É o tipo de loja que faz você querer *ser* um mago adolescente.

Contei aos meus amigos sobre a livraria e alguns deram uma passada lá para admirar as estantes e me ver subir até as alturas empoeiradas. Eu normalmente os convenço a comprar algo: um romance de Steinbeck, alguns contos de Borges, um volume grosso de Tolkien... todos esses autores evidentemente do interesse do Mr. Penumbra, porque ele estoca a obra completa de todos eles. No mínimo, meus amigos saem levando um postal. Há uma pilha deles na mesa da frente. Mostram a fachada da loja desenhada a bico de pena, um design de linha fina tão velho e fora de moda que ficou estiloso de novo. Penumbra os vende por um dólar cada.

Mas vender um dólar após algumas horas não paga o meu salário. Não consigo imaginar o que paga meu salário. Não consigo imaginar nem o que mantém essa loja funcionando.

Há uma cliente que já vi duas vezes, uma mulher que, estou quase certo, trabalha na Booty's ao lado. Tenho quase certeza disso porque nas duas vezes seus olhos estavam delineados como se fossem os de um guaxinim, e ela cheirava a fumaça. Tinha um belo sorriso e cabelo loiro-acinzentado. Não sei quantos anos tem, pode ter 23 ou ter sensacionais 31, nem seu nome, mas sei que gosta de biografias.

Em sua primeira visita, ela mexeu e olhou os livros das prateleiras da frente num círculo lento, arrastando os pés e fazendo movimentos de alongamento distraidamente, então veio até o balcão principal.

— Você tem aquele sobre o Steve Jobs? — perguntou. Ela vestia uma jaqueta acolchoada de gola alta por cima de uma camisetinha rosa e jeans, e sua voz era levemente anasalada.

Franzi o cenho e disse:

— Provavelmente não. Mas vou conferir.

Penumbra tem um banco de dados que roda num Mac Plus bege decrépito. Digitei o nome de seu criador no teclado e o Mac emitiu um zunido baixo, o som do sucesso. Ela estava com sorte.

Inclinamos nossas cabeças para examinar a seção de BIOGRAFIAS e lá estava: uma única cópia, reluzente como nova. Talvez tivesse sido um presente de Natal para um pai que era executivo da área tecnológica, mas que não lia livros. Ou talvez o papai tecnológico tenha preferido ler em seu Kindle. Em todo caso, alguém o havia vendido ali, e ele passara pelo crivo de Penumbra. Um milagre.

— Ele era tão bonitão — disse a encasacada, segurando o livro na mão com o braço quase estendido. Steve Jobs espiava da capa branca com a mão no queixo, usando óculos redondos que se pareciam um pouco com os do Mr. Penumbra.

Uma semana depois, ela voltou saltitante pela porta de entrada. Estava com um grande sorriso, batia palmas de leve em silêncio (isso fazia com que parecesse mais ter 23 que 31 anos) e disse:

— Ah, foi ótimo! Agora veja. — Ela pareceu séria. — Ele escreveu outro sobre Einstein. — Ela estendeu o celular, que mostrava uma página de produto da Amazon para a biografia de Einstein escrita por Walter Isaacson. — Eu o achei na internet, mas pensei que pudesse comprá-lo aqui.

Vamos ser claros: isso era inacreditável. Aquele era o sonho de um livreiro. Era uma stripper indo contra a maré da história, que gritava: "Pare!". E então descobrimos, com as cabeças inclinadas e esperançosas sobre a tela, que a seção de BIOGRAFIAS de Penumbra não tinha *Einstein: Sua Vida, Seu Universo*. Havia cinco livros sobre Richard Feynman, mas nada sobre Albert Einstein. Assim falou Penumbra.

— Sério? — A encasacada fez biquinho. — Droga. Bem, acho que vou comprar na internet. Obrigada. — Ela saiu pela noite e até agora nunca voltou.

Vou ser sincero. Se eu tivesse de fazer uma lista com as minhas melhores experiências em compra de livros em termos de conforto, facilidade e satisfação, a lista seria esta, e nesta ordem:

1. A livraria independente perfeita, como a Pygmalion, em Berkeley.
2. Uma Barnes & Noble grande e bem iluminada. Sei que eles são uma megastore, mas, vamos falar a verdade: essas lojas são legais. Especialmente as que têm sofás grandes.
3. A seção de livros dos supermercados Walmart. (Fica ao lado da terra para vasos de plantas.)
4. A biblioteca que empresta livros a bordo do navio *U.S.S. West Virginia*, um submarino nuclear muito abaixo da superfície do Pacífico.
5. A Livraria 24 Horas do Mr. Penumbra.

Então me dediquei a botar aquele barco no rumo certo. Não, não sei nada sobre administração de livrarias. Não, não sei o gosto da turma que faz compras ao sair do clube de strip. Não, nunca botei nenhum barco no rumo certo, a menos que conte quando evitei a falência do clube de esgrima da Rhode Island School of Design, organizando uma maratona de 24 horas de filmes de Errol Flynn. Mas sei que há coisas que o Mr. Penumbra obviamente está fazendo errado... coisas que ele nem mesmo está fazendo.

Marketing, por exemplo.

Eu tenho um plano: primeiro vou mostrar minha competência com algumas ações de sucesso; depois vou pedir uma verba para botar alguns anúncios e cartazes na vitrine, e talvez até ir mais longe com um banner enorme no ponto de ônibus da rua: SEU ÔNIBUS ESTÁ DEMORANDO? VENHA ESPERAR COM A GENTE! Então vou manter o horário dos ônibus aberto no meu laptop, para avisar os clientes com cinco minutos de antecedência. Vai ser o máximo.

Mas tenho de começar pequeno, e sem clientes para me distrair, trabalho duro. Primeiro me conecto à rede Wi-Fi sem proteção da loja ao lado chamada *bootynet*. Então procuro e visito um a um os sites locais de resenhas, escrevendo textos muito elogiosos sobre essa pérola oculta. Envio e-mails simpáticos para blogues locais com emoticons que piscam. Crio um grupo no Facebook com um membro. Uso o programa de publicidade hiperdirecionada do Google que identifica o seu público-alvo com precisão absurda — usei o mesmo na NewBagel. Escolho as seguintes características do enorme formulário do Google:

- mora em São Francisco
- gosta de livros
- anda pelas ruas à noite
- paga em dinheiro
- não é alérgico a poeira
- gosta de filmes de Wes Anderson
- logins recentes no gps a cinco quadras da livraria

Só tenho dez dólares para gastar nisso, portanto tenho de ser específico.

Era o que tinha de fazer pelo lado da demanda. Agora tinha de pensar nos fornecedores, e os fornecedores do Penumbra são, digamos, caprichosos, mas isso é apenas parte da história. Descobri que A Livraria 24 Horas do Mr. Penumbra é, na realidade, duas lojas em uma.

Há uma livraria mais ou menos normal, que fica na frente, atulhada de livros em torno do balcão. Há estantes baixas identificadas como HISTÓRIA, BIOGRAFIAS e POESIA. Tem *A Ética a Nicômaco*, de Aristóteles, e *Shibumi*, de Trevanian. Essa livraria mais ou menos normal é precária e frustrante, mas pelo menos o acervo tem títulos que você pode encontrar numa biblioteca ou na internet.

A outra livraria fica empilhada em cima e atrás de tudo isso, nas prateleiras com escadas altíssimas, e contém volumes, que, pelo menos segundo o Google, não existem. Pode confiar em mim. Eu procurei. Muitos têm aparência de antiguidades — com couro rachado, títulos folheados a ouro —, mas outros são recém-encadernados com capas novinhas. Então, não têm nada de antigos. Eles são apenas... especiais.

Penso neles como o Catálogo Pré-histórico.

Quando comecei a trabalhar aqui, achei que eram todos de editoras pequenas. Pequenas editoras Amish sem gosto para o registro de informações digitais. Ou talvez fossem todos livros publicados pelos autores, uma coleção inteira de exemplares únicos, encadernados à mão, e que nunca chegaram à Biblioteca do Congresso nem a nenhum outro lugar. Talvez a loja de Penumbra fosse uma espécie de orfanato.

Mas agora, depois de um mês de trabalho, estou começando a achar que é algo mais complicado que isso. Sabe, para ir à segunda loja, há um segundo grupo de clientes, uma pequena comunidade de pessoas que orbitam em torno da loja como luas esquisitas. Eles não têm nada a ver com a encasacada. São mais velhos. Chegam com regularidade algorítmica. Nunca ficam procurando. Chegam bem despertos, completamente sóbrios e trêmulos de necessidade. Por exemplo:

O sino acima da porta toca e antes que termine de soar o Mr. Tyndall já está gritando a plenos pulmões:

— Kingslake! Preciso de Kingslake!

Ele tira as mãos da cabeça (Será que ele vem mesmo correndo pela rua com as mãos na cabeça?) e agarra o balcão. Ele repete, como se já tivesse me dito uma vez que minha camisa está pegando fogo e não estou tomando nenhuma providência rápida.

— Kingslake! Rápido!

O banco de dados no Mac Plus contém tanto os livros normais quanto os do Catálogo Pré-histórico. Estes últimos não estão posicionados nas prateleiras de acordo com título ou assunto (Será que eles sequer têm títulos?), então a ajuda do computador é essencial. Agora vou digitar K-I-N-G-S-L-A-K-E e o computador vai zumbir lentamente, com Tyndall louco de impaciência, e então emitir um bip e mostrar a sua resposta cifrada. Não em BIOGRAFIAS, HISTÓRIA, NEM FICÇÃO CIENTÍFICA E FANTASIA, mas 3-13. É o Catálogo Pré-histórico, fileira 3, prateleira 13, o que fica a apenas uns 3 metros de altura.

— Ah, finalmente, muito obrigado, sim, graças a Deus! — diz Tyndall em êxtase. — Aqui está meu livro. — Ele tira de algum lugar um livro muito grande, talvez de dentro das calças, e vai devolvê-lo em troca do KINGSLAKE. — E aqui está o meu cartão. — Ele desliza um cartão com visual antiquado até o outro lado da mesa, marcado com o mesmo símbolo que enfeita as vitrines. Ele tem um código cifrado carimbado com força sobre o papel grosso, que vou anotar. O de Tyndall será, como sempre, seu número de sorte, 6WNJHY, que digito duas vezes errado.

Depois de subir como um macaco pela escada, embrulho o KINGSLAKE em papel pardo e tento bater papo.

— Como vai sua noite hoje, Mr. Tyndall?

— Ah, muito bem. Agora melhor — responde enquanto pega o embrulho com as mãos trêmulas. — Estou fazendo progresso, com certeza; lento, mas firme! *Festina lente*, obrigado, obrigado! — Então o sino toca outra vez quando ele sai apressado da loja. Isso às 3 horas da madrugada.

Será que é um clube do livro? Como eles se inscrevem? Será que pagam por isso?

Eu me pergunto essas coisas quando fico aqui sentado e sozinho, depois que Tyndall, ou Lapin, ou Fedorov vão embora. Tyndall é provavelmente o mais esquisito, mas eles são todos bem estranhos: todos grisalhos, obsessivos, aparentemente importados de outra época e de outro lugar. Não há iPhones. Na realidade, não se fala em eventos recentes ou cultura pop; não se fala em nada além dos livros. Acho que eles são um clube, apesar de não ter provas de que se conhecem. Sempre vêm sozinhos e nunca falam uma palavra sequer sobre qualquer coisa além do objeto da atual fascinação frenética deles.

Não sei qual é o conteúdo desses livros, e não saber faz parte do meu trabalho. Depois do teste da escada, no dia em que fui contratado, Penumbra parou atrás do balcão, me olhou com olhos azuis vivos e disse:

— Esse emprego tem três exigências, muito estritas. Não concorde se não puder cumpri-las. Os balconistas dessa loja seguem essas regras há quase um século e não sou eu quem vai mudá-las agora. Um: você tem sempre de estar aqui das 22 às 6 horas, exatamente. Não pode sair mais cedo. Dois: não pode ler, folhear ou inspecionar de modo algum os volumes nas estantes. Simplesmente apanhe-os para os membros, só isso.

Sei que você deve estar pensando: dúzias de noites sozinho e você nunca nem espiou o que vem depois de alguma capa? Não, nunca. Pelo que sei, Penumbra tem uma câmera aqui em algum lugar. Se eu bisbilhotar e ele descobrir, estarei demitido. Meus amigos estão em situação muito ruim por aqui. Indústrias e partes inteiras do país estão fechando as portas. Eu não quero morar numa barraca. Preciso deste emprego.

E, além disso, a terceira regra compensa a segunda.

— Você deve tomar notas detalhadas de todas as transações. A hora. A aparência do cliente. Seu estado de espírito. Como ele pede o livro. Como ele o recebe. Se ele parece abatido. Se está usando um raminho de alecrim no chapéu. E por aí vai.

Acho que, sob circunstâncias normais, isso pareceria uma exigência meio assustadora para um emprego. Nas atuais circunstâncias, entregar livros estranhos para estudiosos ainda mais estranhos no meio da noite... isso parece perfeitamente apropriado. Então, em vez de passar meu tempo olhando para as prateleiras proibidas, o passo escrevendo sobre os clientes.

Em minha primeira noite, Penumbra me mostrou uma prateleira baixa dentro do balcão onde estavam alinhados vários volumes muito grandes, encadernados em couro e idênticos, exceto pelos reluzentes numerais romanos nas lombadas.

— Nossos livros-caixa — disse ele, passando o dedo pelos livros. — Tem quase cem anos de informação aqui. — Ele pegou o exemplar mais à direita e o pôs sobre o balcão com esforço, era pesado.

— Agora você vai ajudar a atualizá-los. — A capa do livro-caixa tinha a palavra NARRATIO gravada profundamente, e um símbolo, o símbolo das vitrines. Duas mãos abertas como um livro.

— Abra-o — disse Penumbra.

No interior, as páginas eram largas e cinza, cheias de anotações escuras manuscritas. Também havia alguns esboços: retratos tipo miniatura de homens barbados e rabiscos geométricos rígidos. Penumbra adiantou as páginas e encontrou o local mais ou menos na metade, marcado com um marcador de livros na cor marfim, onde terminavam as anotações.

— Você vai anotar nomes, horários e títulos — disse ele com um tapinha na página. — Mas também, como eu já disse, as atitudes e aparências. Mantemos um registro de todos os membros, e para cada cliente que pode ainda se tornar membro, para acompanhar seu trabalho. — Ele parou por um instante e acrescentou: — Na realidade, alguns deles estão trabalhando muito duro.

— O que eles estão fazendo?

— Meu garoto! — disse ele, com as sobrancelhas erguidas. Como se nada pudesse ser mais óbvio: — Eles estão lendo.

Então, nas páginas do livro chamado de NARRATIO, número IX, eu faço o possível para manter um registro claro e preciso do que transpira durante o meu turno, com apenas um ocasional floreio literário. Acho que você pode dizer que a regra número dois não é totalmente rígida. Há um livro estranho que tenho permissão para tocar na livraria. Aquele em que eu escrevo.

Quando vejo Penumbra de manhã, se apareceu um cliente, ele me pergunta a respeito. Leio um pouco do diário e ele acena com a cabeça em aprovação aos meus registros. Mas depois, ele analisa com maior profundidade.

— Uma descrição respeitosa do Mr. Tyndall — diz. — Mas diga-me, lembra se os botões do casaco dele eram de madrepérola? Eram de osso? De algum tipo de metal? Cobre?

Tudo bem, parece mesmo estranho esse dossiê mantido pelo Penumbra. Não consigo pensar num objetivo para isso, nem num propósito nefasto. Mas quando as pessoas passam de certa idade, você meio que para de perguntar a elas por que fazem as coisas. Parece perigoso. E se você disser: *Então, Penumbra, por que quer saber sobre os botões do casaco do Mr. Tyndall?*, e ele parar, coçar o queixo, rolar um silêncio constrangedor, e nós dois nos dermos conta de que ele não consegue se lembrar?

E se ele me demitir no ato?

Penumbra faz exatamente o que aconselha, e a mensagem é bem clara: faça seu trabalho e não faça perguntas. Meu amigo Aaron acabou de ser demitido na semana passada e vai voltar a morar com os pais em Sacramento. Nesse ambiente econômico, prefiro não testar os limites de Penumbra. Preciso desse emprego.

Os botões do Mr. Tyndall eram de jade.

MATRÓPOLIS

PARA QUE A LIVRARIA 24 HORAS DO MR. PENUMBRA funcione com esse horário, o proprietário e dois vendedores dividem o círculo solar em três, e eu fiquei com a fatia mais escura. Penumbra fica com as manhãs. Acho que você poderia dizer que é o horário nobre, mas na realidade nessa loja não tem uma coisa como essa. Quero dizer, um único cliente é um grande evento, e um único cliente tanto pode aparecer à meia-noite quanto ao meio-dia e meia.

Por isso eu entrego o bastão da loja para Penumbra, mas o recebo de Oliver Grone, um sujeito quieto que fica até a noite.

Oliver é alto e robusto, com braços roliços e pés grandes. Tem cabelo ruivo crespo e orelhas que se projetam perpendicularmente de sua cabeça. Em outra vida, podia ter jogado futebol, ou ter sido remador, ou ter evitado a entrada de clientes de baixo nível no clube de strip ao lado. Nesta vida, Oliver faz pós-graduação em Arqueologia em Berkeley e está se preparando para ser curador de museus.

Ele fala pouco, silencioso demais para seu tamanho. Fala em frases curtas e simples, e parece sempre estar pensando em outra coisa muito distante no tempo e no espaço. Os sonhos despertos de Oliver com colunas jônicas.

Seu conhecimento é profundo. Certa noite fiz um teste com ele usando um livro chamado *The Stuff of Legend*, emprestado da parte de baixo da pequena seção de livros de HISTÓRIA da livraria. Eu cobria os textos e só mostrava as fotos.

— Totem minoico de touro, 1700 a.C. — disse ele. Correto.

— Jarro de Basse-Yutz, 450 a.C. Talvez 500. — Certo.

— Telha, 600 d.C. Deve ser coreana. — Certo de novo.

Ao fim do teste, Oliver acertou dez de dez. Eu me convenci de que seu cérebro simplesmente funciona em uma escala de tempo diferente. Mal me lembro do que comi ontem no almoço! Oliver, por outro lado, sabe, com a maior naturalidade, o que acontecia no ano 1000 a.C. e como eram as coisas por lá.

Fiquei com inveja. Agora mesmo, Oliver e eu somos iguais: temos exatamente o mesmo emprego e nos sentamos exatamente na mesma cadeira. Mas em breve, muito em breve, ele vai avançar para um grau significativo e acelerar para cada vez mais longe de mim. Vai encontrar um lugar no mundo real porque é bom em alguma coisa, algo além de subir escadas em uma livraria velha.

Toda noite chego às 22 horas e encontro Oliver atrás do balcão da entrada, sempre lendo um livro, com títulos como *Cuidados e Restauração de Terracota* ou *Atlas de Pontas de Flecha Pré-Colombianas dos Estados Unidos*. Toda noite bato meus dedos na madeira escura, ele ergue os olhos e diz:

— Oi, Clay.

Toda noite assumo seu lugar e nos despedimos como se fôssemos soldados, como homens que são os únicos a compreender a situação um do outro.

Quando meu turno termina, são 6 horas da manhã, um horário estranhíssimo para sair do trabalho. Geralmente vou para casa e leio ou jogo *video game*. Eu diria que era para relaxar, mas o turno noturno na livraria não estressa ninguém. Então fico matando tempo até que meus colegas de quarto acordam e vêm me encontrar.

Matthew Mittelbrand é o nosso artista residente. Ele é magro como um poste, muito branco e tem uns horários estranhíssimos, mais estranhos até que o meu, porque são mais imprevisíveis. Muitas manhãs não tenho de esperar por Mat. Em vez disso, chego em casa e descubro que ele passou a noite inteira trabalhando em seu novo projeto.

Durante o dia (mais ou menos), Mat trabalha com efeitos especiais na Industrial Light & Magic, em Presidio, criando objetos de cena e cenários para o cinema. Ele é pago para desenhar e construir armas laser e castelos assombrados. Mas, eu acho isso bem impressionante, ele não usa computadores. Mat faz parte da tribo cada vez menor de artistas de efeitos especiais que ainda fazem as coisas com facas e cola.

Quando não está na ILM, Mat está sempre trabalhando em algum projeto próprio. E faz isso com uma intensidade alucinada, horas e horas sendo consumido sem se dar conta. Ele dorme pouco e tem o sono muito leve, normalmente dorme sentado reto em uma poltrona ou deitado como um faraó no sofá. Ele é como um duende de livro infantil, um pequeno gênio da lâmpada ou algo assim, só que, em vez de ar e água, seu elemento é a imaginação.

O último projeto de Mat é o maior até agora, e logo não vai haver mais espaço nem para mim nem para o sofá, porque está tomando a sala de estar inteira.

Ele o chama de Matrópolis, e é feito de caixas e latas, papel e espuma. É um cenário em miniatura para um trem elétrico sem o trem. A topografia geral era dominada por montanhas íngremes feitas de pedacinhos de isopor presos por uma confusão de fios. Tudo começou em uma mesa de armar, e Mat acrescentou mais duas, ambas em níveis diferentes, como placas tectônicas. Há uma cidade se espalhando pelo terreno do tampo das mesas.

É uma paisagem fantástica em escala, uma hipercidade linda e reluzente feita com restos familiares. Há curvas no estilo de Frank Gehry, feitas de papel-alumínio fino. Há espirais góticas e ameias feitas de macarrão seco. Há um Empire State Building feito de cacos de vidro verde.

Presas com fita adesiva à parede, por trás das mesas de armar, estão as referências fotográficas de Mat: imagens impressas de museus, catedrais, torres comerciais e casas simples. Algumas são fotos de silhuetas de cidades, mas a maioria são fotos bem próximas de superfícies e texturas tiradas pelo próprio Mat. De vez em quando ele para, olha para aquilo esfregando o queixo, processando o material e tendo novos vislumbres, destrói e reconstrói alguma parte com seu LEGO. Mat usa materiais do dia a dia com tamanha criatividade que sua origem desaparece e você só consegue vê-los como os pequenos prédios em que se transformaram.

Em cima do sofá tem um controle remoto a rádio, de plástico preto. Eu o peguei e apertei um dos botões. Um avião de brinquedo que cochilava perto da porta despertou, começou a funcionar e voou na direção de Matrópolis. Seu piloto pode levá-lo a atracar no topo do Empire State Building, mas eu só consegui fazê-lo bater contra as janelas.

Bem em frente ao corredor, que leva a Matrópolis, fica meu quarto. São três quartos para três pessoas. O meu é o menor, um cubículo branco com filigranas eduardianas no teto. O quarto de Mat é de longe o maior, mas tem muitas correntes de ar porque fica no sótão, no alto de uma escada estreita e íngreme. E o terceiro quarto, que tem um equilíbrio perfeito entre tamanho e conforto, pertence à nossa outra amiga que divide o apartamento, Ashley Adams. Agora mesmo ela está dormindo, mas não por muito tempo. Ashley acorda precisamente às 6h45 toda manhã.

Ashley é linda. Provavelmente bonita demais, de uma beleza chamativa e porte elegante, como um modelo em 3-D. Seu cabelo é comprido e liso, cortado reto à altura dos ombros. Os braços são firmes graças a duas sessões de escalada por semana. Sua pele está sempre bronzeada. Ashley é uma executiva de contas numa agência de relações públicas e, como tal, fazia as relações públicas da NewBagel, foi assim que nos conhecemos. Ela gostou do meu logo. No início achei que tinha uma queda por ela, mas depois percebi que ela é um androide.

Não estou dizendo isso como uma crítica! Quero dizer, quando descobrirmos como eles funcionam, os androides vão ser fantásticos, não é mesmo? Inteligentes e fortes e organizados e racionais. Ashley é todas essas coisas. E ela é a nossa benfeitora: o apartamento é dela. Ela mora aqui há anos, e o aluguel baixo é um reflexo da sua longa permanência.

De minha parte, adoro os novos soberanos androides.

Depois de morar aqui por uns nove meses, Vanessa, que morava conosco, foi viver no Canadá para fazer um eco-MBA. Fui eu quem achei Mat para substituí-la. Ele é amigo de um amigo da escola de artes. Tinha visto sua exposição em uma galeria pequena de paredes brancas, todas as paisagens conhecidas da cidade construídas dentro de garrafas de vinho e lâmpadas. Quando precisávamos de uma pessoa para dividir o apartamento e ele, de um apartamento, achei legal morar com um artista, mas não sabia se a Ashley ia aceitar.

Mat veio nos visitar vestindo um blazer azul elegante e calças com vinco marcado. Sentamos na sala (que era dominada por uma TV de tela plana, sem sombra sequer de cidades em cima das mesas) e ele nos contou sobre seu trabalho, na época na ILM: o projeto e a produção de um demônio sanguinário com pele de jeans. Era parte de um filme de terror ambientado na loja Abercrombie & Fitch.

— Estou aprendendo a costurar — explicou, e então apontou um dos punhos da roupa de Ashley. — Esses pontos são muito bons.

Mais tarde, depois que Mat foi embora, Ashley me disse que tinha gostado de seu jeito limpo e organizado.

— Então, se você acha que vai dar certo, por mim tudo bem — disse ela.

Essa é a chave para nossa coabitação harmônica: apesar de seus objetivos serem diferentes, Mat e Ashley compartilham uma preocupação profunda com detalhes. Para Mat, é uma assinatura minúscula de grafiteiro numa minúscula estação de metrô. Para Ashley, é lingerie que combine com a roupa.

Mas o verdadeiro teste veio logo, com o primeiro projeto de Mat... na cozinha.

A cozinha: o santuário dos santuários de Ashley. Entro na cozinha cheio de dedos. Só preparo refeições que sejam fáceis de limpar, como macarrão e PopTarts[1]. Não uso o ralador Microplane cheio de frescuras

---

[1] Marca americana de doces semiprontos e de diversos sabores, para aquecer em torradeiras ou similares (N. T.).

dela nem seu amassador de alho complicado. Sei acender e apagar as bocas do fogão, mas não sei operar o forno elétrico, que desconfio precisar de duas chaves para funcionar, como o mecanismo de lançamento de um míssil nuclear.

Ashley ama a cozinha. Ela é uma gourmet sofisticada, e o momento em que fica mais linda, ou mais roboticamente perfeita, é nos fins de semana, quando prepara um risoto aromático vestindo um avental com cores combinando e com o cabelo preso num coque loiro no alto da cabeça.

Mat podia ter feito seu primeiro projeto lá em cima, no sótão, ou no quintalzinho dos fundos. Mas não. Ele escolheu a cozinha.

Aconteceu durante meu período de desemprego pós-NewBagel, por isso estava em casa e testemunhei tudo. Na realidade, estava debruçado sobre a obra e examinando bem de perto o trabalho manual de Mat, quando Ashley apareceu. Ela chegou em casa do trabalho, ainda vestida com a roupa grafite e creme da J.Crew. Ela perdeu a fala.

Mat colocou uma enorme panela de vidro transparente no fogão com uma mistura de óleo e corante em fogo bem baixo. Estava pesada e era muito viscosa, e, com o fogo baixo, ela borbulhava e se remexia em câmera lenta. Todas as luzes da cozinha estavam apagadas, e Mat tinha posto duas luminárias por trás do caldeirão, que projetavam sombras e luzes vermelhas e roxas que se moviam sobre o granito e o calcário.

Eu me aprumei e fiquei parado em silêncio. Na última vez em que fui pego desse jeito, tinha 9 anos e estava fazendo vulcões de vinagre com bicarbonato de sódio na mesa da cozinha depois da aula. Minha mãe estava de calça comprida igual à de Ashley.

Os olhos de Mat se ergueram lentamente. Estava com as mangas da camisa enroladas em torno dos cotovelos. Seus sapatos pretos de couro reluziam no escuro, assim como as pontas cobertas de óleo de seus dedos.

— É uma simulação da nebulosa Cabeça do Cavalo — disse ele. Obviamente.

Ashley ficou em silêncio, olhando para aquilo de queixo caído. Seu chaveiro estava pendurado no dedo, no meio de seu voo rumo ao quadrinho onde morava, logo acima da lista de tarefas da casa.

Mat estava morando conosco fazia três dias.

Ashley deu dois passos à frente e se debruçou sobre aquilo, como eu, e examinou suas profundezas cósmicas. Uma bolha amarela como açafrão abria caminho em meio a uma camada móvel de verde e dourado.

— Cacete, Mat — disse ela. — Isso é lindo!

Então, o ensopado astrofísico de Mat continuou a ferver, e seus outros projetos borbulharam em sequência, ficando cada vez maiores, fazendo mais bagunça e tomando cada vez mais espaço. Ashley começou a se interessar pelo seu progresso. Ela andava pela cozinha, parava, botava a mão no quadril, coçava o nariz e fazia um comentário construtivo primoroso. Ela mesma tirou a TV do lugar.

Esta é a arma secreta de Mat, seu passaporte, seu salvo-conduto para escapar da cadeia: ele faz coisas que são bonitas.

Então, claro que eu disse ao Mat que ele deveria ir visitar a livraria, e esta noite ele veio, às 2h30. O sino acima da porta toca para anunciar sua chegada, e antes que ele possa dizer uma palavra, o seu pescoço se inclina para trás para seguir as prateleiras até as sombras do topo. Ele se virou em minha direção, apontou um dos braços no paletó xadrez para o teto e disse:

— Eu quero subir para ver o que tem lá em cima.

Só estava trabalhando ali havia uma semana e ainda não tinha confiança para desobedecer a alguma regra, mas a curiosidade de Mat era contagiante. Ele foi andando direto para onde ficava o Catálogo Pré-histórico, parou entre as prateleiras e se inclinou para vê-las de perto, examinando os padrões da madeira, a textura das lombadas.

Eu cedo.

— Tudo bem, mas vai ter que se segurar bem. E não toque em nenhum livro.

— Não tocar? — diz ele, testando a escada. — E se eu quiser comprar um?

— Você não pode comprar. Eles são emprestados. É preciso ser membro do clube.

— Livros raros? Primeiras edições?

Ele já está quase na metade da escada. Ele se move rápido.

— Mais como edições de autor, edições únicas — respondo. Isto é, sem registro, sem ISBN.

— Eles são sobre o quê?

— Não sei — respondo baixo.

— O quê?

Ao falar em voz alta, percebi como aquilo era bizarro.

— Não sei.

— Você nunca olhou nenhum? — Ele parou no meio da escada e olhava para baixo. Não podia acreditar.

Começo a ficar nervoso ao ver onde aquilo ia parar.

— Sério, nunca? — Ele esticou a mão na direção das prateleiras.

Pensei em balançar a escada para sinalizar a minha insatisfação, mas a única coisa mais problemática do que Mat ver um dos livros seria ele cair de lá de cima e morrer. Provavelmente. Ele pegou um livro, um volume negro e grosso que ameaçava fazê-lo perder o equilíbrio. Ele balança na escada, e eu levo um susto.

— Ei, Mat! — disse, minha voz repentinamente aguda e esganiçada. — Por que você não deixa isso aí?

— É maravilhoso.

— Você devia...

— Sério, maravilhoso mesmo, Jannon. Você nunca viu isso? — Agarrou o livro junto ao peito e desceu um degrau.

— Espere! — De algum modo, parecia uma transgressão menor manter o livro perto de seu lugar. — Eu vou subir. — Puxei outra escada para frente da dele e subi os degraus. No instante seguinte, Mat e eu estamos no mesmo nível, em uma conferência murmurada a dez metros de altura.

A verdade, claro, é que estou desesperadamente curioso. Estou chateado com Mat, mas também grato por ele fazer o papel do diabinho em minha consciência. Ele equilibra o volume grosso contra o peito e o inclina em minha direção. É escuro lá em cima, então me debruço sobre o vão entre as prateleiras para ver as páginas com clareza.

É por isso que Tyndall e os outros vêm correndo no meio da noite?

— Eu esperava que fosse uma enciclopédia de rituais de magia negra — disse Mat.

As duas páginas abertas mostravam uma matriz tipográfica uniforme, uma camada de hieroglifos que mal deixava sobrar espaços em branco. Eram letras grandes e grossas, impressas sobre o papel com serifas pronunciadas. Reconheço o alfabeto, é romano, o que quer dizer normal, mas não identifico as palavras. Na realidade, não há nenhuma palavra. As páginas não passam de longas fileiras de letras, uma confusão indecifrável.

— Bem — diz Mat. — Não há como saber que isso *não* é uma enciclopédia de rituais satânicos...

Pego outro livro na prateleira, este grande e fino com uma capa verde forte e a lombada marrom com a palavra KRESIMIR. O interior é exatamente igual.

— Talvez sejam apenas quebra-cabeças para se divertirem — diz Mat. — Como um sudoku superavançado.

Os clientes de Penumbra são, na realidade, exatamente o tipo de gente que você veria no balcão de um café, entretidos em jogos de xadrez para uma pessoa ou fazendo as palavras cruzadas de domingo usando canetas esferográficas com força sobre o papel.

Lá embaixo, toca o sino. Uma onda de calafrio faz uma viagem de ida e volta do meu cérebro à ponta dos dedos. Da frente da loja, ouço uma voz baixa chamar.

— Tem alguém aí?

— Guarde de volta — sussurro para Mat e começo a descer a escada.

Quando saio arfante de trás das estantes, vejo Fedorov à porta. De todos os clientes que conheci, ele é o mais velho — sua barba é branca como a neve, a pele das mãos, fina como papel —, mas também o de olhos mais perspicazes. Na realidade, ele se parece muito com Penumbra. Ele me passa um livro. Está devolvendo CLOVTIER. Depois, tamborila firmemente com dois dedos e diz:

— *Agorra* vou *prrecisar* de MVRAO.

Lá vamos nós. Encontro MVRAO no banco de dados e mando Mat subir de novo a escada. Fedorov o olha com curiosidade.

— *Outro* balconista?

— Um amigo — digo. — Está só me ajudando.

Fedorov balança a cabeça. Penso que Mat podia muito bem estar à altura das exigências de um membro muito jovem desse clube. Naquela noite, ele e Fedorov estão usando calças de veludo.

— Você estar aqui há quanto tempo? Trrrinta e sete dias?

Eu não saberia dizer, mas sim, tenho certeza de que são exatamente 37 dias. Esses caras costumam ser muito precisos.

— Isso mesmo, Mr. Fedorov — digo animado.

— E o que acha?

— Eu gosto. É melhor que trabalhar em um escritório.

Fedorov balança a cabeça e me entrega o cartão dele: 6kzvcy, naturalmente. — Eu *trrrabalhei* na HP — diz com seu forte sotaque eslavo. — Por trinta anos. *Agorra*, aquilo *erra* uma empresa. — Aí ele pergunta: — Vocês já *usarron* uma *calculadorra* HP?

Mat volta com MVRAO. Era dos grandes, grosso e largo, numa encadernação de couro pintalgado.

— Ah, sim, com certeza — eu digo, embrulhando o livro em papel pardo. — Usei uma daquelas calculadoras durante todo o Ensino Médio. Era uma HP-38.

Fedorov sorri como um avô orgulhoso.

— Eu *trrabalhei* na 28, que foi a *prrecurrssorra*!

Isso me faz sorrir.

— Provavelmente eu ainda a tenho em algum lugar — digo a ele, e lhe entrego MVRAO do outro lado do balcão.

Fedorov o segura com as duas mãos.

— *Obrrigada* — diz ele. — Sabe, a 38 não tinha Notação Polonesa Reversa. — Ele dá um tapinha cheio de significado no livro (De rituais sombrios?). — Por isso eu digo a *focê* que NPR é útil *parra* esse tipo de *trrabalho*.

Acho que Mat tem razão: sudoku.

— Vou me lembrar disso — eu digo.

— Está bem. *Obrrigada*. — O sino toca e observamos Fedorov subir lentamente a calçada na direção do ponto de ônibus.

— Vi o livro dele. É igual aos outros — diz Mat.

O que já parecia estranho, agora parecia ainda mais estranho.

— Jannon — diz Mat virando-se para me encarar. — Tem uma coisa que preciso perguntar a você.

— Deixe-me adivinhar! Por que eu nunca olhei os...

— Você tem uma queda pela Ashley?

Bem, não era isso o que eu esperava.

— O quê? Não.

— Está bem. Que bom. Porque eu tenho.

Pisco e fico olhando sem expressão para Mat Mittelbrand ali parado em seu paletó pequeno e de corte perfeito. Era como o Jimmy Olsen confessar que tem uma queda pela Mulher Maravilha. O contraste é simplesmente demais. Ainda assim...

— Então, eu vou investir — disse ele com gravidade. — As coisas podem ficar estranhas — diz como um militar antes de um ataque noturno. Como: *Claro, isso vai ser extraordinariamente perigoso, mas não se preocupe. Eu já fiz isso antes.*

Alterações em minha visão. Talvez Mat não seja Jimmy Olsen, mas Clark Kent, e por baixo ele esconde um Super-Homem. Seria um Super-Homem de 1,5 metro, mesmo assim...

— Quero dizer, tecnicamente, já ficamos uma vez.

Espera aí. O quê?

— Há duas semanas. Você não estava em casa. Bebemos um monte de vinho.

Minha cabeça gira um pouco, não pela estranheza de Mat e Ashley juntos, mas por me dar conta de que aquele fiapo de atração estava bem embaixo do meu nariz e eu não tinha nem ideia. Odeio quando isso acontece.

Mat balança a cabeça como se agora estivesse tudo certo.

— Tudo bem, Jannon. Este lugar é incrível, mas tenho que ir embora.

— Vai para casa?

— Não. Para o escritório. Vou virar a madrugada lá. Monstro selvagem.

— Monstro selvagem.

— Feito de plantas vivas. Temos de manter o estúdio bem quente. Vou tentar dar outra passada aqui quando tiver um intervalo. Aqui é fresco e seco.

Mat vai embora. Mais tarde, no livro de registros, eu escrevo:

Uma noite fresca e sem nuvens. A livraria foi visitada pelo mais jovem cliente que entrou aqui (como acredita este vendedor) em muitos anos. Ele veste calças de veludo e paletó bem cortado sobre um pulôver estampado com tigrinhos. O cliente comprou um postal (sob pressão), depois saiu para retomar seu trabalho do monstro da selva.

Está muito quieto. Apoio o queixo na mão e penso em meus amigos e o que mais está escondido bem debaixo dos meus olhos.

As Crônicas da Balada do Dragão — Volume I

NA NOITE SEGUINTE, outro amigo visita a loja. E não qualquer amigo: meu mais velho amigo.

Neel Shah e eu somos melhores amigos desde o 6º ano. Na hidrodinâmica imprevisível do Ensino Médio, eu me vi flutuando perto do topo, um cara comum inofensivo que era bom o bastante em basquete e não tinha um medo paralisante de garotas. Neel, ao contrário, estava no fundo do poço, desprezado tanto pelos valentões quanto pelos nerds. Meus companheiros de mesa na cafeteria implicavam, diziam que ele tinha uma cara engraçada, falava de um jeito engraçado e tinha um cheiro engraçado.

Mas nós ficamos muito amigos naquela primavera devido a uma fixação que tínhamos por livros sobre dragões cantores, e nos tornamos melhores amigos. Eu o defendia, o protegia, gastava capital político pré-púbere em seu nome. Consegui que ele fosse convidado para festas e atraí membros do time de basquete para o nosso grupo do RPG Rockets & Warlocks². (Eles não ficaram muito tempo. Neel sempre era o mestre do jogo e sempre enviava androides obstinados

² Foguetes e magos (N.T.).

e orcs mortos-vivos para pegá-los.) No 7º ano, dei a entender à Amy Torgensen, uma garota bonita de cabelo loiro que adorava cavalos, que o pai de Neel era um príncipe absurdamente rico e que Neel, portanto, poderia ser um belo acompanhante para o baile de inverno. Foi o primeiro encontro dele.

Por isso, acho que é possível dizer que Neel me deve alguns favores. Mas tantos favores se passaram entre nós agora que não são mais distinguíveis como atos individuais, só um halo reluzente de lealdade. Nossa amizade é uma nebulosa.

Neel Shah aparece, agora, emoldurado pela porta de entrada, alto e sólido, vestindo um casaco de ginástica preto, e ignora o alto e empoeirado Catálogo Pré-histórico. Em vez disso, vai direto até a prateleira pequena identificada como FICÇÃO CIENTÍFICA E FANTASIA.

— Cara, você tem Moffat! — diz ele, com um livro de bolso grosso nas mãos. É *As Crônicas da Balada do Dragão* — *Volume I*, o mesmo livro que deu origem à nossa amizade no 6º ano e ainda o favorito de nós dois. Eu o li três vezes. Neel, provavelmente, o leu seis.

— Parece ser uma cópia antiga — diz ele, folheando as páginas. E tem razão. A edição nova da trilogia, publicada após a morte de Clark Moffat, tinha capas com figuras geométricas perfeitas que formam um padrão contínuo único quando você alinha os três livros na estante. Esta tem um desenho em aerógrafo de um dragão azul gordo envolto na espuma do mar.

Eu digo a Neel que ele deveria comprá-lo, pois é uma edição de colecionador e provavelmente vale mais do que qualquer coisa que Penumbra esteja cobrando. E porque não vendi mais que um postal em seis dias. Normalmente eu me sentiria mal fazendo pressão sobre um de meus amigos para comprar um livro, mas Neel Shah, agora, se não absurdamente rico, com certeza está pau a pau com alguns príncipes de segunda grandeza. Enquanto eu me virava para ganhar salário mínimo no restaurante Oh My Cod!, em Providence, Neel estava abrindo a própria empresa. Adiante a história cinco anos e veja a magia do esforço em conjunto: Neel tem, nos meus melhores cálculos, algumas centenas de milhares de dólares no banco e a empresa dele vale mais alguns milhões. Em contraste, eu tenho exatamente 2.357 dólares no banco e a empresa para a qual trabalho, se é que se pode chamar aquela livraria de empresa, existe no espaço extrafinanceiro habitado por lavadores de dinheiro e igrejas alternativas.

Enfim, acho que Neel pode se dar ao luxo de comprar uma brochura velha, mesmo que, na realidade, não tenha mais tempo para ler. Enquanto procuro troco nas gavetas escuras do balcão da frente, a atenção dele se voltou, finalmente, para as estantes sombrias que ocupavam a metade dos fundos da loja.

— Que troço todo é esse? — diz. Ele não tem certeza se está ou não interessado. Como regra, Neel prefere o novo e reluzente ao velho e empoeirado.

— Isso — eu digo. — É a loja verdadeira.

A intervenção de Mat me deixou um pouco mais ousado com o Catálogo Pré-histórico.

— E se eu contasse a você — digo, enquanto conduzo Neel para os fundos na direção das estantes — que esta livraria é frequentada por um grupo de estudiosos esquisitos.

— Bem legal — diz Neel, balançando a cabeça. Ele farejava magos malvados.

— E se eu contasse a você — pego um livro de capa preta de uma prateleira baixa — que todos estes livros estão escritos em código? — Eu o abro bem para mostrar um monte de letras misturadas.

— Que maluquice! — diz Neel. Ele desceu o dedo pela página, pelo labirinto de serifas. — Tenho um cara na Bielorrússia que decifra códigos. Proteção de cópias, coisas assim.

A frase carrega em si a diferença entre a vida de Neel pós-Ensino Médio e a minha. Neel conhece caras... caras que fazem coisas para ele. Eu não tenho caras. Mal tenho um laptop.

— Eu podia pedir a ele que desse uma olhada nisso — prossegue Neel.

— Bem, não tenho certeza de que estão em código — admito. Fecho o livro e o guardo de volta na prateleira. — E mesmo se estiverem, não tenho certeza se vale a pena serem decifrados. As pessoas que pegam esses livros emprestados são muito esquisitas.

— É sempre assim que começa — diz Neel, dando um soco em meu ombro. — Pense nas *Crônicas da Balada do Dragão*. Telemach Half-Blood aparece na primeira página? Não, cara, quem aparece é Fernwen.

O personagem principal em *As Crônicas da Balada do Dragão* é Fernwen, o anão sábio e estudioso, pequeno até para os padrões dos anões. Ele foi expulso de seu clã de guerreiros quando era pequeno e... afinal, sim, talvez Neel possa ter razão.

— Temos de descobrir isso — diz ele. — Quanto custa?

Explico como a coisa funciona, que todos os membros têm cartões, mas agora não é apenas papo descompromissado. Qualquer que seja o custo para se unir ao clube do livro do Penumbra, Neel pode pagar.

— Descubra quanto custa — diz Neel. — Você está sentado dentro de um Rockets & Warlocks. Juro. — Ele está sorrindo e sua voz muda para uma voz grave de mestre de jogos de RPG. — Não vá se acovardar agora, Claymore Redhands.

Epa! Ele usou o meu nome no Rockets & Warlocks contra mim. É um feitiço com poderes ancestrais. Eu concordo. Vou perguntar ao Penumbra.

Voltamos para as prateleiras pequenas e para as capas feitas em aerógrafo. Neel folheia outro de nossos velhos favoritos, uma história sobre uma grande espaçonave cilíndrica que lentamente se aproxima da Terra. Conto a ele sobre o plano de Mat de flertar com Ashley. Depois pergunto a ele sobre como está sua empresa. Ele abre o zíper do casaco e aponta orgulhosamente para a camiseta grafite por baixo.

— Nós fizemos essas — diz ele. — Alugamos um scanner corporal 3-D e fazemos as camisetas personalizadas, cortadas especialmente para cada cliente. Elas vestem perfeitamente. Tipo: *perfeitamente*.

Neel está em excelente forma. Cada vez que o vejo não consigo evitar sobrepor a imagem que tenho do menino gorducho do 6º ano porque agora ele, de algum modo, atingiu a inverossímil forma em v dos super-heróis de quadrinhos.

— Fizemos um bom branding para escolher a marca, sabia? — diz ele.

A camiseta justa tinha o logo da empresa de Neel impresso no peito. Em letras maiúsculas azul-claras lia-se: ANATOMIX.

De manhã, quando Penumbra chega, levanto o assunto de um amigo querer pagar para ter acesso ao Catálogo Pré-histórico. Ele dá de ombros em seu casacão, muito benfeito, com lã das mais negras das ovelhas, e se senta na cadeira atrás da mesa da frente.

— Ah, não é uma questão de pagar — diz ele erguendo o indicador. — Mas de intenção.

— É que meu amigo ficou bem curioso. Ele é um bibliófilo fanático. — Na realidade, isso não é verdade. Neel prefere adaptações cinematográficas de livros. Ele ainda é revoltado por ninguém ter feito até hoje filmes das *Crônicas da Balada do Dragão*.

— Bem — diz Penumbra, pensativo. — Ele vai achar o conteúdo desses livros... desafiador. E para ganhar acesso a eles, precisa aceitar um contrato.

— Espera, então custa dinheiro, não?

— Não, não. Seu amigo só precisa prometer que vai ler profundamente. Esses livros são especiais. — Ele faz um aceno amplo com o braço para o Catálogo Pré-Histórico. — Com conteúdos especiais que premiam a atenção extrema. Seu amigo vai descobrir que eles levam a algo impressionante, mas só se ele tiver disposição de trabalhar muito, muito duro.

— Como com Filosofia? Matemática?

— Nada tão abstrato — diz Penumbra sacudindo a cabeça. — Os livros apresentam um enigma. — Ele inclina a cabeça em minha direção. — Mas você sabe disso, meu rapaz, não sabe?

Com um sorriso amarelo, confessei.

— É, eu olhei.

— Bom. — Penumbra balançou a cabeça com decisão. — Não há nada pior do que um vendedor sem curiosidade. — Seus olhos brilharam. — O enigma pode ser solucionado com tempo e dedicação. Não posso contar o que vem junto com a solução, mas basta dizer que muitos devotaram suas vidas a isso. Agora, se é algo que seu... amigo vai achar recompensador, não sei dizer. Mas suspeito que seja possível.

Ele dá um sorriso matreiro. Percebo que Penumbra acha que estamos usando o amigo hipotético aqui, ou seja, acha que estamos falando de mim. Bem, talvez estejamos, pelo menos em parte.

— Claro, a relação entre livro e pessoa é particular — diz ele. — Então funcionamos na base da confiança. Se você me diz que seu amigo vai ler os livros profundamente, de um modo que honre os autores, vou acreditar em você.

Sei que Neel com certeza não vai lê-los dessa forma, e tampouco sei se é algo em que quero me meter. Ainda não. Estou intrigado e com medo na mesma medida. Então, digo simplesmente:

— Está bem. Vou dizer a ele.

Penumbra balança a cabeça.

— Não há nenhuma vergonha se seu amigo ainda não estiver pronto para a tarefa. Talvez fique mais interessante para ele com o tempo.

Estranho numa Terra Estranha

As noites caem uma após a outra, e a livraria fica cada vez mais silenciosa. Uma semana inteira se passa sem entrar um cliente. Em meu laptop, conjuro o painel da minha campanha publicitária hiperdirecionada. Nenhum clique. Há uma mensagem amarelo-vivo do Google no canto da tela sugerindo que meus critérios possam ser restritos demais e que devo ter especificado uma base de clientes que não existe.

Eu me pergunto como é isso aqui durante o dia, durante o turno banhado pelo sol colorido de Penumbra. Me pergunto se Oliver tem muitos clientes à tarde, quando todo mundo sai do trabalho. Me pergunto se esse silêncio e essa solidão podem acabar afetando o meu cérebro. Não me entenda mal: estou grato por ter um emprego, por estar sentado nessa cadeira para ganhar silenciosamente dólares (não muitos) que posso usar para pagar o aluguel, comprar fatias de pizza e aplicativos do iPhone. Mas estava acostumado a trabalhar em um escritório. Costumava trabalhar em equipe. Aqui sou só eu e os morcegos. (Ah, tenho certeza de que há morcegos lá em cima.)

Ultimamente nem o pessoal que vem pegar o Catálogo Pré-histórico tem aparecido. Será que foram todos seduzidos por outro clube do livro do outro lado da cidade? Será que todos compraram Kindles?

Eu tenho um, e o uso na maioria das noites. Sempre imagino os livros olhando e sussurrando: *Traidor!* Mas isso é bobagem. Tenho um monte de primeiros capítulos grátis para ler. Meu Kindle foi presente do meu pai, um dos modelos originais, uma superfície inclinada e assimétrica com uma pequena tela cinzenta e um teclado com teclas inclinadas. Parece um objeto de cena de *2001 — Uma Odisseia no Espaço*. Há Kindles novos com telas maiores e um design mais sutil, mas o meu é como os postais do Penumbra: tão fora de moda que ficou moderno de novo.

Na metade do primeiro capítulo de *A Rua das Ilusões Perdidas*, a tela pisca, congela e apaga. Isso acontece quase toda noite. A bateria do Kindle deveria durar, não sei, dois meses, mas deixei o meu na praia por muito tempo e agora ele só funciona meia hora sem fio.

Então, o troco por meu MacBook e começo a navegar: sites de notícias, blogues, tuítes. Desço a tela para ver as conversas que rolaram sem mim durante o dia. Quando tudo o que você consome nos meios de comunicação tem um atraso, será que isso significa que *você* é quem está desatualizado?

Finalmente, clico e vou para o meu favorito: Grumble.

Grumble é uma pessoa, provavelmente um humano macho, um programador clandestino que opera na fronteira da literatura e dos códigos, meio *Hacker News*, meio *Paris Review*. Mat me mandou um link depois de visitar a loja, achando que o trabalho do Grumble podia funcionar aqui. Ele tinha razão.

Grumble administra uma biblioteca pirata movimentada. Ele escreve códigos complicados para quebrar o DRM[3] em livros eletrônicos; constrói máquinas complicadas para copiar as palavras de livros de verdade. Se trabalhasse para a Amazon, provavelmente estaria rico. Mas, em vez disso, ele crackeou a supostamente "incrackeável" série do Harry Potter e postou todos os sete e-books em seu site para download grátis, com poucas mudanças. Agora, se você quiser ler Potter

---

[3] Digital Rights Management [Gestão de Direitos Digitais] (N.T.).

sem pagar, tem de se submeter a referências rápidas a um jovem mago chamado Grumblegrits que estuda em Hogwarts com Harry. Não é muito ruim. Grumblegrits tem boas tiradas.

Mas foi o novo projeto de Grumble que me deixou fascinado. É um mapa das locações de todas as histórias de ficção científica publicadas no século 20. Ele as conseguiu com código e as dispôs num espaço 3-D, então a cada ano você vê a imaginação coletiva da humanidade chegar mais longe: à Lua, a Marte, Júpiter, Plutão, a Alpha Centauro e além. Você pode dar zoom e girar todo o universo e também pode entrar em uma pequena nave especial poligonal e dar um passeio em sua cabine. Pode se encontrar com Rama ou encontrar os mundos da série Fundações.

Então, duas coisas:

1. Neel vai amar isso.
2. Eu gostaria de ser como o Grumble. Quero dizer, e se eu pudesse fazer algo tão legal assim? Seria uma verdadeira habilidade! Eu poderia arrumar emprego numa startup. Poderia ir trabalhar na Apple. Poderia ver e interagir com outros seres humanos sob o brilho quente da Estrela D'Alva.

Para minha sorte, Grumble, à maneira tradicional dos heróis hackers, liberou o código que produz o mapa. É todo um mecanismo de gráficos 3-D escrito em uma linguagem de programação chamada Ruby, a mesma que usávamos para fazer o site da NewBagel, e ela é absolutamente gratuita.

Agora, então, vou usar o código de Grumble para fazer algo meu. Olhei ao redor e percebi que meu projeto estava bem à minha frente: vou aprender a fazer gráficos em 3-D criando um modelo da Livraria 24 Horas do Mr. Penumbra. Quero dizer, é uma caixa alta e estreita cheia de caixinhas menores, não pode ser tão difícil.

Para começar, tinha de copiar o banco de dados do Mac Plus velho do Penumbra para o meu laptop, o que na realidade não era uma tarefa trivial, pois o Mac Plus usa disquetes plásticos flexíveis, e é impossível botar um desses num MacBook. Tive de comprar um velho drive de disquetes com conexão USB no eBay. Custou 3 dólares e mais 5 dólares pelo envio, e pareceu estranho quando o conectei ao meu laptop.

Mas agora, com as informações em mãos, estou construindo o meu modelo da loja. É tosco, só um monte de blocos cinza empilhados como se fossem LEGOS virtuais. Aos poucos, porém, começa a ficar familiar. O espaço tem uma apropriada forma de caixa de sapatos e também todas as estantes. Eu as montei com um sistema coordenado, assim o meu programa pode achar a fileira três, prateleira treze sozinho. A luz simulada das janelas simuladas projeta sombras pronunciadas pela loja simulada. Se isso parece impressionante para você, é porque tem mais de 30 anos.

Levou três noites de tentativas e erros, mas agora estou criando longas linhas de código, aprendendo à medida que trabalho. É uma sensação boa fazer alguma coisa: uma aproximação poligonal razoavelmente convincente da loja de Penumbra está girando lentamente em minha tela, e estou mais feliz desde o fim da NewBagel. Botei o novo álbum de uma banda local pesada chamada Moon Suicide nos alto-falantes de meu laptop e estou prestes a carregar o banco de dados no...

O sino toca e eu aperto a tecla *mute* no laptop. O Moon Suicide fica em silêncio e, quando ergo os olhos, vejo um rosto desconhecido. Em geral, posso detectar instantaneamente se estou lidando com um membro do clube do livro mais estranho do mundo ou com um cliente noturno normal que entrou para dar uma olhada. Mas agora o meu sexto sentido não estava funcionando.

O cliente é um homem baixo, mas forte, começando a engordar no limbo da meia-idade. Está vestindo um paletó cinza com uma camisa de botões aberta no colarinho. Tudo isso indicaria normalidade se não fosse seu rosto: tem uma palidez fantasmagórica, uma barba negra hirsuta e por fazer, e olhos negros penetrantes como pontas de lápis. E ele tem um embrulho embaixo do braço, embalado com capricho em papel pardo.

Os olhos vão imediatamente para as prateleiras pequenas da frente, não para o Catálogo Pré-histórico, talvez seja um cliente normal. Talvez esteja vindo da Booty's, logo ao lado.

— Em que posso ajudá-lo? — pergunto.

— O que é isso tudo? O que isso significa? — reclama, olhando para as prateleiras menores.

— É, eu sei que não parece muito... — digo e logo em seguida, quando pretendo começar a mostrar alguns dos poucos destaques surpreendentes do pequeno acervo do Penumbra, ele me interrompe.

— Está de brincadeira? Não parece muito? — Ele joga o embrulho sobre a mesa, *vapt!*, e caminha até a estante de FICÇÃO CIENTÍFICA E FANTASIA. — O que isso está fazendo aqui? — Ele ergue a única cópia do Penumbra de *O Guia do Mochileiro das Galáxias*. — E isso? Você está brincando comigo? — Ele pega *Um Estranho numa Terra Estranha*.

Fico sem saber ao certo o que dizer, porque não sei ao certo o que está acontecendo.

Ele caminha de volta até a mesa na entrada, ainda com os dois livros na mão, e os joga com força sobre a madeira.

— Sou a pessoa que cuida da loja — digo, com o máximo de tranquilidade que consigo. — O senhor deseja comprar esses dois livros?

As narinas dele se dilatam.

— Você não cuida da loja. Não é nem um noviço.

Ui! Claro, trabalho aqui há pouco mais de um mês, mas mesmo assim não é grande coisa...

— E você não tem nem ideia de quem administra essa loja, tem? — ele prossegue. — Penumbra contou a você?

Fico em silêncio. Esse, com certeza, não é um cliente normal.

— Não. — Ele dá uma fungada. — Acho que não. Bem, há mais de um ano dissemos a nosso chefe para se livrar desse lixo. — Ele dá um tapinha no *Mochileiro das Galáxias* a cada palavra enunciada, para dar ênfase. Os punhos do casaco estão completamente desabotoados. — E não foi a primeira vez.

— Olha, na realidade eu não sei do que o senhor está falando. — Vou ficar calmo. Vou continuar sendo educado. — Então, é sério, o senhor vai levar esses dois?

Ele me surpreende ao tirar uma nota amassada de 20 dólares do bolso da calça.

— Ah, claro — diz ele e atira o dinheiro sobre a mesa. Odeio quando as pessoas fazem isso. — Quero provas da desobediência de Penumbra. — Pausa. Os olhos negros reluzem. — Seu patrão está encrencado.

Por quê? Por vender ficção científica? Por que esse cara odeia tanto o Douglas Adams?

— E o que é isso? — indaga de maneira brusca, apontando para o MacBook. O modelo da loja está na tela de espera, com as figuras geométricas girando lentamente.

— Não é da sua conta — eu disse, virando o monitor.

— Não é da minha conta? — diz exaltado. — Por acaso você sabe... Não, não sabe. — Ele gira os olhos como se estivesse sofrendo o pior atendimento ao cliente da história do universo. Ele sacode a cabeça e se recompõe. — Escute com cuidado. Isso é importante. — Ele empurra o embrulho sobre a mesa em minha direção com dois dedos. É grande, liso e familiar. Seus olhos se fixam nos meus e ele diz: — Essa livraria é uma merda de lugar, mas preciso saber se posso confiar em você para dar isso ao Penumbra. Entregue em mãos. Não ponha em nenhuma prateleira. Não deixe sobre algum lugar com um bilhete que diz que é para ele. Entregue em mãos.

— Está bem — respondo. — Tudo certo, sem problema.

Ele balança a cabeça.

— Bom. Obrigado. — Ele pega as compras, empurra e abre a porta da frente, mas, antes de ir embora, vira-se e fala:

— E diga a seu patrão que o Corvina mandou lembranças.

De manhã, mal Penumbra entra pela porta e já estou relatando o que aconteceu, falando rápido demais e fora de ordem. Quero dizer, qual o problema com o sujeito, e quem é Corvina, e o que é esse embrulho? E, sério, qual era o *problema* dele?

— Acalme-se, meu rapaz! — diz Penumbra, erguendo a voz e as mãos compridas para me tranquilizar. — Fique calmo. Mais devagar.

— Ali — eu disse, apontando para o embrulho como se fosse um bicho morto ou talvez apenas os ossos arranjados em forma de pentagrama.

— Ahhh! — Penumbra anima-se, envolve o embrulho com os dedos longos e o ergue delicadamente da mesa. — Que maravilha!

Mas claro que não é uma caixa de ossos. Sei exatamente o que é, e sei desde que o visitante de rosto pálido entrou na loja. De algum modo a verdade daquilo me assustou ainda mais, porque significa que o que quer que esteja acontecendo aqui, é muito mais que a excentricidade de um velho.

Penumbra abre o embrulho. Dentro, há um livro.

— Um novo acréscimo às estantes — diz ele. — *Festina lente*.

O livro é bem fino, mas muito bonito. É encadernado num cinza brilhante, algum tipo de material mosqueado que reluz prateado sob a luz. A lombada é preta e, em letras peroladas, está escrito: ERDOS. O Catálogo Pré-histórico ganhou mais um título.

— Faz um bom tempo desde que o último desses chegou — diz Penumbra. — Isso exige uma comemoração. Espere aqui, meu rapaz, espere aqui!

Ele vai até a sala nos fundos, depois das estantes. Ouço seus passos nos degraus que levam ao seu escritório, do outro lado da porta, com a placa PRIVATIVO, que eu nunca me aventurei a cruzar. Quando volta, traz dois copos de isopor colocados um dentro do outro e uma garrafa de scotch pela metade. O rótulo diz FITZGERALD'S e parece tão velho quanto Penumbra. Ele serve um dedo do líquido dourado em cada copo e me entrega um.

— Agora — diz ele. — Descreva-o. O visitante. Leia no seu livro de registros.

— Eu não anotei nada — confesso. Na realidade, não fiz nada. Fiquei só andando de um lado para o outro na loja a noite inteira, mantendo distância da mesa na entrada, com medo de tocar no embrulho, de olhar para ele ou mesmo de pensar demais nele.

— Ah, mas isso tem de entrar no livro de registros, meu rapaz. Aqui, escreva enquanto me conta. Pode começar.

Conto a ele e escrevo à medida que faço isso, o que faz eu me sentir melhor, como se a estranheza fosse drenada de meu sangue para a página através da ponta preta da caneta.

— A loja foi visitada por um babaca presunçoso...

— Er... talvez seja mais inteligente não escrever isso — disse calmamente Penumbra. — Diga, talvez, que ele tinha o aspecto de... um mensageiro apressado.

Tudo bem.

— A loja foi visitada por um mensageiro apressado chamado Corvina que...

— Não, não — interrompe Penumbra. Ele fecha os olhos e esfrega com dois dedos a ponta do nariz. — Pare. Antes de você escrever, vou explicar. Ele era extremamente pálido, com olhos de fuinha, 41 anos, forte e com uma barba estranha, usando um terno simples de lã macia, com botões enfeitados nas mangas e sapatos de couro preto de bico fino. Correto?

Exatamente. Não tinha reparado nos sapatos, mas Penumbra acertou em cheio.

— Sim, claro. O nome dele é Eric e sua doação é um tesouro. — Ele gira o uísque. — Mesmo que seja entusiasmado demais ao interpretar o papel dele. Ele fica assim por causa do Corvina.

— Então, quem é o Corvina? — Eu me senti estranho perguntando isso, mas... — Ele manda lembranças.

— Claro que manda — diz Penumbra, girando os olhos. — Eric o admira. Muitos dos jovens também. — Ele está evitando a pergunta. Fica em silêncio por um momento e então ergue os olhos para me encarar. — Isso aqui é mais que uma livraria, como você, sem dúvida, já percebeu. Também é uma espécie de biblioteca, uma de muitas ao redor do mundo. Há outra em Londres, outra em Paris... São doze no total. Não há duas iguais, mas sua função é a mesma, e Corvina supervisiona todas elas.

— Então ele é seu chefe.

O rosto de Penumbra ficou sério quando eu disse isso.

— Prefiro pensar nele como *nosso chefe* — diz, com uma pausa a cada palavra. O *nosso* não me passou despercebido, e isso me faz sorrir. — Mas desconfio que Corvina ia concordar totalmente com a sua definição.

Explico o que Eric disse sobre os livros nas prateleiras pequenas... sobre a desobediência de Penumbra.

— É, é — diz com um suspiro. — Já passei por isso antes. É bobagem. A virtude dessas bibliotecas é serem todas diferentes. Koster, em Berlim, com sua música; Griboyedov, em São Petesburgo, com seu enorme samovar. E aqui, em São Francisco, a maior diferença de todas.

— Qual é?

— Qual? Nós temos livros que as pessoas podem realmente querer ler! — Penumbra dá uma gargalhada e mostra um sorriso cheio de dentes. Eu também rio.

— Então não é nada de mais?

Penumbra dá de ombros.

— Isso depende — diz ele. — Depende do quão sério se leve um velho e severo capataz que acredita que tudo deve ser sempre igual em todos os lugares. — Ele faz uma pausa. — Por acaso, eu não o levo nem um pouco a sério.

— Ele costuma vir aqui?

— Nunca! — diz imediatamente Penumbra, sacudindo a cabeça. — Ele não vem a São Francisco faz muitos anos... mais de uma década. Não, ele está ocupado com suas outras obrigações. E graças a Deus por isso.

Penumbra gesticula para mim com as duas mãos, me expulsando da mesa.

— Vá para casa agora. Você testemunhou algo raro e mais importante do que você sabe. Agradeça por isso. E beba seu uísque, meu rapaz! Beba!

Jogo minha bolsa no ombro e esvazio o copo em goles grandes.

— Isso — diz Penumbra — é um brinde a Evelyn Erdos. — Ele ergue o livro cinza-cintilante e fala como se se dirigisse a ela. — Bem-vinda, amiga. E parabéns pelo que fez! Parabéns!

O Protótipo

Na noite seguinte, chego no trabalho como sempre e aceno para cumprimentar Oliver Grone. Quero perguntar a ele sobre Eric, mas não sei bem quais palavras usar para isso. Oliver e eu nunca conversamos diretamente sobre a esquisitice da loja. Então, comecei desse jeito:

— Oliver, eu tenho uma pergunta. Você sabe se na livraria há muitos clientes comuns?

— Não muitos.

— Certo. E há membros que pegam livros emprestados.

— Como Maurice Tyndall.

— Isso. — Eu não sabia que o nome dele era Maurice. — Você já viu alguém entregar um livro *novo*?

Ele faz uma pausa para pensar, e diz apenas:

— Não.

Assim que ele vai embora, estou confuso com tantas teorias. Talvez Oliver também esteja na jogada, talvez seja um espião de Corvina. O observador silencioso. Perfeito. Ou talvez ele seja parte de alguma conspiração mais profunda. Talvez eu tenha apenas arranhado a superfície. Sei que há mais livrarias (Bibliotecas?) como esta, mas ainda não sei o que significa "como esta". Não sei para que serve o Catálogo Pré-histórico.

Folheio o livro de registros de frente para trás, à procura de alguma coisa, qualquer coisa. Uma mensagem do passado, talvez: *Cuidado, bom vendedor, com a ira de Corvina*. Mas não. Meus antecessores registravam as coisas exatamente como eu.

As palavras que eles tinham escrito eram simples e factuais, descrições dos membros que chegavam e iam embora. Alguns deles eu reconheço: Tyndall, Lapin e o resto. Os outros são mistério para mim, membros que só visitam a livraria durante o dia ou que pararam de visitá-la muito tempo atrás. A julgar pelas datas espalhadas pelas páginas, o livro cobre pouco mais de cinco anos. Está só pela metade. Será que vou preenchê-lo pelos próximos cinco? Será que vou escrever tudo direitinho por anos sem saber *sobre o que* estou escrevendo?

Meu cérebro vai derreter e virar uma poça se eu continuar assim a noite inteira. Preciso de uma distração, uma distração grande, desafiadora. Então, abro o laptop e volto a trabalhar na livraria 3-D.

De vez em quando, num intervalo de minutos, olho para as vitrines, para a rua lá fora. Estou atento às sombras, ao brilho de um terno cinza ou ao cintilar de um olho escuro. Mas não acontece nada. O trabalho alivia a estranheza e, finalmente, entro na zona virtual.

Para um modelo em 3-D desta loja ser realmente útil, vai ter de mostrar não apenas onde estão localizados os livros, mas também quais estão emprestados no momento e para quem. Então, de forma meio tosca transcrevi as últimas semanas do livro de registros e ensinei meu modelo a ver as horas.

Agora os livros brilham como lâmpadas nas grandes estantes em 3-D, e eles têm cores-código: os livros retirados por Tyndall ficam azuis; os de Lapin, verdes; os de Fedorov, amarelos; e por aí vai. Ficou bem legal. Mas essa nova propriedade também trouxe um bug, e as prateleiras estão todas piscando e desaparecendo quando giro a loja demais. Estou debruçado sobre o código, tentando em vão resolver o problema, quando o sino soa com muita clareza.

Faço um som involuntário de surpresa. Será que Eric voltou para gritar comigo? Ou será Corvina, o próprio chefão, que finalmente veio visitar a livraria para jogar toda a sua ira sobre...

É uma garota. Ela está com metade do corpo dentro da loja e olhando para mim.

— Vocês estão abertos? — ela pergunta.

Bem, *claro*, garota de cabelo castanho cortado em chanel e camiseta vermelha com a palavra BAM! impressa em amarelo-mostarda... e sim, na realidade, estamos.

— Claro — respondo. — Entre. Estamos sempre abertos.

— Eu estava esperando o ônibus e meu telefone tocou... acho que ganhei um cupom de desconto, não?

Ela vem direto para a mesa da entrada, empurra o telefone em minha direção e ali, na telinha, está meu anúncio no Google. A campanha com público-alvo extremamente restrito. Eu tinha me esquecido dela, mas ainda estava rolando e achou alguém. O cupom digital que eu criei está bem ali, nítido na tela de seu smartphone arranhado. Suas unhas estão reluzentes.

— Ganhou! — eu digo. — É um ótimo cupom! O melhor! — Estou falando alto demais. Ela vai se virar e ir embora. Os espantosos algoritmos dos anúncios do Google me enviaram uma garota superbonita e eu não tenho ideia do que fazer com ela. Ela move a cabeça para examinar a loja. Parece desconfiada.

A História depende de coisas triviais assim. Com uma diferença de 30°, esta história terminaria aqui. Mas o meu laptop está virado e na tela a livraria 3-D gira descontroladamente em torno de dois eixos, como uma nave espacial sem rumo num cosmo vazio, e a garota olha para baixo e...

— O que é isso? — pergunta, com uma sobrancelha erguida. Uma sobrancelha escura e linda.

Está bem. Tenho de fazer tudo certo. Não posso parecer nerd demais.

— Bem, é um modelo da livraria, em que você pode ver quais títulos estão disponíveis...

Os olhos da garota se iluminaram.

— Visualização de informação! — Ela não está mais desconfiada. De repente, ficou empolgada.

— Isso mesmo — digo. — Exatamente. Venha, dê uma olhada.

Nos encontramos a meio caminho, na extremidade da mesa, e eu lhe mostrei a livraria 3-D, que ainda desaparece quando gira demais. Ela se debruça para ver mais de perto.

— Posso ver o código-fonte?

Se a malevolência de Eric foi surpreendente, a curiosidade dessa garota é impressionante.

— Claro, claro — eu digo passando por janelas escuras até que apenas o Ruby puro aparecesse na tela, todo com códigos coloridos em vermelho, ouro e verde.

— É com isso que trabalho — ela diz, aproximando-se mais da tela para ver o código.— Visualização de dados. Você se importa? — Ela faz um gesto na direção do teclado. Uh, não, bela hacker da madrugada, eu não me importo!

Meu sistema límbico ficou acostumado a certo (muito baixo) nível de contato humano (com garotas). Com ela parada bem ao meu lado, seu ombro me tocando de leve, devo dizer que me senti inebriado. Estou tentando formular meus próximos passos. Vou recomendar *The Visual Display of Quantitative Information*, de Edward Tufte. Penumbra tem um exemplar, já o vi na estante. É grande.

Ela está lendo o meu código rapidamente, o que é um pouco embaraçoso, porque o código está cheio de comentários como *É isso aí!* ou *Agora, computador, chegou a hora de obedecer* às *minhas ordens.*

— Isso é muito legal! — ela diz com um sorriso. — E você deve ser Clay, não?

Está no código. Há um método chamado *clay_é_docacete.* Suponho que todo programador escreva algo assim.

— Eu me chamo Kat — ela diz. — Acho que encontrei o problema. Quer ver?

Eu estava há horas procurando isso, mas essa garota, Kat, encontrou o bug na minha livraria em exatos cinco minutos. Ela é um gênio! Conversa comigo enquanto o remove do programa e explica seu raciocínio, que é rápido e confiante. E então, *ta-ra-ra-rá!*, ela consertou o programa!

— Desculpe. Estou monopolizando isso — ela diz, virando o laptop de volta para mim. Ela puxa uma mecha de cabelo para trás da orelha, fica de pé e diz, com uma educação exagerada de brincadeira:

— Então, Clay, por que você está fazendo um modelo dessa livraria? — Ao dizer isso, seus olhos seguem as prateleiras até o teto.

Não tenho certeza se quero ser completamente honesto sobre a profunda estranheza desse lugar. *Olá, é um prazer conhecê-la. Eu vendo livros ilegíveis para gente velha e esquisita. Quer sair para jantar comigo?* (E de repente sou tomado pela certeza de que uma dessas pessoas vai entrar de repente pela porta. Por favor, Tyndall, Fedorov, todos vocês: fiquem em casa hoje! Não parem de ler!)

Eu tento um ângulo diferente.

— É algo relacionado com a História — eu digo. — A livraria funciona há quase um século. Acho que é a livraria mais antiga da cidade, talvez de toda a Costa Oeste.

— Isso é muito legal — ela diz. — O Google é um bebê em comparação a isso. — Está explicado. A garota trabalha no Google. Então ela é mesmo um gênio. Além disso, um de seus dentes é lascado de um jeito bonitinho.

— Adoro informação assim — ela diz, apontando o queixo para o laptop. — Informação sobre o mundo real. Informação antiga.

A garota tem a centelha da vida. Este é o meu primeiro filtro para novos amigos (garotas e não garotas) e o maior elogio que posso fazer. Tentei várias vezes descobrir exatamente o que a provoca, que mistura de características se unem no cosmo frio e escuro para formar uma estrela. Sei que está principalmente no rosto, não só nos olhos, mas nas sobrancelhas, nas bochechas, na boca e nos micromúsculos que conectam tudo isso.

Os micromúsculos de Kat são muito atraentes.

Ela diz:

— Você já tentou fazer uma visualização de séries temporais?

— Ainda não, não exatamente, não. — Na realidade, eu nem sei o que é isso.

— No Google, fazemos para os logs de busca — ela diz. — É legal... você vai ver uma ideia nova dar a volta ao mundo num instante, como uma pequena epidemia. E depois ela se extingue em uma semana.

Isso me soa bem interessante, mas principalmente porque fiquei muito interessado por essa garota.

O telefone de Kat emite um *bip* e ela olha para ele.

— Ah — ela diz. — É o meu ônibus. — Eu amaldiçoo o sistema de transporte público pela sua pontualidade ocasional. — Posso mostrar a você o que quero dizer sobre esse negócio de séries temporais. Vamos nos encontrar uma hora dessas?

Ora, claro! Na realidade, quero, sim. Talvez eu tome a iniciativa de comprar o livro de Tufte para ela. Vou levá-lo embrulhado em papel pardo. Espere... será que isso é esquisito? É um livro caro. Talvez haja uma edição em brochura mais barata. Eu podia comprar na Amazon. Isso é burrice, eu trabalho numa livraria. (Será que a Amazon conseguiria enviar rápido o bastante?)

Kat ainda está esperando minha resposta.

— Claro — respondo meio assustado.

Ela anota o endereço de e-mail em um dos postais do Penumbra: katpotente@ — é claro — gmail.com.

— Vou guardar o cupom para outra hora — ela diz, me acenando com o celular. — Até logo.

Assim que ela sai, eu entro no laptop para checar o público-alvo hiperdirecionado à campanha. Será que, por acidente, eu marquei "bonita" no perfil? (Ou "solteira"?) Será que posso bancar essa campanha? Em termos de puro marketing, isso foi um fracasso: não vendi nenhum livro, caro ou não. Na realidade, estou no prejuízo de um dólar graças ao postal em que ela escreveu o e-mail. Mas não há razão para me preocupar. De meu orçamento original de 11 dólares, o Google tinha subtraído apenas 0,17 centavos de dólar. Em troca, recebi uma única impressão do anúncio, uma impressão perfeita, enviada exatos 23 minutos antes.

******

Mais tarde, após uma hora de isolamento na madrugada e a inalação de lignina me deixarem sóbrio, faço duas coisas.

Primeiro: mando um e-mail para Kat e a convido para almoçar amanhã, que é sábado. Posso, às vezes, ter o coração mole, mas acredito em paixões fulminantes.

Depois, dou um Google em "visualização de séries temporais" e começo a trabalhar numa nova versão de meu modelo, pensando que talvez possa impressioná-la com um protótipo. Eu gosto muito do tipo de garota que você pode impressionar com um protótipo.

A ideia é fazer a animação através dos livros emprestados ao longo do tempo em vez de vê-los todos simultaneamente. Primeiro, transcrevo mais nomes, títulos e horários do livro de registros em meu laptop. Depois, começo a hackear.

Programar não é sempre a mesma coisa. Línguas normais escritas têm ritmos e expressões diferentes, certo? Bem, acontece o mesmo com linguagens de programação. A linguagem chamada C é toda cheia de imperativos duros, quase uma fala básica de computador. A linguagem chamada de Lisp é como uma frase longa e repetitiva, cheia se subitens, na realidade tão longa que você acaba esquecendo o que estava fazendo no começo. A linguagem chamada Erlang é igual ao próprio nome: excêntrica e escandinava. Não consigo programar em nenhuma dessas linguagens porque são todas muito complicadas.

A Ruby, linguagem que escolhi desde a NewBagel, foi inventada por um programador japonês alto-astral e pode ser lida como poesia simpática e acessível. Billy Collins no lugar de Bill Gates.

Mas, é claro, a questão de uma linguagem de programação é que você não apenas a lê, também a escreve. Faz com que ela faça coisas para você. E isso, eu acho, é a melhor coisa da Ruby.

Imagine que está cozinhando. Em vez de seguir a receita passo a passo e torcer para que dê tudo certo, você pode botar e tirar ingredientes da panela quando quiser. Pode botar sal, provar, sacudir a cabeça e jogar o sal fora. Pode pegar uma crosta perfeita, isolá-la e depois recheá-la com o que quiser. Não é mais um processo linear que termina em sucesso ou (na maior parte das vezes, comigo) em um fracasso frustrante. Em vez disso, é um laço ou um arabesco ou um pequeno rabisco. É um jogo.

Então, acrescento um pouco de sal e de manteiga e ponho um protótipo da nova visualização para funcionar por volta das 2 horas da manhã. Imediatamente percebo algo estranho: as luzes seguem umas as outras.

Em minha tela, Tyndall pega emprestado um livro do alto do corredor dois. Depois, em outro mês, Lapin pede outro da mesma prateleira. Cinco semanas depois, é a vez de Imbert fazer isso, exatamente da mesma prateleira, mas, enquanto isso, Tyndall já devolveu o livro e pegou outro da parte baixa do corredor um. Ele está um passo à frente.

Eu não tinha percebido o padrão porque ele é muito disperso no tempo e no espaço, como uma peça musical com três horas entre cada nota, todas tocadas em oitavas diferentes. Mas aqui, condensado e acelerado na tela, fica óbvio. Todos estão tocando a mesma música, dançando a mesma dança ou, sim, resolvendo o mesmo enigma.

O sino toca. É Imbert: baixo e troncudo, com barba negra densa e boina com aba amarrotada. Ele ergue seu livro atual (um volume monstruoso de capa vermelha) e o empurra sobre a mesa. Olho rapidamente para encontrar seu lugar no padrão. Uma luz laranja pisca na tela, e antes que ele diga uma palavra, sei que ele vai pedir um livro bem no meio da segunda fileira. Vai ser...

— Prokhorov — guincha Imbert. — Prokhorov deve ser o próximo.

No meio da escada, me sinto tonto. O que está acontecendo? Não posso fazer nenhuma manobra ousada agora. Tenho de fazer o possível para manter o equilíbrio enquanto puxo o fino prokhorov, encadernado em negro, da estante.

Imbert apresenta seu cartão (6MXH21) e leva o livro. O sino toca, fico sozinho de novo.

No diário, registro a transação, com uma observação sobre a boina de Imbert e o cheiro de alho em seu hálito. Então escrevo, para benefício de algum balconista futuro, e talvez também para provar a mim mesmo que isso é real.

Há coisas estranhas e misteriosas acontecendo na Livraria 24 Horas do Mr. Penumbra.

Máxima imaginação feliz

— ... **CHAMADOS DE SOLTEIROS DA SINGULARIDADE** — diz Kat Potente. Ela está usando a mesma camiseta vermelha e amarela com o bam! impresso de antes, o que significa que (a) dormiu com ela, (b) tem várias camisetas iguais ou (c) ela é um personagem de desenho animado; todas são alternativas bem interessantes.

Solteiros da Singularidade. Vamos ver. Sei (graças à internet) que a Singularidade é o ponto hipotético no futuro no qual a curva de crescimento da tecnologia fica vertical e a civilização meio que se reinicia. Os computadores ficam mais inteligentes que as pessoas, então deixamos que controlem as coisas. Ou talvez eles se deixem...

Kat balança a cabeça.

— Mas Solteiros da Singularidade...?

— "Speed date" para nerds — ela diz. — Eles fazem um encontro por mês no Google. A proporção homem/mulher é muito boa, ou muito ruim. Depende de quem...

— Você foi nisso?

— Fui. Conheci um cara que programava bots para fundos de investimento. Namoramos um tempo. Ele gostava muito de alpinismo. Tinha ombros bonitos.

Humm.

— Mas um coração cruel.

Estamos no Gourmet Grotto, parte do deslumbrante shopping center de seis andares de São Francisco. Fica no Centro, bem ao lado do terminal do bondinho, mas acho que os turistas não se dão conta de que é um shopping; não tem estacionamento. O Gourmet Grotto é sua praça de alimentação, provavelmente a melhor do mundo: saladas de espinafre e tacos de toucinho de porco de produção local e sushi sem mercúrio. Além disso, fica no subsolo e tem ligação direta com a estação de trem, então você nunca precisa sair na rua. Sempre que venho aqui, finjo que vivo no futuro e a atmosfera está radioativa e um bando de motociclistas selvagens movidos a biodiesel controlam a superfície empoeirada. Ei, igual à Singularidade, certo?

Kat faz uma expressão séria.

— Isso é o futuro do século 21. Depois da Singularidade, vamos ser capazes de resolver esses problemas. — Ela divide um falafel ao meio e me oferece metade. — E todos vamos viver para sempre.

— Ah, vamos lá... Isso é só um velho sonho de imortalidade...

— Isso é o sonho de imortalidade. E daí? — Ela faz uma pausa e mastiga. — Vou tentar de outro jeito. Isso vai parecer estranho, especialmente porque acabamos de nos conhecer, mas eu sei que sou inteligente.

Isso sem dúvida é verdade.

— E acho que você também é. Então, por que isso tem de acabar? Podíamos fazer tantas coisas juntos se tivéssemos mais tempo, sabia?

Mastiguei meu falafel e balancei a cabeça. Essa é uma garota interessante. A extrema sinceridade de Kat sugere que foi educada em casa, mas ela também é absolutamente charmosa. Ajuda, eu acho, que ela seja bonita. Olho para sua camiseta. Sabe, acho que ela tem um monte iguais.

— Você tem de ser um otimista para acreditar na Singularidade — ela diz. — E isso é mais difícil do que parece. Você já jogou Máxima Imaginação Feliz?

— Parece um game show japonês.

Kat ajeita os ombros.

— Está bem, nós vamos jogar. Para começar, imagine o futuro. O futuro bom, sem bombas nucleares. Finja que é um autor de ficção científica.

Está bem:

— Um governo mundial... sem câncer... com skates planadores.

— Vá em frente. Qual é o futuro bom depois disso?

— Naves espaciais. Fazer uma farra em Marte.

— Mais.

— *Jornada nas Estrelas*. Teletransporte. Você pode ir a qualquer lugar.

— Mais.

Paro por um instante e então me dou conta:

— Não consigo.

Kat sacode a cabeça.

— É muito difícil. E isso é o quê? Mil anos? O que vem depois disso? O que poderia vir depois disso? A imaginação se esgota. Mas faz sentido, não faz? Nós provavelmente só conseguimos imaginar coisas com base no que já conhecemos, e as nossas analogias terminariam no século 31.

Faço força para imaginar um dia normal no ano 3012. Não consigo visualizar sequer uma cena meio decente. Será que as pessoas vão morar em prédios? Será que vão usar roupas? Minha imaginação está quase me cansando fisicamente. Dedos de pensamentos reviram o espaço por trás do cérebro em busca de ideias soltas, sem nada encontrar.

— Pessoalmente, acho que a grande mudança será em nossos cérebros — diz Kat, dando um tapinha logo acima da orelha, que é rosada e linda. — Acho que vamos descobrir modos diferentes de pensar, graças aos computadores. Você esperava que eu dissesse isso. — (Sim!) — Mas já aconteceu antes. Não temos os mesmos cérebros das pessoas que viveram há mil anos.

Espere aí!

— Claro que temos.

— Temos o mesmo hardware, mas não o mesmo software. Você sabia que o conceito de privacidade é, bem, totalmente recente? E também a ideia de romance, é claro.

É, na realidade, acho que a ideia de romance só me ocorreu na noite passada. (Mas não digo isso em voz alta.)

— Cada grande ideia, como essa, é um upgrade no sistema operativo.

Sem dúvida estou conversando com uma garota que trabalha no Google.

— Então, qual o próximo upgrade?

— Já está acontecendo — ela diz. — Tem todas essas coisas que você pode fazer, e é como se você estivesse em mais de um lugar ao mesmo tempo, e isso é totalmente normal. Quero dizer, olhe ao seu redor.

Giro a cabeça e vejo o que ela quer que eu veja: dezenas de pessoas sentadas em volta das mesinhas, todas debruçadas sobre celulares que lhes mostram lugares que não existem e ainda assim são mais interessantes que o Gourmet Grotto.

— E não tem nada de estranho, nada de ficção científica mesmo, é... — Ela reduz um pouco o ritmo e seus olhos semicerram. Imagino que ela ache que ficou intensa demais. (Como eu sei isso? Será que meu cérebro tem um aplicativo para isso?) Seu rosto está corado e ela está maravilhosa com todo seu sangue ali sob a flor da pele.

— Bem — ela diz por fim. — É que eu acho a Singularidade algo totalmente razoável de se imaginar.

Sua sinceridade me faz sorrir, e me sinto com sorte por ter essa garota inteligente e otimista sentada comigo aqui no futuro radioativo, muito abaixo da superfície da terra.

Decido que é hora de mostrar a livraria 3-D melhorada, agora com nova capacidade impressionante para séries temporais. Você sabe, só um protótipo.

— Você fez isso esta noite — ela diz, e ergue uma sobrancelha. — Bem impressionante.

Não digo que me tomou a noite inteira e parte da manhã. Kat provavelmente poderia ter resolvido aquilo em 15 minutos.

Vemos as luzes coloridas se enroscarem umas nas outras. Eu retrocedo e vemos outra vez. Explico a ela o que aconteceu com Imbert, o poder de previsão do protótipo.

— Pode ter sido sorte — diz Kat, sacudindo a cabeça. — Nós teríamos de ver mais informação para ver se há um padrão. Quero dizer, você pode estar apenas projetando. Como o rosto na superfície de Marte.

Ou quando você tem certeza absoluta de que uma garota gosta de você, mas, na realidade, ela não gosta. (Também não digo isso em voz alta.)

— Tem mais informação que possamos acrescentar à visualização? Isso só cobre alguns meses, certo?

— Bem, há outros livros de registros diários. Mas eles não são informação de verdade, apenas descrições. E levaria uma eternidade digitar tudo aquilo no computador. Está tudo escrito à mão, e eu mal consigo ler a minha própria...

Os olhos de Kat se iluminaram.

— Uma linguagem natural Corpus! Ando à procura de um pretexto para usar o scanner de livros. — Ela dá um sorriso e um tapa na mesa. — Leve-o ao Google. Temos uma máquina que faz isso. Você *precisa* levar isso ao Google.

Ela está quicando um pouco na cadeira, e seus lábios ficam num formato lindo quando ela diz a palavra *corpus*.

O Cheiro de Livros

Meu desafio: tirar um livro de uma livraria. Se for bem-sucedido, posso descobrir algo interessante sobre esse lugar e seu objetivo. Mais importante: posso impressionar Kat.

Não posso simplesmente levar o livro de registros porque Penumbra e Oliver o usam também. O livro faz parte da loja. Se pedir para levá-lo para casa, vou precisar de uma desculpa, e não consigo imaginar uma boa razão para fazer isso. *Ei, Penumbra, posso refazer meu esboço do Mr. Tyndall em aquarela?* Tá bom.

Há outra possibilidade. Eu podia levar um livro de registro diferente, um mais velho, não o IX, mas o VIII ou mesmo o I ou o II. Parece arriscado. Alguns desses livros são mais velhos que o próprio Penumbra, e tenho medo que eles se desfaçam se eu tocá-los. Então o livro mais recentemente aposentado, o VIII, é a aposta mais segura e resistente... Mas também o mais à mão. Você vê o VIII sempre que bota de volta o livro atual na estante, e tenho quase certeza que Penumbra ia perceber sua ausência. Hummm, talvez o VII ou VI...

Estou agachado atrás da mesa da frente, cutucando as lombadas dos livros com o dedo para testar a integridade estrutural quando o sino acima da porta toca. Fico de pé imediatamente. É Penumbra.

Ele desenrola o cachecol cinza fino e faz um circuito estranho em frente à loja, tamborilando na mesa da entrada com os nós dos dedos, passando os olhos pelas estantes baixas e depois pelo Catálogo Pré-histórico. Ele dá um suspiro silencioso. Há algo acontecendo.

— Hoje é o dia, meu rapaz... — diz, por fim — ... que assumi essa livraria, há 31 anos.

Trinta e um anos. Penumbra passou mais tempo sentado a esta mesa do que toda a minha vida. Isso faz eu me dar conta de como sou novo naquele lugar, que acréscimo mais fugaz.

— Mas foi só onze anos depois... — prossegue ele — ... que mudei o nome na frente.

— Qual era o nome anterior?

— Al-Asmari. Ele foi meu mentor e, por muitos anos, meu patrão. Mohammad Al-Asmari. Sempre achei que o nome dele ficava melhor na vitrine. Ainda acho.

— Penumbra fica bom. É misterioso.

Ele sorri com isso.

— Quando mudei o nome, achei que ia mudar a loja, também. Mas ela não mudou muito, no fim das contas.

— Por que não?

— Ah, muitas razões. Algumas boas, outras ruins. Tem um pouco a ver com o nosso financiamento... e ando muito preguiçoso. No início, eu lia mais. Procurava livros novos. Mas parece que agora fiquei só com meus favoritos.

Bem, agora que o senhor mencionou isso...

— Talvez o senhor deva pensar em vender coisas mais populares. — arrisco. — Há mercado para livrarias independentes e muita gente nem sabe que existe este lugar aqui, mas, quando descobrem, não tem muita variedade de escolha. Quero dizer, alguns amigos meus vieram aqui e... não temos nada que eles quisessem comprar.

— Não sabia que gente da sua idade ainda lia livros — diz Penumbra. Ele ergue uma sobrancelha.— Eu tinha a impressão de que liam tudo em seus telefones celulares.

— Nem todo mundo. Há muita gente que, o senhor sabe... gente que ainda gosta do cheiro de livros.

— O cheiro! — repete Penumbra. — Você sabe que está acabado quando as pessoas começam a falar do cheiro. — Ele sorri com isso, então algo lhe ocorre e ele aperta os olhos. — Imagino que você não tenha um... Kindle, tem?

Uh-uh. Sinto-me como se o diretor da escola estivesse me perguntando se eu tinha a tal da erva na mochila. Mas de uma forma amigável, talvez ele queira compartilhar isso. Por acaso, estou com o meu Kindle. Eu o tiro de minha bolsa de carteiro. Está bem gasto, com grandes arranhões no verso e marcas de caneta no pé da tela.

Penumbra o ergue e fecha a cara. Está vazio. Estendo a mão, aperto o canto e ele ganha vida. Ele inspira fundo, como de surpresa, e o retângulo cinza-pálido reflete em seus olhos azuis brilhantes.

— Impressionante — diz ele. — E pensar que eu ainda estava impressionado com esta espécie... — ele acena com a cabeça para o Mac Plus — ... de espelho mágico.

Abro as configurações do Kindle e aumento a fonte um pouco para ele.

— A tipografia é bonita — diz Penumbra, examinando de perto, segurando os óculos perto da tela do Kindle. — Conheço essa fonte.

— É. É a fonte padrão. Eu também gosto.

— É um clássico. Gerritszoon. — Ele faz uma pausa após dizer isso. — Nós a usamos na frente da loja. Essa máquina nunca fica sem energia? — Ele sacode um pouco o Kindle.

— A bateria é feita para durar uns dois meses. A minha, não.

— Acho que isso é um alívio. — Penumbra dá um suspiro e o devolve para mim. — Nossos livros ainda não precisam de baterias. Mas não sou um tolo. Isso é uma grande vantagem. Acho que é uma coisa boa ter... — ele me dá uma piscadela —... um patrão tão generoso.

Guardo o Kindle de volta na bolsa. Não estou conformado.

— Sério, Mr. Penumbra, se arrumássemos alguns livros mais populares, as pessoas iam adorar esse lugar. Ele seria... — Me perco em meu raciocínio e resolvo dizer a verdade. — Seria mais divertido.

Ele esfrega o queixo, seu olhar estava distante.

—Talvez — diz ele, por fim. — Talvez seja hora de reunir um pouco da energia que eu tinha há 31 anos. Vou pensar nisso, meu rapaz.

Não desisti de levar um dos livros de registro até o Google. De volta ao apartamento, na sombra de Matrópolis projetada sobre o sofá, bebendo uma Anchor Steam[4] apesar de serem 7 horas da manhã, conto minha história ao Mat, que está furando pequenos buracos de bala no revestimento de uma construção parecida com uma fortaleza, com cobertura branca marmorizada. Ele imediatamente elabora um plano. Eu estava contando com isso.

— Posso fazer uma réplica perfeita — diz ele. — Não é um problema, Jannon. Só me traga imagens de referência.

— Mas você não pode copiar todas as páginas, pode?

— Só o exterior. A capa, a lombada...

— E o que acontece se Penumbra abrir a réplica perfeita?

— Ele não vai. Você diz que são como, mais ou menos, arquivos, certo?

— Certo...

— Então, é a superfície o que importa. As pessoas querem que as coisas sejam reais. Se você lhes der uma desculpa, acreditam em você. — Vindo do mago dos efeitos especiais, isso era um tanto convincente.

— Está bem. Então você só precisa de fotos, é isso?

— De boas fotos. De muitas. De todos os ângulos. Bem iluminadas, com a luz equilibrada. Sabe o que quero dizer com bem iluminadas e com a luz equilibrada?

— Sem sombras?

— Sem sombras — Mat concorda. — Isso, é claro, vai ser impossível naquele lugar. É basicamente uma loja 24h na sombra.

— É. Sombra e cheiro de livros, nós temos isso tudo.

— Eu podia levar umas luzes.

[4] Tradicional cerveja fabricada em São Francisco (N.T.).

— Acho que isso ia me entregar.

— Verdade. Talvez algumas sombras não sejam problema.

Então, o plano está armado.

— Por falar em façanhas sombrias, como estão as coisas com Ashley?

Mat dá uma fungada.

— Eu a estou cortejando do jeito tradicional. Também não tenho permissão de falar no assunto no apartamento. Mas ela vai jantar comigo na sexta.

— Que compartimentalização impressionante!

— Nossa colega de apartamento é cheia de compartimentos.

— Ela... quero dizer... sobre o que vocês conversam?

— Conversamos sobre tudo, Jannon. E você sabe de uma coisa? — Ele aponta para a fortaleza pálida de mármore. — Ela encontrou essa caixa. Pegou no lixo do escritório.

Impressionante. A alpinista, especialista em fazer risotos e profissional de relações públicas Ashley Adams está contribuindo para a construção de Matrópolis. Talvez ela não seja um robô, afinal.

— Isso é um progresso — eu disse, erguendo a garrafa de cerveja.

Mat balança a cabeça.

— Isso é um progresso.

A Pena do Pavão

ESTOU FAZENDO PROGRESSOS por conta própria. Kat me convida para uma festa na casa dela, mas infelizmente não posso ir. Nunca posso ir a festa alguma porque meu horário na loja começa exatamente na hora das festas. A decepção se retorce em meu coração. Ela levantou uma bola fácil, mas minhas mãos estavam amarradas.

que chato, ela digita. Estamos conversando pelo Gmail.

É, que chato. Mas espere: *Kat, você acredita que nós humanos um dia vamos evoluir além de nossos corpos e viver numa espécie de sublime mundo digital sem dimensões, certo?*

certo!!

Aposto que você não faria um teste de verdade com isso.

como assim?

Assim: *Vou à festa com você, mas vou via laptop — via vídeo chat. Você terá der ser minha acompanhante, me levar para todos os lados, me apresentar a pessoas.* Ela nunca vai topar isso.

nossa, que ideia incrível! vamos fazer isso com certeza! mas você tem de se arrumar... e também tem de beber...

Ela topa. Mas: *Espere, vou estar trabalhando, não posso beber...*

vai ter de beber, senão não é uma festa de verdade, né?

Sinto uma incompatibilidade entre a crença de Kat num futuro humano incorpóreo e sua insistência no consumo de álcool, mas deixo passar, porque vou a uma festa.

São 22 horas e estou atrás da mesa da frente na Penumbra, vestindo um suéter cinza-claro por cima de uma camisa azul listrada, e, como uma piada que espero poder revelar de modo triunfal em algum momento mais tarde da noite, calças roxas estampadas e loucas. Entendeu? Como ninguém vai poder me ver abaixo da cintura... está bem, você entendeu.

Kat fica on-line às 22h13 e eu aperto o botão verde em forma de câmera. Ela surge em minha tela, vestindo a camiseta vermelha BAM! como sempre.

— Você está uma graça — ela diz.

— Você não está vestida para a festa. Ninguém mais está.

— É, mas você é apenas uma cabeça flutuante. Precisa estar com aparência excelente.

A loja derrete e desaparece e mergulho de cabeça na imagem do apartamento de Kat, um lugar, lembro a você, que nunca visitei pessoalmente. É um loft amplo e aberto, Kat faz uma panorâmica e anda com o laptop como se fosse uma câmera para me mostrar o que é o quê.

— Aqui é a cozinha — ela diz. Armários de vidro reluzentes, um fogão industrial, um adesivo de um personagem da tirinha *xkcd* na geladeira. — A sala — ela diz, me conduzindo. Minha visão se borra em listras escuras e pixeladas, depois volta ao normal num espaço amplo com uma TV grande e sofás compridos. Há cartazes de cinema em molduras finas e simples: *Blade Runner — O Caçador de Androides*, *O Planeta dos Macacos*, *WALL·E*. Há algumas pessoas sentadas em círculo, metade nos sofás, metade no tapete, jogando alguma coisa.

— Quem é esse? — Cantarola uma voz. Minha visão gira e estou olhando para uma garota de rosto redondo com cabelo cacheado escuro e óculos de armação preta grossa.

— Isto é uma experiência de estimulação da inteligência — diz Kat. — Criada para produzir uma diversão interessante para a festa.

Venha, faça um teste. — Ela bota o laptop na bancada de granito.

Cachos Escuros se aproxima da tela, eca, perto demais, e olha de esguelha.

— Espere aí. Sério, você é real?

Kat não me abandona. Seria fácil fazer isso: deixar o laptop ali, ser chamada por alguém e não voltar. Mas não: por uma hora inteira ela me leva por toda a festa e me apresenta às pessoas que dividem o apartamento com ela (Cachos Escuros é uma delas) e seus amigos do Google.

Ela me leva até a sala e entro no jogo do círculo. Chama-se *Traidor*, e um cara magrelo com um bigodinho fino se abaixa para explicar que foi inventado na KGB e que todos os agentes secretos o jogavam nos anos 1960. É um jogo sobre mentira. Você recebe um papel em especial, mas tem de convencer o grupo de que é uma pessoa completamente diferente. Os personagens são escolhidos por cartas e Kat mostra a minha pela câmera.

— Não é justo — diz uma garota do outro lado do círculo. O cabelo dela é tão claro que é quase branco. — Ele tem uma vantagem. Não temos como ver algo que possa traí-lo quando estiver mentindo.

— Você tem toda a razão — diz Kat, franzindo o cenho. — E eu sei, é um fato, que ele usa calças de paisley quando está mentindo.

Com essa deixa, apontei meu laptop para baixo e mostrei a eles minhas calças. Os risos foram tão altos que saíram distorcidos nos alto-falantes. Eu também rio e me sirvo outra cerveja. Estou bebendo num copo de papel vermelho, aqui na loja. De vez em quando, olho para a porta e uma punhalada de medo bate em meu coração, mas a onda de adrenalina e álcool aliviam a sensação incômoda. Não vai ter cliente nenhum. Nunca tem cliente nenhum.

Começamos a conversar com Trevor, amigo de Kat, que também trabalha no Google, e um punhal diferente atravessa minhas defesas. Trevor está contando uma história longa sobre uma viagem à Antártida (Quem vai à Antártida?) e Kat está se inclinando na direção dele. Parece quase gravitacional, mas talvez o laptop dela apenas esteja em ângulo. Aos poucos, outras pessoas saem dali e Trevor se concentra só em Kat. Os olhos negros dela estão brilhando e ela balança a cabeça enquanto ele fala.

Não, pare com isso. Não tem nada a ver. É só uma boa história. Ela está um pouco bêbada. Eu estou um pouco bêbado. Entretanto, não sei se Trevor está bêbado ou...

O sino toca. Meu olhar se ergue rapidamente. Merda. Não é uma pessoa notívaga qualquer que entrou para dar uma olhada na loja ou alguém que eu possa ignorar com segurança. É um membro do clube: a Miss Lapin. Ela é a única mulher (que eu saiba) que pega livros do Catálogo Pré-histórico, e agora está entrando na loja agarrada à sua bolsa pesada como se fosse um escudo. Ela tem uma pena de pavão enfiada no chapéu. Isso é novidade.

Tento concentrar minhas pupilas de maneira independente, uma no laptop e outra na Miss Lapin. Não funciona.

— Olá. Boa noite — ela diz. A Miss Lapin tem uma voz que soa como uma fita velha tão esticada que perdeu a forma, sempre oscilante e com picos agudos. Ela ergue a mão na luva negra para arrumar a pena de pavão ou talvez só para conferir se ainda estava ali. Então, ela tira um livro da bolsa. Está devolvendo BVRNES.

— Olá, Miss Lapin! — falo muito alto e muito rápido. — O que posso pegar para a senhora? — Penso em usar meu protótipo bizarro para prever o nome do próximo livro sem ter de esperar por ela, mas minha tela está no momento ocupada por...

— O que você disse? — pergunta Kat balbuciante. Tiro o som do laptop.

Miss Lapin não percebe.

— Bem — ela diz, se aproximando mais da mesa da entrada. — Não tenho certeza como se pronuncia, mas acho que pode ser Par-zi-bi, ou talvez, talvez Pra-zinky-blink...

Ela só pode estar brincando. Faço o possível para traduzir o que está dizendo, mas o banco de dados não dá nenhum resultado. Tento de novo com um conjunto diferente de suposições fonéticas. Não, nada.

— Miss Lapin, sabe como se soletra o nome?

— Ah, é P, B, é um B, Z, B, não, desculpe, Y...

Você só pode estar de brincadeira.

— B de novo, é só um B, Y, não, quero dizer, sim, Y...

O banco de dados diz: przybylowicz. Isso é simplesmente ridículo.

Pego a escada e subo correndo, puxo o PRZYBYLOWICZ com tanta violência da prateleira que quase faço seu vizinho PRYOR pular da prateleira para o chão, e então volto até a Miss Lapin. Meu rosto é uma máscara petrificada de aborrecimento. Kat se move em silêncio na tela, acenando para alguém.

Embrulho o livro e a Miss Lapin pega o cartão (6yTP5T), mas então ela vai até uma das prateleiras pequenas na frente, as que têm livros normais. Ah, não!

Longos segundos se passam. Ela se demora na prateleira de ROMANCES femininos. A pena de pavão balança quando inclina a cabeça para ler as lombadas.

— Ah, acho que vou levar este também — diz finalmente, voltando com um livro vermelho brilhante de capa dura de Danielle Steel. Depois, ela leva uns três dias para achar o talão de cheques.

— Então... — As mãos dela tremem. — São treze, 13 dólares e quantos centavos?

— Trinta e sete.

— Treze... dólares... — Escreve ela com uma lentidão agonizante, mas tenho de reconhecer que sua letra é bonita. É escura, cheia de floreios, uma caligrafia perfeita. Ela estica o cheque e o assina lentamente: *Rosemary Lapin*.

Ela o entrega para mim e bem no pé do cheque há uma linha de letras bem pequenas que me informa que ela tem conta no Telegraph Hill Credit Union desde, uau!, desde 1951.

Nossa! Por que estou punindo esta senhora de idade por causa de meu próprio jeitão esquisito? Algo amolece dentro de mim. Minha máscara derrete e lhe dou um sorriso, um sorriso de verdade.

— Tenha uma boa noite, Miss Lapin. Volte logo.

— Ah, estou trabalhando o mais rápido possível — ela diz e sorri, um sorriso doce todo dela, que faz suas bochechas ganharem a forma de ameixas pálidas.

— *Festina Lente*. — Ela guarda seu tesouro do Catálogo Pré-histórico e seu prazer culpado juntos na bolsa. Eles não cabem inteiros e ficam com as pontas para cima: marrom-fosco e vermelho-brilhante. A porta tilinta e ela e sua pena de pavão vão embora.

Os clientes às vezes dizem isso. Dizem: *Festina lente*.

Pulo de volta para o laptop. Quando religo o som, Kat e Trevor ainda estão conversando bem animados. Ele está contando outra história sobre uma expedição para animar pinguins deprimidos, e é aparentemente engraçadíssima. Kat está rindo. Tem muita risada saindo dos alto-falantes de meu laptop. Trevor parece ser o mais homem mais sagaz, inteligente e interessante de toda São Francisco. Nenhum dos dois está diante da câmera, então, suponho que ela esteja tocando o braço dele.

— Oi, gente — falo alto e repito: — *Oi, gente*!

Eu me dou conta de que eles cortaram meu som.

De repente, me sinto idiota e tenho certeza de que essa coisa toda foi uma ideia terrível. A ideia de uma festa no apartamento de Kat era que eu contasse uma história e ela tocasse o *meu* braço. Esse exercício de telepresença, por outro lado, não faz sentido, e todo mundo provavelmente está rindo de mim e fazendo caretas para o laptop fora do alcance da câmera. Meu rosto está queimando de raiva. Será que eles podem perceber? Será que estou ganhando uma tonalidade estranha de vermelho na tela?

Eu me levanto e me afasto do olhar da câmera. Meu cérebro é tomado por exaustão. Estava, me dou conta, num desempenho desgastante havia duas horas, uma marionete sorridente num cenário de alumínio. Que besteira!

Espalmo as mãos na grande vitrine da loja e olho através da gaiola de formidáveis letras douradas. É Gerritszoon, certo, e é um vestígio de graça naquele lugar solitário. A curva do *P* é bonita. Meu hálito embaça o vidro. Aja normalmente, digo a mim mesmo. Volte lá e aja normalmente.

— Alô? — Uma voz vem de meu laptop. É Kat.

Volto para o lugar atrás da mesa.

— Oi.

Trevor não está mais ali. Kat está sozinha. Na realidade, agora está em um lugar completamente diferente.

— Este é o meu quarto — ela diz com voz tranquila. — Gosta?

É espartano, pouco mais que uma cama, uma mesa e um baú preto pesado. Parece uma cabine de transatlântico. Não, uma cápsula numa nave espacial. No canto do quarto há uma cesta plástica para roupa suja, e espalhadas em volta dela (errou por pouco) vejo umas dez camisetas idênticas.

— Essa era minha teoria.

— É — diz Kat. — Resolvi que não queria desperdiçar ciclos cerebrais... — Ela boceja. — Para escolher o que vestir todo dia de manhã.

O laptop balança, a tela se borra e estamos na cama dela, sua cabeça está apoiada na mão, posso ver a curva de seu peito. Meu coração de repente dispara, como se eu estivesse lá com ela, deitado e na expectativa de que acontecesse alguma coisa, como se eu não estivesse aqui sentado sozinho sob a luz mortiça dessa livraria e, ainda por cima, vestindo calças estampadas.

— Isso foi muito divertido — ela diz baixo. — Mas eu queria que você tivesse vindo de verdade.

Ela se espreguiça e fecha os olhos, como uma gata. Não consigo pensar em nada para dizer, então apenas apoio o queixo na palma da mão e olho para a câmera.

— Seria legal se você estivesse aqui — murmura ela, e então pega no sono. Estou sozinho na livraria, olhando para sua forma adormecida do outro lado da cidade, iluminada apenas pela luz cinzenta de seu laptop. Com o tempo, ele também "dorme" e a tela se apaga.

Sozinho na loja, depois da festa, faço meu dever de casa. Fiz minha escolha: puxo com cuidado da prateleira o livro de registros VII (velho, mas não demais) e faço as imagens de referência para Mat: fotos de longe, de perto, tiradas com meu telefone de inúmeros ângulos, todos mostrando o mesmo retângulo marrom achatado, largo e desgastado. Fotografo detalhes do marcador de livro, da encadernação, as páginas cinza-pálido, e a palavra NARRATIO gravada profundamente na capa acima do símbolo da loja. Quando Penumbra chega de manhã, meu telefone está de volta no bolso e as imagens a caminho da caixa de entrada de Mat. Faz um leve *shhh* quando cada uma delas é enviada.

Deixei o livro de registros atual sobre a mesa. Vou fazer isso a partir de agora. Quero dizer, por que deixá-lo na prateleira o tempo todo? Parece uma receita para problemas na coluna, em minha opinião. Com sorte, esta opção vai funcionar e lançar uma nova sombra de normalidade na qual eu possa me encolher e me esconder. É isso o que fazem os espiões, não é? Vão à padaria, compram pão todo dia (perfeitamente normal) até que, um dia, em vez de pão, compram urânio.

Marca e Modelo

Nos dias que se seguiram, passei mais tempo com Kat. Vejo seu apartamento sem a mediação de telas. Jogamos *video game*. Transamos. É perfeito.

Uma noite tentamos preparar o jantar em seu fogão industrial, mas, no meio do processo, achamos que a maçaroca fumegante em que se transformara nossa couve-galega tinha sido um fracasso. Então, ela pegou um recipiente plástico na geladeira cheio de salada de cuscuz bem temperada. Kat não encontrou nenhuma colher e nos serviu com uma colher de sorvete.

— Foi você quem fez isso? — pergunto, porque acho que ela não fez. Ela sacode a cabeça.

— É do trabalho. Trago comida para casa quase todos os dias. É grátis.

Kat passa a maior parte de seu tempo no Google. A maioria de seus amigos trabalha no Google. A maioria de suas conversas gira em torno do Google. Agora descubro que a maioria de suas calorias vem do Google. Acho impressionante: ela é inteligente e entusiasmada com o trabalho. Mas também é intimidador, pois o lugar onde trabalho não é um castelo de cristal reluzente cheio de sábios sorridentes. (É assim que imagino o Google. Também com um monte de chapéus engraçados.)

Há um limite real para o relacionamento que posso construir com Kat em suas horas não Google, porque elas não são muitas e eu acho que quero mais que isso. Quero conseguir entrar no mundo de Kat. Quero ver a princesa em seu castelo.

Meu bilhete de entrada no Google é o livro de registros VII.

Durante as três semanas seguintes, Mat e eu nos dedicamos seriamente a construir a réplica do livro de registros. Superfície é a especialidade de Mat. Ele começa com uma folha de couro nova e a mancha com café. Depois, traz um par de sapatos antigos de golfe de seu ninho no sótão. São pequenos, mas eu os calço mesmo apertados e fico andando de um lado para outro em cima do couro por duas horas.

As entranhas do livro de registros exigem mais pesquisa. Na sala, tarde da noite, Mat trabalha em sua cidade em miniatura e eu estou sentado no sofá com meu laptop, explorando alucinadamente o Google. Li em voz alta os tutoriais detalhados sobre a confecção de livros. Aprendemos sobre encadernação. Procuramos atacadistas de papel pergaminho. Encontramos tecido marfim-escuro e linha preta grossa. Compramos um boneco de livro sem capa no eBay.

— Você é bom nisso, Jannon — me diz Mat quando botamos as páginas em branco na cola.

— Em quê? Fazer livros? (Estamos fazendo isso na mesa da cozinha.)

— Não, em aprender as coisas depressa. É isso o que fazemos no trabalho. Não como os caras dos computadores, sabe? Eles só fazem a mesma coisa o tempo todo. São sempre apenas pixels. Para nós, cada projeto é diferente. Ferramentas e materiais novos. Tudo é sempre novo.

— Como o monstro da selva.

— Exatamente. Eu tive 48 horas para me tornar um mestre no bonsai.

Mat Mittelbrand não conheceu Kat Potente, mas acho que eles iam se dar bem. Kat, que crê tão profundamente no potencial do cérebro humano, e Mat, que pode aprender qualquer coisa em um dia. Pensando nisso, de repente sinto simpatia pelo ponto de vista de Kat. Se conseguíssemos que Mat vivesse mil anos, ele provavelmente iria construir para nós um mundo todo novo.

O detalhe que coroa o livro de registros falso, e o maior desafio, é a gravação na capa. O original tem a palavra NARRATIO em letras profundas, impressas no couro. Depois de ampliar as fotos de referência, descubro que esse texto também foi composto na boa e velha Gerritszoon. Isso é má notícia.

— Por quê? — pergunta Mat. — Acho que tenho essa fonte no meu computador.

— Você tem Gerritszoon — lamento. — Boa para e-mails, trabalhos escolares e currículos. Isto... — Eu aponto para o NARRATIO ampliado na tela de meu laptop. — É a Gerritszoon Display, usada em cartazes, páginas duplas de revistas e, aparentemente, capas de livros misteriosos. Veja, ela tem serifas mais pontudas.

Mat balança a cabeça com expressão séria.

— As serifas são mesmo pontudas.

Na época da NewBagel, quando criei menus, cartazes e (é sempre bom lembrar) uma logomarca premiada, aprendi tudo sobre o mercado das fontes digitais. Não há pior relação de custo-benefício em nenhum outro lugar. Veja o que quero dizer: um e-book custa cerca de 10 dólares, certo? E normalmente tem cerca de um megabyte de texto. (Só para registrar, você baixa mais informação do que isso cada vez que olha seu Facebook.) Com um e-book, você pode ver pelo que pagou: as palavras, os parágrafos, as possíveis palestras entediantes sobre o mercado digital. Bem, na realidade, uma fonte digital também tem cerca de um megabyte, mas uma fonte digital não custa dezenas de dólares, mas centenas, às vezes milhares, e é algo abstrato, basicamente invisível, um envelope fino de cálculos que descrevem pequeninas formas de letras. O esquema todo ofende os instintos de consumo da maioria das pessoas.

Por isso, é claro, que as pessoas tentam piratear fontes. Não sou uma dessas pessoas. Fiz um curso de tipografia na faculdade e, para nosso projeto final, todos tiveram de desenhar a sua própria fonte. Eu tinha grandes aspirações para a minha, que se chamava Telemach, mas havia letras demais para desenhar. Não consegui terminar a tempo. Ela acabou apenas com maiúsculas, adequada para cartazes fortes e tábuas de pedra. Então, pode confiar em mim, eu sei quanto trabalho dá para criar essas formas. Os tipógrafos são designers, e designers são a minha gente. Tenho o compromisso de ajudá-los. Mas agora o Font-Shop.com me diz que a Gerritszoon Display, distribuída pela FLC Type Foundry, de Nova York, custa 3.989 dólares.

Tendo em mãos essa informação, claro, vou tentar piratear essa fonte.

Uma conexão circula por meu cérebro. Fecho a aba da FontShop. com e, em vez disso, vou para a biblioteca de Grumble. Não há apenas e-books pirateados ali. Também há fontes. Letras ilegais de todas as formas e tamanhos. Vou pesquisando as listas: Metro, Gothan e Soho são todas gratuitas para baixar. Myriad, Minion e Mrs. Eaves. E ali, também, está a Gerritszoon Display.

Sinto uma pontada de remorso ao baixar a fonte, mas na realidade é uma pontada bem fraquinha. De algum modo, a FLC Type Foundry provavelmente é subsidiária da Time Warner. Gerritszoon é uma fonte antiga. O criador que lhe deu nome morreu há muito tempo. O que lhe importa como a fonte que criou é usada e por quem?

Mat posiciona a palavra acima de um contorno traçado do símbolo da livraria, duas mãos abertas como um livro, e, com isso, nosso design está pronto. No dia seguinte, na ILM, ele grava tudo numa sobra de metal usando um cortador de plasma, que, no mundo de Mat é tão comum como um par de tesouras, e finalmente nós o prensamos sobre o couro envelhecido com uma grande braçadeira. Ele fica quietinho sobre a mesa da cozinha por três dias e três noites para fazer a marca e, quando Mat solta a braçadeira, a capa está perfeita.

Então, finalmente, chegou a hora. A noite cai. Tomo o lugar de Oliver Grone na mesa da entrada e começo meu turno. Esta noite vou conseguir meu bilhete para a aventura no mundo de Kat. Esta noite vou fazer a troca.

Mas descubro que eu daria um péssimo espião. Não consigo manter a calma. Já tentei de tudo: li longas obras de jornalismo investigativo, joguei a versão para computador de Rockets & Warlocks e andei pelo meio do Catálogo Pré-histórico. Não consigo me concentrar em nada por mais de três minutos.

Agora me resignei a ficar sentado na mesa na entrada, mas não consigo parar de me contorcer. Se cada vez que me mexesse eu editasse a Wikipédia, a essa altura já teria reescrito totalmente o verbete sobre culpa e o traduzido em cinco outras línguas.

Finalmente, são 5h45. Os primeiros fiapos de amanhecer começam a surgir ao Leste. As pessoas em Nova York estão aos poucos começando a tuitar. Estou completamente exausto porque passei a noite inteira ligado.

O verdadeiro livro de registros VII está guardado em minha bolsa de carteiro, mas é grande demais para ela, por isso sobra um pedaço para fora que olha para os meus olhos como a coisa mais ridiculamente incriminadora do mundo. É como uma daquelas enormes cobras africanas que engole um animal inteiro e você pode vê-lo se mexer e passar por dentro dela até o fim.

O livro de registros falso está junto com seus falsos irmãos. Quando eu o boto no lugar, percebo que deixei uma marca na poeira na borda da prateleira que poderia entregar tudo. Primeiro, entrei em pânico. Depois, me aventurei lá no fundo do Catálogo Pré-histórico, juntei poeira das prateleiras de lá e a polvilhei na frente do livro de registros falso até que a espessura e o tom da poeira ficassem iguais.

Tenho dezenas de explicações (com subtramas variantes) se Penumbra perceber a diferença. Mas tenho de admitir: o livro falso ficou ótimo. Meu retoque da poeira estava no nível da Industrial Light & Magic. Parece real e não acho que chamaria minha atenção. E então, o sino toca na porta da frente...

— Bom dia — diz Penumbra. — Como foi a noite?

— Legal, boa, muito boa — respondo rápido demais. Lembre: aparência de normalidade. Segure a onda.

— Sabe — diz Penumbra, tirando a sua jaqueta de marinheiro. —
Andei pensando. Acho que devemos aposentar esse sujeito. — Ele dá
um tapinha no alto do Mac Plus com dois dedos, um *toc-toc* suave. — E
comprar algo mais moderno. Nada caro demais. Talvez você possa recomendar a marca e o modelo?

Marca e modelo. Nunca vi ninguém falar sobre computadores assim. Você pode ter um MacBook da cor que quiser, desde que seja metal simples.

— Que legal! Claro que vou procurar, Mr. Penumbra, talvez um
Mac recondicionado. Acho que são tão bons quanto os novos — falo
tudo num fôlego só, já a caminho da porta. E me sinto enjoado.

— E... — diz ele com animação — ... talvez você possa usá-lo para
construir um site.

Meu coração vai explodir.

— Essa loja devia ter um. Já há muito tempo.

Pronto, meu coração explodiu e alguns outros órgãos menores
também podem ter se rompido, mas estou comprometido com esse
rumo... estou comprometido com o *corpus* de Kat Potente.

— Uau, isso é incrível, devíamos muito fazer isso, adoro sites, mas
preciso muito ir agora, Mr. Penumbra, até logo.

Ele faz uma pausa e, então, dá um sorriso matreiro.

— Muito bem. Tenha um bom dia.

Vinte minutos mais tarde, estou no trem para Mountain View,
agarrando minha bolsa junto ao peito. É estranho, a minha transgressão é tão leve. Quem liga para o paradeiro de um velho livro de registros de uma livraria de livros usados obscura por meras 16 horas? Mas
a sensação não é essa. Parece que sou uma das duas únicas pessoas do
mundo com as quais Penumbra devia poder contar e, na realidade,
não mereço confiança.

Tudo isso só para impressionar uma garota. O barulho e o balanço
do trem me fazem dormir.

A Aranha

A **PLACA COM O ARCO-ÍRIS** ao lado da estação de trem, que indica o caminho para o *campus* do Google, esmaeceu um pouco ao sol do Vale do Silício. Sigo a seta pálida pelas curvas de uma calçada ladeada por eucaliptos e bicicletários. Depois da curva, vejo grandes gramados e prédios baixos, e, entre as árvores, lampejos da marca: vermelho, verde, amarelo, azul.

O papo sobre o Google hoje em dia é como sobre os próprios Estados Unidos: ainda o maior de todos, mas inevitável e irreversivelmente em declínio. Os dois são superpoderes com recursos inigualáveis, mas ambos estão diante de rivais que crescem rapidamente e os dois, por fim, serão eclipsados. Para os Estados Unidos, o rival é a China. Para o Google, é o Facebook. (Isso tudo foi tirado de blogues de fofocas sobre tecnologia, então pode haver certo exagero. Elès também dizem que uma startup chamada Monkey Money vai ser grande no ano que vem.) Mas aqui está a diferença: ao olhar para a inevitável decadência, os Estados Unidos assinam contratos de defesa para construir porta-aviões. O Google paga programadores brilhantes para fazerem o que eles tiverem vontade.

Kat me encontra numa guarita de segurança azul, pede e recebe uma identificação de visitante com meu nome e filiação impressos em vermelho, e me conduz para os seus domínios. Cortamos caminho por um vasto estacionamento, a área negra torrando no sol. Não há carros ali. Em vez disso, o estacionamento está lotado de contêineres de navios montados sobre estacas curtas.

— São parte da Caixa Grande — diz Kat, apontando. Uma carreta está chegando do outro lado do terreno, roncando e chiando. Sua cabine é pintada de verde, vermelho e azul vivo, e está trazendo um dos contêineres brancos.

— São como peças de LEGO — continua ela. — Exceto que cada um tem espaço em disco, toneladas, e CPUS e tudo mais, e conexões para água, luz e internet. Nós os construímos no Vietnã, depois enviamos para qualquer lugar. Todos se conectam automaticamente, não importa onde estejam. Todos, juntos, formam a Big Box.

— Que faz...

— Tudo — ela diz. — Tudo no Google roda na Big Box. — Ela aponta um braço bronzeado para um contêiner com as letras www pintadas em estêncil na lateral, em letras verdes. — Tem uma cópia da web. — Entendeu? — Todos os vídeos do Youtube. — Imagine só: — Todos os seus e-mails. Todos os e-mails de todo mundo.

As prateleiras da Penumbra, neste momento, não parecem mais tão altas.

Caminhos largos serpenteiam pelo *campus* principal. Há uma ciclovia na qual circulam gênios do Google em bicicletas de corrida de fibra de carbono ou de marcha fixa e movidas à bateria. Há dois sujeitos de barba grisalha pedalando suas bicicletas horizontais e um cara alto de dreadlocks azuis pedalando um monociclo.

— Reservei um horário no scanner de livros às 12h30 — diz Kat. — Vamos almoçar antes?

Avistamos o refeitório do Google, grande e baixo, um pavilhão branco montado como se fosse para uma festa. A frente é aberta com toldos sobre as entradas e, sobre o gramado, há filas de funcionários.

Kat para, aperta os olhos. Está calculando.

— Esta — diz por fim, e me puxa para a última fila à esquerda.

— Sou uma estrategista de filas muito boa. Mas aqui não é fácil...

— Porque todo mundo no Google é um estrategista de filas.

— Exatamente. Então, às vezes as pessoas estão blefando. Esse cara blefa muito — ela diz, cutucando o sujeito bem à frente dela com o cotovelo. Ele é alto, tem cabelo claro e parece um surfista.

— Oi, eu sou o Finn — diz ele, estendendo a mão grande e com dedos longos. — Sua primeira visita ao Google? — Ele pronuncia *Go-o-gle*, com uma pequena pausa no meio.

É na realidade meu amigo ambiguamente europeu. Eu puxo papo.

— Como é a comida?

— Fantástica. O chefe é famoso... — Ele faz uma pausa. Algo desperta dentro dele. — Kat, ele tem de usar a outra fila.

— É. Eu sempre esqueço — diz Kat, que explica: — Nossa comida é personalizada. Tem vitaminas e alguns estimulantes naturais.

Finn balança a cabeça vigorosamente.

— Estou fazendo uma experiência com meus níveis de potássio. Agora, já estou comendo onze bananas por dia. É de arrasar! — Seu rosto se abre num sorriso largo. Espere, será que a salada de cuscuz tinha estimulantes?

— Desculpe — diz Kat meio chateada. — A fila dos visitantes é aquela. — Ela aponta para o outro lado do gramado e eu a deixo com o euro-surfista robótico.

Agora estou esperando perto de uma placa que diz DEPENDÊNCIAS EXTERNAS junto com três sujeitos de calças cáqui e camisas de botão azuis com telefones presos à cintura. Do outro lado do gramado, todos os funcionários do Google vestem jeans surrados e camisetas coloridas.

Kat está conversando com outra pessoa, um rapaz magro e de pele morena que entrou na fila logo atrás dela. Está vestido como um skatista, então imagino que seja ph.D em inteligência artificial. Sinto uma profunda punhalada de inveja por trás dos olhos, mas estou preparado para ela. Eu sabia que isso ia rolar, aqui no castelo de cristal onde Kat conhece todo mundo e todo mundo a conhece.

Então, deixo para lá e lembro que ela me levou até ali. Esse é o trunfo nessas situações. Sim, todo mundo é inteligente, todo mundo é descolado, todo mundo é saudável e atraente, mas ela trouxe você. Você tem de usar isso escrito no peito.

Olho para baixo e vejo que meu crachá de visitante na realidade diz isso:

NOME: Clay Jannon
EMPRESA: Livraria 24 Horas do Mr. Penumbra
CONVIDADO DE: Kat Potente

E então, eu o retiro e o coloco um pouco acima na minha camisa.

A comida, como prometido, era fantástica. Pego duas colheres de salada de lentilha e uma fatia grossa e rosada de peixe, sete aspargos grossos e um único cookie com pedaços de chocolate, que tinha sido melhorado para ficar mais crocante.

Kat acena e me chama para uma mesa perto do perímetro do pavilhão, onde uma brisa fresca balança o toldo branco. Pequenos fachos de luz dançam pela mesa, que é coberta por papel marcado com um quadriculado azul-claro. No Google, eles almoçam em papel milimetrado.

— Este é Raj — ela diz, gesticulando com um garfo cheio de salada de lentilha (que se parece igualzinha à minha) para o skatista ph.D. — Nós estudamos juntos. — Kat estudou sistemas simbólicos em Stanford. Será que todo mundo ali tinha estudado em Stanford? Será que eles dão direto um emprego a você no Google quando se forma lá?

Quando Raj fala, parece dez anos mais velho.

— E aí, o que você faz?

Eu esperava que fazer essa pergunta ali fosse um crime, substituída por algum equivalente divertido do Google, como *Qual o seu número primo favorito?* Aponto para meu crachá e admito que trabalho no oposto do Google.

— Ah, livros! — Raj faz uma pausa enquanto mastiga. Então seu cérebro processa a informação. — Sabe, livros velhos são um grande problema para nós. Conhecimento antigo em geral. Nós chamamos de ok, de Old Knowledge, ok[5]. Você sabia que 95% da internet só foram criados nos últimos cinco anos? Mas sabemos que quando se trata de todo o conhecimento humano, a proporção é inversa. Na realidade, ok representa a maior parte do que a maioria das pessoas sabe e já souberam.

Raj não está piscando, e possivelmente nem respirando.

— Então onde ele está, certo? Onde está o ok? Bem, está em parte nos livros antigos. — Ele tira a tampa de um marcador de ponta fina (De onde ele tirou aquilo?) e começa a desenhar na toalha de mesa de papel milimetrado. — E também na mente das pessoas, muito conhecimento tradicional, que é o que chamamos de TK[6]. — Ele está desenhando círculos que se superpõem e os identificando com iniciais. — Imagine se pudéssemos ter todo esse OK e TK disponível todo o tempo para todo mundo. Na rede, no seu telefone. Nunca mais uma pergunta ficaria sem resposta.

Eu me pergunto o que botam no almoço de Raj.

— Vitamina D, ômega-3s, folhas de chá fermentadas — diz ele, ainda desenhando. Ele faz um ponto único ao lado dos círculos e aperta o marcador, fazendo a tinta preta vazar. — É isso o que temos guardado na Big Box agora — diz ele, apontando para o ponto. — E pense só no valor disso. Se pudéssemos acrescentar tudo isso — ele gesticula sobre os círculos como se fosse um general planejando uma conquista —, aí a coisa ia ficar séria.

— Raj trabalha no Google há muito tempo — diz Kat. Estamos deixando a pé o refeitório. Eu peguei um cookie extra na saída, e o estou comendo agora. — Ele cuidou da abertura do capital e foi da equipe do PM por séculos.

As siglas daquele lugar! Mas acho que essa eu conheço.

— Esperem, estou confuso. O Google tem um primeiro ministro?

— Ah, não — ela diz. — Product Management, gerenciamento de

---

[5] Conhecimento antigo (N.T.).
[6] Conhecimento tradicional (N.T.).

produtos. É um comitê. No início, eram duas pessoas, depois, quatro, e agora é maior: 64. O PM administra a empresa. Eles aprovam os novos projetos, escolhem os engenheiros, alocam os recursos...

— Então esses daí são os altos executivos.

— Não, e é aí que está a coisa. É uma loteria. Se o seu nome for sorteado, você trabalha na equipe de PM por um ano. Qualquer um pode ser escolhido: Raj, Finn, eu. Pepper.

— Pepper?

— O chef.

Uau, percebo que é tão igualitário que vai além da democracia.

— É como ser escolhido para mesário de eleição!

— Você só entra no sorteio depois de trabalhar aqui por um ano — explica Kat. — E você pode sair se estiver trabalhando em alguma coisa super-super-importante. Mas as pessoas levam isso muito a sério.

Fico curioso para saber se Kat Potente já foi sorteada.

Ela sacode a cabeça.

— Ainda não. Mas eu ia adorar. Quero dizer, as probabilidades não são muito grandes, afinal, são mais de 30 mil pessoas trabalhando aqui, e só 64 fazem parte do PM. Você faz as contas. Mas está crescendo o tempo todo. As pessoas estão dizendo que eles podem expandi-lo outra vez.

Fico me perguntando como seria se administrássemos o país inteiro assim.

— Isso é tudo o que Raj quer fazer! — Ri Kat. — Depois de descobrir todo o OK e o TK, claro. — Ela sacode a cabeça ao dizer isso, se divertindo um pouco com ele. — Ele tem todo um plano para aprovar uma emenda constitucional. Se alguém pudesse fazê-lo... — Ela tornou a apertar os lábios. — Seria Raj. — Ela ri, e eu também. É, Raj é um pouco intenso demais para a média dos Estados Unidos.

Então, eu pergunto.

— Quem poderia conseguir isso?

— Talvez eu pudesse — diz Kate, de peito estufado.

Talvez você possa.

******

Passamos pelos domínios de Kat: visualização de dados. Fica no alto de uma colina baixa, um amontoado de caixas pré-fabricadas posicionadas em torno de um anfiteatro no qual degraus de pedra levam a uma fileira de telas gigantes. Olhamos lá embaixo. Há dois engenheiros sentados nos degraus do anfiteatro, com os laptops no colo, observando um monte de bolhas quicarem numa tela, todas conectadas por linhas sinuosas. Em intervalos de segundos, as bolhas congelam e as linhas ficam retas, como cabelo arrepiando na nuca. De repente, a tela brilha num vermelho sólido. Uma das engenheiras xinga baixo e se debruça sobre o laptop.

Kat dá de ombros.

— Trabalho em andamento.

— Para que serve?

— Não tenho certeza. Provavelmente alguma coisa interna. A maior parte das coisas que fazemos é interna. — Ela suspira. — O Google é tão grande que é, por si só, um público. Eu faço principalmente visualizações que são usadas por outros engenheiros ou pelo departamento comercial ou pelo PM... — Ela muda de assunto. — Para falar a verdade, eu ia adorar fazer alguma coisa que todo mundo pudesse ver! — Ela ri como se estivesse aliviada por dizer aquilo em voz alta.

Passamos por uma área cercada de ciprestes altos no final do *campus*, que projetava formas douradas sobre o caminho, e chegamos a um prédio baixo de tijolos sem qualquer identificação além de uma placa escrita à mão e presa com fita adesiva a uma porta de vidro:

SCANNER DE LIVROS

Lá dentro, o lugar parece um hospital de campanha. É escuro e um pouco quente. Luzes fortes brilham sobre uma mesa de operação cercada de braços de metal com muitas juntas. O ar tem cheiro de desinfetante. A mesa também é cercada de livros: montes e montes deles, empilhados bem alto, em carros de metal. Há livros grandes e pequenos; há best-sellers e livros antigos que parecem apropriados para Penumbra. Vejo um Dashiell Hammett.

Um funcionário alto do Google, chamado Jad, opera o scanner de livros. Ele tem um nariz perfeitamente triangular sobre uma barba castanha malcuidada. Parece um filósofo grego. Talvez seja porque está calçando sandálias.

— Ei, bem-vindo — ele diz com um sorriso enquanto aperta a mão de Kat, depois a minha. — É bom ter alguém da visualização de dados por aqui. E você...? — Ele olha para mim, com expressão curiosa.

— Não trabalho aqui. Trabalho numa velha livraria.

— Que legal! — diz Jad. Em seguida, sua expressão se fecha. — Exceto que, quero dizer, sinto muito.

— Sinto muito por quê?

— Bem, por acabar com o negócio desses caras — ele diz muito diretamente.

— Espere, que caras?

— Livrarias... livreiros?

Certo, na realidade não penso em mim como parte do negócio do livro. A Penumbra é algo completamente diferente. Mas... eu vendo livros. Sou o administrador de uma campanha publicitária no Google para atingir compradores de livro em potencial. De algum modo, isso pegou em mim: sou um livreiro.

Jad prossegue.

— Quero dizer, quando tivermos escaneado tudo, e os aparelhos de leitura estiverem disseminados... ninguém mais vai precisar de livrarias, não é?

— É esse o modelo de negócio disso aqui? — digo, com um gesto de cabeça para o scanner. — Vender livros digitais?

— Na realidade, não temos um modelo de negócio. — Jad dá de ombros. — Não precisamos ter. Os anúncios dão muito dinheiro, meio que cobre tudo. — Ele se vira para Kat. — Você não acha que isso é certo? Mesmo que ganhássemos, digamos... 5... milhões de dólares? — (Ele não tem certeza se isso parece muito dinheiro ou não. Só para registro: parece sim.) — É, ninguém ia nem perceber. Ali — ele acena o braço comprido na direção do centro do *campus*. — Eles ganham essa quantia a cada, sei lá, 20 minutos.

Isso é muito deprimente. Se eu ganhasse 5 milhões de dólares vendendo livros, ia querer andar por aí num palanquim construído com primeiras edições de *As Crônicas da Balada do Dragão*.

— É, é mais ou menos por aí — concorda Kat. — Mas é uma coisa boa. Isso nos dá liberdade. Podemos pensar a longo prazo. Podemos investir em coisas como esta. — Ela se aproxima da bancada reluzente do scanner com seus braços compridos de metal. Os olhos dela estão bem abertos e brilhando sob a luz. — Olhe só para isso.

— De qualquer modo, sinto muito — Jad diz baixo para mim.

— Não vamos ter problemas por isso. As pessoas ainda gostam do cheiro de livros. — E além disso, o scanner de livros de Jad não é o único projeto que tem um financiamento diferente. Penumbra tem um patrocinador, também.

Tiro o livro de registros da bolsa e o entrego a ele.

— Aqui está o paciente.

Jad o segura sob as luzes fortes.

— É um livro bonito — diz ele, que passa os dedos longos pela gravação na capa. — O que é?

— Só um diário pessoal. — Faço uma pausa. — Muito pessoal.

Ele abre com delicadeza o livro grande e prende a capa e a contracapa em uma armação de metal em ângulo reto. Nada de lombadas rachadas aqui. Então, ele põe a armação sobre a mesa e a fixa com quatro prendedores que fazem um estalido. Por fim, ele dá uma sacudide-la para testar. A armação e seu passageiro estão em segurança. O livro de registros está preso como se fosse um piloto de provas ou um boneco de teste de acidentes de carros.

Jad nos levou para longe do scanner.

— Fiquem atrás disso — ele diz, apontando para uma linha amarela no chão. — Os braços são afiados.

Seus dedos compridos fazem *tap-tap* por trás de uma série de monitores verticais. Ouve-se um ruído baixo de partes internas trabalhando, então um alarme apita, e aí o scanner de livros entra em ação. As luzes fortes começam a piscar como um estroboscópio, fazendo com que tudo ali dentro ficasse parecendo um filme em câmera lenta. Quadro a quadro, os braços de aranha do scanner se estendem, se prendem à ponta de uma página e a viram. É hipnotizante. Nunca tinha visto algo ao mesmo tempo tão rápido e tão delicado. Os braços faziam carinho nas páginas, alisavam-nas. Essa coisa ama livros.

A cada piscar de luzes, duas câmeras gigantes instaladas acima da mesa giram e fazem imagens em dupla. Eu me aproximo de Jad, de onde posso ver as páginas do livro de registros se empilhando em seus monitores. As duas câmeras são como dois olhos, então as imagens são em 3-D, e eu observo esse computador tirar as palavras direto das páginas cinza-pálido. Parece um exorcismo.

Volto para perto de Kat. Seus dedos dos pés estão na linha amarela e ela está se debruçando mais para perto do scanner de livros. Fico com medo de que ela seja atingida no olho.

— Isso é incrível — ela diz.

E é mesmo. Sinto uma pontada de pena pelo livro de registros, seus segredos todos arrancados em minutos por esse rodamoinho de luzes e metal. Livros, antigamente, eram algo de altíssima tecnologia. Não são mais.

O Enigma do Fundador

É MAIS TARDE, por volta de umas 20 horas, e estamos na cápsula do quarto, na espaçonave de Kat, e sua escrivaninha branca é o painel da nave. Ela está sentada em meu colo, debruçada sobre seu MacBook. Está explicando OCR, processo pelo qual um computador transforma rabiscos e desenhos em tinta e marcas de lápis em caracteres que consegue compreender, como *K*, *A* e *T*.

— Não é trivial — ela diz. — Era um livro grande. — Além disso, meus predecessores tinham letra quase tão ruim quanto a minha. Mas Kat tem um plano. — Meu computador ia precisar da noite inteira para processar essas páginas, mas estamos impacientes, certo? — Ela está digitando na velocidade de dobra 10, escrevendo comandos longos que não compreendo. É, definitivamente estamos impacientes. — Então, vamos botar centenas de máquinas para fazer tudo isso ao mesmo tempo. Vamos usar o Hadoop.

— Hadoop.

— Todo mundo usa. Google, Facebook, as agências de segurança nacionais... É um software. Ele pica um trabalho grande em pedacinhos e os espalha por montes de computadores diferentes ao mesmo tempo.

Hadoop! Adoro o som da palavra. Kat Potente, você e eu vamos ter um filho e chamá-lo de Hadoop, e ele será um grande guerreiro, um rei.

Ela se estica para frente, com as mãos espalmadas sobre a mesa.

— Eu adoro isso! — Seus olhos estão fixos na tela, onde um diagrama está surgindo: um esqueleto de flor com um centro piscante e dezenas, não, centenas, de pétalas. Está crescendo rápido, se transformando de margarida em dente-de-leão e em um girassol gigante. — Mil computadores estão fazendo exatamente o que eu quero agora. Minha mente simplesmente não está aqui — ela diz, dando um tapinha na cabeça. — Está lá fora. Eu adoro isso... a sensação.

Ela se aproxima de mim. De repente, posso sentir todos os cheiros bem definidos: o cabelo, recém-lavado com xampu, está junto ao meu rosto. Os lóbulos das orelhas são um pouquinho salientes, redondos e rosados, e suas costas são fortes graças à parede de escaladas do Google. Passo meus polegares por suas omoplatas, pelas elevações das tiras do sutiã. Ela se mexe de novo, balançando. Tiro sua camiseta e as letras retorcidas se refletem na tela do laptop: bam!

Mais tarde, o laptop de Kat emite um bipe baixo. Ela se afasta de mim, pula da cama e volta à cadeira preta da mesa. Acocorada sobre os dedos dos pés, ela parece uma gárgula. Uma bela gárgula em forma de garota nua.

— Funcionou — ela diz, e se vira para mim, corada, com o cabelo escuro despenteado. Ela sorri. — Funcionou!

Passa da meia-noite e estou de volta à livraria. O livro de registros verdadeiro está em segurança em sua prateleira. O livro de anotações falso está enfiado em minha bolsa. Tudo transcorreu exatamente de acordo com o plano. Estou alerta, estou me sentindo bem e pronto para a visualização. Baixo a informação escaneada da Big Box. Leva menos de um minuto pela *bootynet*. Todas as historinhas já escritas naquele livro de notas surgem em meu laptop, perfeitamente processadas.

Agora, computador, é hora de você obedecer aos meus comandos.

Esse tipo de coisa nunca funciona perfeitamente na primeira vez. Eu dou um pipe no texto como veio direto na visualização e fica parecendo que Jackson Pollock botou a mão em meu protótipo. Há manchas de informação por toda parte, bolhas cor-de-rosa, verdes e amarelas, todos tons fortes de jogos de fliperama.

A primeira coisa que faço é mudar a paleta de cores. Tons de terra, por favor.

Agora, estou lidando com muita informação. Só quero ver quem pegou o quê emprestado. A análise de Kat foi inteligente o bastante para taguear nomes, títulos e horários no texto, e a visualização sabe como representar isso graficamente, então eu seleciono a informação a ser exibida e vejo algo familiar: um enxame de luzes coloridas quicando entre as estantes, cada uma representando um cliente. Esses, porém, são clientes de anos atrás.

Não parece grande coisa, só uma confusão de cores indo de um lado para o outro do Catálogo Pré-histórico. Então, tenho uma sacada e ligo os pontos; daí, vejo que não é uma confusão, mas um grupo de constelações. Todo cliente deixa uma trilha, um zigue-zague bêbado pelas estantes. A constelação mais curta, representada em cor de argila vermelha, faz um pequeno Z, apenas quatro pontos de informação. A mais longa, em verde bem escuro, faz curvas em torno da loja inteira, em uma forma oval irregular.

Ainda não parece muito. Dou um comando para a livraria 3-D com o trackpad, e a ponho para girar em seus eixos. Me levanto para esticar as pernas. Do outro lado da mesa, pego um dos livros de Dashiell Hammett, que não foram tocados por ninguém desde que eu os vi no primeiro dia na loja. Isso é triste. Quero dizer, fala sério: prateleiras cheias de coisas sem sentido ficam com toda a atenção enquanto *O Falcão Maltês* acumula poeira? Isso é mais que triste. É burro. Eu devia começar a procurar um emprego diferente. Esse lugar vai me deixar maluco.

Quando volto à mesa, a livraria ainda está girando, rodando como um carrossel... e uma coisa estranha está acontecendo. A cada rotação, a constelação verde-musgo entra em foco. Por apenas um instante, ela forma uma imagem e... não pode ser. Bato com a mão no trackpad e faço o modelo girar mais devagar até parar. A constelação verde-musgo forma uma imagem clara. As outras constelações também se encaixam. Nenhuma delas é tão completa quanto a verde-musgo, mas seguem a curva de um queixo, o volume de um olho. Quando o modelo se alinha direito, como se eu estivesse olhando da porta da frente, muito perto de onde estou sentado agora mesmo, as constelações ganham vida. Elas formam um rosto.

É Penumbra.

O sino toca e ele entra na loja seguido por uma longa trilha de neblina. Estou mudo, sem saber o que dizer. Estou diante de dois Penumbras ao mesmo tempo: um deles, uma imagem digital com olhar fixo e muda na tela do laptop; o outro, um velho na porta começando a sorrir.

— Bom dia, meu rapaz — diz contente. — Alguma coisa digna de nota transpirou na noite?

Por um instante, penso em fechar a tampa do laptop e nunca mais falar no assunto. Mas não: estou curioso demais. Não posso apenas ficar sentado à minha mesa e deixar essa teia de esquisitices me enrolar. (Percebo que isso descreve vários empregos, mas este é potencialmente um tipo especial de maluquice mágika-com-K).

— O que é isso aí? — pergunta ele. — Já começou a trabalhar em nosso site?

Giro o laptop para mostrar a ele.

— Não exatamente.

Com um meio sorriso, ele põe os óculos no lugar certo e olha com atenção para a tela. Seu rosto fica sem expressão. Em seguida, ele diz, baixinho:

— O fundador. — Ele se vira para mim. — Você resolveu. — Ele bate a mão na testa e seu rosto se abre em um enorme sorriso. — Você já encontrou a solução! Olhem só para ele! Bem aí na tela!

Olhem para *ele*? Este não é... Ah, agora eu percebo, quando Penumbra se debruça sobre a tela, que cometi o erro comum de supor que todos os velhos são iguais. A figura em wireframe na tela tem o nariz de Penumbra, mas sua boca é um pequeno arco curvo. A de Penumbra é reta e larga, feita para sorrir.

— Como você conseguiu? — continua ele. Está muito orgulhoso, como se eu fosse seu neto e tivesse acabado de dar uma rebatida espetacular no beisebol ou descoberto a cura do câncer. — Preciso ver suas anotações! Você usou o método Euler? Ou a inversão Brito? Não há vergonha nisso, evita muita confusão no início...

— Mr. Penumbra — digo com triunfo na voz. — Eu escaneei um velho livro de registros... — Então, percebo que isso tem uma implicação mais grave, por isso gaguejo e confesso: — Bem, eu peguei um livro de registros antigo. Peguei emprestado. Temporariamente.

Penumbra aperta os olhos.

— Ah, eu sei, meu rapaz. Seu simulacro tinha um cheiro de café muito forte.

Tudo bem, vamos em frente.

— Peguei um livro de registros antigo e nós o escaneamos. — Sua expressão muda e, de repente, ele fica preocupado, como se em vez de curar o câncer, eu o tenha. — Porque o Google tem essa máquina que é veloz e o Hadoop, ele simplesmente usa, quero dizer, mil computadores como este! — Bato no laptop para dar ênfase. Não acho que ele tenha ideia do que eu estou falando. — Enfim, a questão é que extraímos a informação. Automaticamente.

Percebo um tremor nos micromúsculos de Penumbra. Tão de perto assim, eu lembro que ele, na realidade, é muito velho.

— Google — diz ele, e faz uma longa pausa. — É curioso. — Ele se apruma. Tem no rosto a expressão mais estranha que já vi, o equivalente emocional de uma PÁGINA DE ERRO 404. Falando principalmente consigo mesmo, ele diz: — Vou ter de fazer um relatório.

Espere. Que tipo de relatório? Estamos falando de um relatório para a polícia? O grande roubo do livro?

— Mr. Penumbra, tem alguma coisa errada? Não entendo por que...

— Ah, sim, eu sei — diz ele com aspereza, e seus olhos brilham para mim. — Agora eu entendi. Você trapaceou... seria justo dizer isso? E, como resultado, não tem ideia do que realizou.

Baixo os olhos para a mesa. Isso é algo justo de se dizer.

Quando torno a olhar para Penumbra, seu olhar está mais calmo.

— Mas mesmo assim... você conseguiu. — Ele se vira e sai andando pelo meio do Catálogo Pré-histórico. — É muito curioso.

— Quem é ele? — pergunto de repente. — De quem é o rosto?

— É do Fundador — diz Penumbra, passando a mão comprida por uma das prateleiras. — Aquele que espera, escondido. Ele fustiga os noviços há anos. Anos! E apesar de tudo você o revelou em... o quê? Um mês?

Não exatamente.

— Só um dia.

Penumbra respira fundo. Seus olhos reluzem outra vez. Estão muito arregalados e, ao refletir a luz das vitrines, refletem um azul-claro de um modo que nunca vi. Ele fica ofegante.

— Incrível. — Ele respira outra vez, mais profundamente. Ele parece agitado e contente. Na realidade, parece meio louco.

— Tenho trabalho a fazer — diz ele. — Tenho de fazer planos. Vá para casa, meu rapaz.

— Mas...

— Vá para casa. Entendendo ou não, hoje você fez uma coisa importante.

Ele se vira e caminha para as profundezas das estantes escuras e empoeiradas, conversando baixinho consigo mesmo. Pego meu laptop e minha bolsa de carteiro e saio pela porta da frente. Os sinos quase não tocam. Olho para trás através das vitrines altas e, por trás das letras curvas douradas, Penumbra desapareceu.

Por Que Você Gosta Tanto de Livros?

Quando voltei, na noite seguinte, vi uma coisa que nunca tinha visto antes, algo que me fez engasgar e parar onde estava:

A Livraria 24 Horas do Mr. Penumbra está às escuras.

Tudo parece errado. A loja está sempre aberta, sempre acordada, como um pequeno farol naquele trecho sinistro da Broadway. Mas agora as lâmpadas estão apagadas e há uma pequena folha de papel presa à porta da frente por dentro. Na letra aracnídea de Penumbra, ela diz:

FECHADO (AD LIBRIS)

Não tenho a chave da loja porque nunca precisei de uma. Sempre rolava uma rendição. Oliver rendia Penumbra que me rendia. Fico furioso por um instante, cheio de raiva egoísta. O que aconteceu? Quando vai abrir de novo? Eu não devia ter recebido um e-mail ou algo do tipo? Isso é uma coisa bem irresponsável para um patrão fazer.

Mas aí começo a me preocupar. O encontro daquela manhã foi muito mais que sem graça. E se eu dei tanto trabalho ao Penumbra que ele teve um pequeno ataque cardíaco? Ou um grande ataque? E se ele estiver morto? Ou se estiver chorando sozinho em um apartamento solitário em algum lugar, onde sua família nunca o visita porque o

vovô Penumbra é esquisito e tem cheiro de livros? Uma onda de vergonha corre em meu sangue e se mistura à raiva, e as duas giram juntas e
formam uma sopa pesada que me faz passar mal.

Vou até a loja de bebidas na esquina e compro umas batatas fritas
de saquinho.

Fico os 20 minutos seguintes parado junto ao meio-fio, mastigando
Fritos e limpando a mão nas minhas calças de maneira abobalhada,
sem saber o que fazer em seguida. Será que devo ir para casa e voltar
amanhã? Devo procurar o número de Penumbra na lista telefônica e
tentar ligar para ele? É melhor esquecer isso. Sei, sem nem precisar
conferir, que Penumbra não estará na lista telefônica. E, além disso,
não sei onde encontrar uma dessas.

Estou ali parado, tentando pensar em alguma atitude inteligente a
tomar, quando vejo uma figura familiar subir a rua deslizando. Não é
Penumbra. Ele não desliza. É... a Miss Lapin. Eu me escondo agachado
atrás de uma lata de lixo (Por que fui me agachar logo atrás de uma lata
de lixo?) e a vejo andar na direção da loja e levar um susto quando chega
a uma distância da qual pode perceber seu abandono, e em seguida ir
assim mesmo até a porta, onde se estica na ponta dos pés para examinar
o bilhete de FECHADO (AD LIBRIS), com o nariz grudado no vidro, sem
dúvida pressagiando um sentido profundo naquelas três palavras.

Então, ela olha furtivamente para os dois lados da rua e, quando a
forma pálida e ovalada de seu rosto se vira em minha direção, vejo
uma expressão tensa de medo. Ela se vira e volta deslizando pelo mesmo caminho pelo qual chegou.

Jogo meus Fritos na lata de lixo e a sigo.

******

Lapin deixa a Broadway e pega um caminho na direção de Telegraph
Hill. Sua velocidade não se altera, mesmo quando a paisagem se ergue
sob ela; ela é a pequena excêntrica que pode fazer isso. Estou botando

os bofes para fora, andando apressado a uma quadra de distância dela, me esforçando para acompanhá-la. O topo em forma da ponta de uma mangueira de incêndio da Coit Tower se ergue no alto do morro muito acima de nós, uma silhueta cinza delgada contra a escuridão mais profunda do céu. A meio caminho de uma rua estreita, que faz uma curva para acompanhar o contorno do morro, Lapin desaparece.

Corro até o ponto onde a vi pela última vez e lá encontro uma escadinha estreita de pedra na encosta, que corre como uma ruazinha entre as casas, subindo direto a encosta íngreme sob uma cobertura de galhos. A Miss Lapin, não sei como, já está na metade da escada.

Eu tento chamá-la.

— Miss Lapin! — Mas estou cansado demais e as palavras saem mais parecendo um sussurro. Então tusso, resmungo e encaro a subida do morro para segui-la.

A escada é silenciosa. A única luz vem das janelinhas no alto das casas dos dois lados. Ela ilumina os ramos no alto, carregados de ameixas escuras. Mais acima, ouço um farfalhar e um coral de garças noturnas de cabeça negra. Em seguida, um bando de papagaios selvagens, forçado por algum motivo a sair de onde estava empoleirado, desce em festa pelo túnel formado pelas árvores e sai para o ar aberto da noite. Sinto pontas de asas tocarem minha cabeça.

Mais acima, ouço um estalido nítido, um rangido e, em seguida, uma fresta de luz se alarga e forma um quadrado. A sombra de minha presa passa por ali e então ela se fecha. Rosemary Lapin está em casa.

Subo até a altura da casa e me sento num degrau para recuperar o fôlego. Essa senhora tem muita resistência. Talvez seja leve, com ossos como os de uma ave. Talvez flutue levemente. Olho para baixo para o caminho por onde viemos. Através da renda de ramos negros, posso ver as luzes da cidade bem lá embaixo.

Lá dentro, ouço o barulho de pratos batendo e retinindo. Bato na porta da Miss Lapin. Há um silêncio longo, patente.

— Miss Lapin? — chamo. — É Clay, da, uh, da livraria. O atendente. Eu só queria lhe fazer uma pergunta sobre uma coisa. Ou talvez sobre todas as coisas.

O silêncio se prolonga.

— Miss Lapin?

Vejo uma sombra interromper a faixa de luz sob a porta. Ela fica ali parada, como se estivesse indecisa. Então, a tranca estala e a Miss Lapin aparece.

— Olá — diz com extrema simpatia.

A casa dela é a toca de um hobbit bibliófilo. Os tetos são baixos, os espaços pequenos, e o local inteiro está repleto de livros. É pequeno, mas não desconfortável. O ar tem um cheiro forte de canela e um aroma suave de maconha. Em frente a uma lareira limpa e arrumada, há uma poltrona de espaldar alto.

A Miss Lapin não está sentada na poltrona. Em vez disso, recuou para o canto de sua cozinha, que parecia uma cozinha de barco, o mais distante que conseguia ficar de mim ainda estando no mesmo ambiente. Acho que ela sairia pela janela se pudesse alcançá-la.

— Miss Lapin, preciso entrar em contato com o Mr. Penumbra.

— Quer um chá? Sim, um chá e depois você vai embora. — Ela se ocupa com uma chaleira pesada de metal. — Uma noite agitada para um jovem, imagino, tantos lugares para ir, pessoas para ver...

— Na realidade, eu devia estar trabalhando.

Suas mãos estremecem sobre o fogão.

— Claro. Bem, há muitos empregos por aí, não fique chateado...

— Não preciso de um emprego! — De modo mais gentil, digo: — Miss Lapin, é sério, eu só preciso entrar em contato com o Mr. Penumbra.

A Miss Lapin faz uma pausa, mas breve.

— Há tantas profissões. Você podia ser padeiro, taxidermista, capitão de balsa... — Então ela se vira e eu acho que é a primeira vez que ela olha nos meus olhos. Os dela são verdes. — O Mr. Penumbra viajou.

— Mas quando ele volta?

A Miss Lapin não responde, apenas olha para mim, então se vira lentamente para cuidar da chaleira, que começou a estremecer e a apitar sobre o fogãozinho. Uma combinação resplandecente de medo e curiosidade invade meu cérebro. É hora de falar sério.

Peguei o laptop, que provavelmente é o objeto com a tecnologia mais avançada que já passou pela porta da casa da Miss Lapin, e o botei sobre uma pilha de livros pesados, todos eles do Catálogo Pré-histórico. O reluzente MacBook parece um alienígena azarado tentando se misturar com a força silenciosa da civilização humana. Eu o abro, revelando as entranhas reluzentes do alienígena, e inicio a visualização enquanto a Miss Lapin atravessa a sala com duas xícaras em dois pires.

Quando seus olhos veem a tela e reconhecem a livraria em 3-D, ela larga os pires sobre a mesa, fazendo muito barulho, junta as mãos sob o queixo, se abaixa e assiste à formação do rosto em wireframe.

Ela fala com voz aguda:

— Você o encontrou!

A Miss Lapin abre um grande rolo de papel fino, quase translúcido, sobre a mesa, agora sem nenhum livro. É minha vez de ficar de boca aberta. É um desenho da livraria feito em lápis cinza e ele, também, mostra uma teia de linhas ligando espaços nas prateleiras. Mas está incompleto, mal começou. É possível ver a curva de um queixo e o ângulo de um nariz, nada mais. Essas linhas, escuras e firmes, estão cercadas por muitas marcas de borracha. Uma história formada por camadas de linhas fantasmas que tinham sido desenhadas e removidas muitas vezes.

Há quanto tempo, me pergunto, a Miss Lapin está trabalhando nisso?

Sua expressão explica tudo. Suas faces tremem, como se estivesse à beira das lágrimas.

— É por isso — ela diz, voltando a olhar para meu laptop. — É por isso que o Mr. Penumbra partiu. Ah, o que você fez? Como você fez isso?

— Computadores — explico. — Dos grandes.

A Miss Lapin suspira e finalmente se rende à sua poltrona.

— Isso é terrível — ela diz. — Depois de todo aquele trabalho.

— Miss Lapin, em que estavam trabalhando? O que é isso tudo, afinal?

A Miss Lapin fecha os olhos e diz:

— Sou proibida de falar sobre isso. — Ela dá uma espiada com um dos olhos. Estou quieto, tento expressar honestidade e sinceridade, procurando parecer o mais inofensivo possível. Ela suspira outra vez. — Mas o Mr. Penumbra gostava de você. Gostava muito de você.

Não gosto do som do verbo no passado. A Miss Lapin estende a mão para pegar o chá, mas não o alcança, então pego o pires e a xícara e os entrego a ela.

— E é bom falar sobre isso. Depois de anos e anos de leituras e leituras e leituras. — Ela faz uma pausa e dá um gole no chá. — Promete não falar sobre isso com ninguém?

Sacudo a cabeça. Ninguém.

— Muito bem — diz e respira fundo. — Sou uma noviça em uma irmandade chamada Unbroken Spine[7]. Ela tem mais de 500 anos de idade. — Em seguida, dá mais detalhes. — Tão antiga quanto os próprios livros.

Uau! A Miss Lapin é só uma noviça? Ela deve ter uns 80 anos.

— Como entrou nisso? — perguntei.

— Eu era uma de suas clientes — ela diz. — Frequentava a loja havia seis ou sete anos. Um dia, na hora de pagar por um livro (Ah, eu me lembro disso tão bem!), o Mr. Penumbra me olhou nos olhos e disse: "Rosemary". — Ela faz uma boa imitação de Penumbra. — "Rosemary, por que você gosta tanto de livros?". E eu respondi: "Ora, eu não sei".

Ela está animada, quase como uma jovem, agora.

— Acho que amo os livros porque eles são silenciosos e eu posso levá-los ao parque. — Ela aperta os olhos. — Ele ficou me observando sem dizer uma palavra. Então, eu falei: "Bem, na realidade eu adoro livros porque eles são os meus melhores amigos". E ele sorriu. Ele tem um sorriso lindo. Aí ele foi, pegou aquela escada e subiu mais alto do que eu já o havia visto subir.

Claro, eu entendi.

— Ele deu a você um livro do Catálogo Pré-histórico.

[7] Em inglês, lombada intacta (N.T.).

— Como você os chama?

— Ah, as... sabe, estantes do fundo. Os livros em código.

— Eles são *codex vitae* — ela diz, com pronúncia precisa. — É, o Mr. Penumbra me deu uma chave para decodificá-lo. Mas ele disse que era a única chave que iria me dar. Eu teria de encontrar a seguinte sozinha, e as que viessem depois, também. — A Miss Lapin franziu a testa de leve. — Ele disse que não levaria muito tempo para me tornar um dos desencadernados, mas tem sido muito difícil para mim.

Ei, espere aí!

— Desencadernado?

— Existem três ordens — diz a Miss Lapin, e as conta nos dedos. — Noviço, desencadernado e encadernado. Para se tornar um dos desencadernados, é preciso solucionar o Enigma do Fundador. É a loja, sabia? Você vai de um livro para outro, decodificando cada um deles e encontrando, assim, a chave para o próximo. Todos estão dispostos nas estantes de um modo especial. É como um emaranhado de fios.

Essa eu entendi.

— Esse foi o enigma que eu solucionei.

Ela balança uma vez a cabeça e bebe seu chá. Então, de repente, como se tivesse acabado de se lembrar, diz:

— Sabia que antigamente eu era programadora de computadores?

Não acredito!

— Na época em que eles eram grandes e cinza, como elefantes. Ah, era trabalho duro. Nós fomos os primeiros a fazer isso.

Incrível!

— Onde foi isso?

— Na Pacific Bell, logo ali na Sutter Street. — Ela aponta um dedo para o centro da cidade. — Na época em que os telefones eram uma tecnologia muito avançada. — Ela dá um sorriso e pisca repetidas vezes os cílios num gesto teatral. — Eu era uma jovem muito moderna, sabia?

Ah, eu acredito!

— Mas faz tanto tempo que não uso uma máquina dessas. Nunca me passou pela cabeça fazer o que você fez. Ah, mesmo que isso tenha sido uma tarefa muito complicada... — Ela faz um gesto para uma pilha de livros e papéis. — Encarar um livro após o outro. Algumas histórias são boas, mas outras... — Ela dá um suspiro.

Há um barulho de passos lá fora, um coral nítido de grasnidos e, em seguida, uma batida rápida na porta. Os olhos da Miss Lapin se arregalam. As batidas não param. A porta está vibrando.

A Miss Lapin se levanta da poltrona, gira a maçaneta, e lá está Tyndall, de olhos arregalados e cabelo despenteado, parado com uma das mãos na cabeça e a outra em meio ao gesto de bater outra vez na porta.

— Ele foi emborra! — Tyndall grita, andando de um lado para o outro na sala. — Foi chamado à biblioteca! Mas por que isso? — Ele anda rapidamente em círculos, se repetindo, como a energia de uma mola sendo liberada. Seus olhos passam por mim, mas ele não para nem reduz o passo. — Ele foi emborra! Penumbra foi emborra!

— Maurice, Maurice, se acalme — diz Miss Lapin, que o conduz até a poltrona dela, onde ele desaba, sem parar de se mexer, impacientemente.

— O que vamos fazer? O que podemos fazer? O que devemos fazer? Sem Penumbra... — Tyndall parece começar a pensar em outra coisa e então se vira para mim. — Você pode tocar a loja?

— Esperem um pouco — digo. — Ele não morreu, ele só... vocês não acabaram de dizer que ele foi visitar uma biblioteca?

A expressão no rosto de Tyndall conta uma história diferente.

— Ele não vai voltar — diz ele, sacudindo a cabeça. — Não vai voltar, não vai voltar.

Essa mistura, agora mais de medo que de curiosidade, se espalha por meu estômago. É uma sensação ruim.

— Eu soube por Imbert, que soube por Monsef. Corvina está furioso! Penumbra vai ser queimado. Queimado! Para mim, é o fim! O fim para você! — Ele agita o indicador na direção de Rosemary Lapin. Agora o rosto dela está trêmulo.

Eu não estou entendendo nada.

— O que o senhor quer dizer com "Penumbra vai ser *queimado*"?

Tyndall diz:

— Não o homem, o livro... o livro dele! É quase tão ruim, talvez até pior. Melhor a carne que as páginas. Vão queimar seu livro do mesmo jeito que fizeram com Saunders, Moffat, Don Alejandro, os inimigos da Broken Spine. E ele, Glencoe, o pior... ele tinha uma dúzia de noviços! Todos abandonados, perdidos. — Ele olha para mim com olhos úmidos e desesperados, e desabafa: — Eu estava quase terminando!

Com certeza eu me envolvi em um culto.

— Mr. Tyndall — digo sem rodeios. — Onde ela fica? Onde fica a biblioteca?

Tyndall sacode a cabeça.

— Não sei. Sou só um noviço. Agorra nunca vou, nunca vou ser... a menos.... — Ele ergue os olhos, que têm um lampejo de esperança, e repete. — Você pode tocar a loja?

Não posso administrar a loja, mas posso usá-la. Graças ao Mr. Tyndall, sei que Penumbra está com problemas em algum lugar e sei que é por minha causa. Não entendo como nem por que, mas não há dúvidas de que fui eu quem levou Penumbra a fazer as malas, e agora estou seriamente preocupado com ele. Esse culto parece ter sido criado especificamente para atrair pessoas velhas que gostam de livros, como uma Cientologia para estudiosos idosos. Se isso for verdade, então Penumbra já está muito encrencado. Bom, chega de perguntas sem respostas concretas. Vou invadir a Livraria 24 Horas do Mr. Penumbra em busca das respostas de que preciso.

Mas primeiro eu tenho que entrar.

No meio do dia seguinte, estou parado, tremendo em plena Broadway, contemplando as vitrines de vidro, quando Oliver Grone de repente está parado ao meu lado. Nossa, ele é muito silencioso para um sujeito tão grande.

— O que está acontecendo? — pergunta.

Eu o observo com atenção. E se Oliver já tiver sido introduzido nesse culto?

— Por que está parado aqui? Está frio.

Não, ele é como eu. Não pertence ao grupo. E talvez esteja fora do grupo, porém pode ser que tenha uma chave.

Ele sacode a cabeça.

— A porta nunca foi trancada. Sempre chego e rendo o Mr. Penumbra, sabia?

Claro. E eu fazia o mesmo com Oliver. Mas agora Penumbra sumiu.

— Agora estamos presos aqui fora.

— Bem, podemos tentar a saída de incêndio.

Vinte minutos mais tarde, Oliver e eu estamos usando nossos músculos de escalada afiados nas estantes sombrias da Penumbra. Temos uma escada de obra que compramos em uma loja de ferragens a cinco quadras de distância e a armamos no beco entre a livraria e o clube de strip.

Um bartender magro do Booty também está ali nos fundos, sentado sobre um balde plástico virado de cabeça para baixo e fumando um cigarro. Ele nos olha uma vez, depois volta ao seu celular. Parece estar jogando Ninja Fruit.

Oliver vai primeiro e eu seguro a escada; depois, subo atrás dele por minha conta. Tudo isso é território novo. Eu tinha uma noção abstrata da existência daquele beco e de que havia uma saída de incêndio ali, mas ainda não sei onde a saída de incêndio se liga à loja. Há uma área grande bem nos fundos da livraria, onde raramente vou. Depois das prateleiras iluminadas da frente e das profundezas escuras do Catálogo Pré-histórico, há uma salinha com uma mesinha e um banheiro. Depois disso, a porta com a placa PRIVATIVO, que dá para o escritório de Penumbra. Eu levo isso a sério, assim como fiz com a regra número dois (em relação à santidade do Catálogo Pré-histórico), pelo menos até o Mat se envolver.

— É, a porta leva para um lance de escadas — diz Oliver. Estamos parados na saída de incêndio, que emite um rangido metálico cada vez que um de nós se move. Há uma janela grande com vidro antigo montada sobre uma armação de madeira arranhada e esburacada. Eu a empurro, mas ela não se move. Oliver se agacha para tomar impulso, emite um grunhido surdo e se joga contra a janela, que se abre no ato com um *pop* e um guincho agudo. Olho para o bartender lá embaixo. Ele está nos ignorando com a discrição de uma pessoa cujo emprego costuma exigir isso.

Pulamos pela janela e entramos na escuridão do estúdio do segundo andar da livraria de Penumbra.

Ouço um grunhido, pés se arrastando, uma exclamação de dor sussurrada, e finalmente Oliver encontra o interruptor. Uma luz laranja é projetada de uma luminária apoiada sobre uma escrivaninha comprida e revela muito espaço à nossa volta.

Penumbra é muito mais nerd do que deixa transparecer.

A mesa está repleta de computadores, nenhum deles fabricado após 1987. Há um velho TRS-80 conectado a uma TV marrom que parecia achada no lixo. Há um Atari oblongo e um PC da IBM com gabinete de plástico azul. Há muitas caixas cheias de velhos disquetes flexíveis e pilhas de manuais com títulos impressos em letras grandes:

DANDO UMA MORDIDA NO SEU APPLE
PROGRAMAS BÁSICOS PARA DIVERSÃO E LUCRO
MASTER CLASS DE VISICALC

Ao lado do PC tem uma caixa de metal comprida e, sobre ela, dois copos de vedação de borracha. Ao lado da caixa, um velho telefone de disco com um fone grande e curvo. Acho que a caixa é um modem, talvez o mais antigo do mundo. Quando se está pronto para entrar na rede, conecta-se o fone aos copos de vedação, como se o computador estivesse, literalmente, fazendo uma ligação telefônica. Nunca tinha visto um desses pessoalmente, só em posts de blogues que se divertem mostrando objetos de tecnologia ultrapassada. Fico atônito, pois isso significa que Penumbra, em algum momento de sua vida, tateou pelo ciberespaço.

Na parede atrás da mesa, há um mapa-múndi, muito grande e muito antigo. Nesse mapa, não há Quênia, Zimbábue ou Índia. O Alaska é um espaço vazio. Há alfinetes reluzentes enfiados no papel. Eles destacam Londres, Paris e Berlim. Outros marcam São Petesburgo, Cairo e Teerã. Há mais, e devem ser as livrarias, as pequenas bibliotecas.

Enquanto Oliver vasculha uma pilha de papéis, eu ligo o PC. O botão emite um estalido alto e o computador acorda para a vida. Soa como um avião decolando. Há um ronco alto, depois um ruído agudo e, em seguida, uma sequência de bipes entrecortados. Oliver se vira para mim.

— O que está fazendo? — sussurra.

— Procurando pistas, como você. — Não sei por que ele está sussurrando.

— Mas e se houver coisas esquisitas aí? — diz ele, ainda sussurrando. — Como pornografia.

O computador exibe um prompt de comando. Até aí, tudo bem, entendo o que está rolando. Quando se trabalha num site, interagindo com servidores de maneiras que, na realidade, não mudaram muito desde 1987, relembro os tempos de NewBagel e digito algumas instruções experimentais.

— Oliver, você já fez alguma arqueologia digital?

— Não — diz ele, debruçado sobre um gaveteiro. — Na realidade, não mexo em nada que tenha nascido depois do século 12.

O pequeno disco do PC está cheio de arquivos de texto com nomes inescrutáveis. Quando abro um deles, encontro um monte de caracteres sem sentido. Isso pode significar informação pura, ou criptografada, ou... sim. Este é um dos livros do Catálogo Pré-histórico, um dos livros que a Miss Lapin chamou de *codex vitae*. Acho que Penumbra o copiou em seu PC.

Há um programa chamado EULERMETHOD e eu teclo, respiro fundo, e tento outra vez... e o PC emite bipes em protesto. Em texto verde-brilhante, ele me diz que há erros no código, muitos deles. O programa não vai rodar. Talvez nunca tenha rodado.

— Veja isso — diz Oliver do outro lado da sala.

Ele está debruçado sobre um livro grosso em cima de um arquivo. A capa é de couro, gravada como nos livros de registro, e nela está escrito pecunia. Talvez seja um livro de registros pessoal para todos os detalhes realmente interessantes do negócio do livro. Mas não: quando Oliver o abre e folheia, o propósito do livro se revela. É um livro-caixa. Cada página é dividida em duas colunas e dezenas de linhas estreitas, cada uma delas com uma anotação na letra sinuosa de Penumbra:

FESTINA LENTE CO. US$ 10.847,00
FESTINA LENTE CO. US$ 10.853,00
FESTINA LENTE CO. US$ 10.859,00

Oliver folheia o livro-caixa. Os registros são mensais e recuam por décadas. Então, este é o nosso mecenas: a Festina Lente Company deve ter alguma conexão com Corvina.

Oliver Grone é um escavador treinado. Enquanto eu brincava de hacker, ele achou algo útil. Sigo a trilha dele e circulo passo a passo pela sala à procura de pistas.

Encontro outro armário baixo. Em cima dele, um dicionário analógico, uma revista *Publishers Weekly*, toda amassada, de 1993, um cardápio de um restaurante birmanês de comida para viagem. Dentro, papel, lápis, elásticos, um grampeador.

Há um cabide para casaco vazio, exceto por um cachecol cinza-claro. Já vi Penumbra com ele antes.

Há fotos em molduras negras na parede em frente, ao lado das escadas que levam para baixo. Uma delas mostra a própria loja, mas devia ter décadas de idade: é em preto e branco e a rua está diferente. Em vez do Booty's ao lado, há um restaurante chamado Arigoni's, com velas e toalhas de mesa quadriculadas. Outra foto, esta em Kodachrome colorido, mostra uma mulher de meia-idade bonita, com cabelo chanel bem curto, abraçada a uma sequoia, com um calcanhar levantado e olhando para a câmera.

A última foto mostra três homens posando diante da ponte Golden Gate. Um é mais velho, com aparência de professor: nariz adunco pronunciado e um sorriso malicioso e cativante. Os outros dois são muito mais novos. Um tem o peito largo e braços grossos, como um halterofilista de antigamente. Tem um bigode negro, entradas pronunciadas e com um dos braços faz sinal de positivo com o polegar para a câmera. Seu outro braço está em torno dos ombros do terceiro homem, que é alto, magro, com... Espere aí! O terceiro homem é Penumbra. É, o Penumbra de muito tempo atrás, com uma cabeleira castanha e carne no rosto. Está sorrindo. Está muito jovem.

Abro a moldura e tiro a foto. No verso, escrito com a letra de Penumbra, há uma legenda:

Dois noviços e um grande professor
Penumbra, Corvina e Al-Asmari

Incrível. O mais velho deve ser Al-Asmari; logo, o de bigode, é Corvina, que agora é chefe de Penumbra, Presidente da Livros Esquisitos S.A., que pode ser a Festina Lente Co. Deve ter sido esse Corvina quem convocou Penumbra até a biblioteca para ser punido, demitido, queimado ou pior. Ele está animado e cheio de energia na foto, mas agora deve ser tão velho quanto Penumbra. Deve ser um esqueleto perverso.

— Veja isso! — Oliver me chama outra vez, do outro lado da sala. Definitivamente, ele é muito melhor na função de detetive que eu. Primeiro, o livro-caixa, e agora, isso: ele ergue uma lista com horários de trens recém-impressa. Ele a abre sobre a mesa e lá está, destacado por um quadrado de quatro traços, o destino de nosso patrão.

Penn Station.

Penumbra está a caminho de Nova York.

Impérios

O CENÁRIO que consigo visualizar é o seguinte:

A livraria fechou. Penumbra foi embora, convocado por seu chefe, Corvina, até a biblioteca secreta que é, na realidade, a sede do culto bibliófilo conhecido como Unbroken Spine. Alguma coisa vai ser queimada. A biblioteca fica na cidade de Nova York, mas ninguém sabe onde... ainda não.

Oliver Grone vai subir pela escada de incêndio e abrir a loja por pelo menos algumas horas todos os dias, para manter Tyndall e o restante dos clientes satisfeitos. Talvez Oliver possa aprender um pouco mais sobre a Unbroken Spine nesse meio-tempo.

Eu tenho outra missão. O horário de chegada do trem de Penumbra ao seu destino final, é óbvio que ele foi de trem, ainda está a dois dias no futuro. Agora mesmo, ele está sacolejando pelo meio do país, e se eu trabalhar depressa, posso ultrapassá-lo, interceptá-lo e, sim, resgatá-lo. Posso pôr as coisas de novo no lugar e recuperar meu emprego. Posso descobrir exatamente o que está acontecendo.

******

Conto tudo para Kat, como já estou acostumado a fazer. A sensação é a mesma de inserir uma equação matemática muito complexa no computador. Eu teclo em todas as variáveis, aperto enter, e:

— Não vai funcionar — ela diz. — Penumbra é um homem velho. Tenho a sensação de que essa coisa faz parte da vida dele há muito tempo. Quero dizer, isso é basicamente a vida dele, não é?

— É, por isso...

— Por isso acho que você não vai conseguir que ele simplesmente... desista. Tipo, estou no Google há quanto tempo, três anos? Isso está longe de ser uma vida. Mas mesmo agora você não podia simplesmente me encontrar na estação de trem e me dizer para voltar para o lugar de onde saí. Essa empresa é a parte mais importante de minha vida. É a parte mais importante de mim. Eu não faria o que você quer.

Ela tem razão e isso é desconcertante, tanto por significar que preciso de um novo plano quanto porque posso ver a verdade no que ela diz e isso, na realidade, não faz nenhum sentido para mim. Nunca senti isso por um emprego (ou por um culto). Você poderia me encontrar numa estação de trem e me convencer de qualquer coisa.

— Mas eu acho que você deve ir para Nova York de qualquer jeito — diz Kat.

— Tá, agora não entendi nada.

— Isso tudo é muito interessante para não se correr atrás. Qual a alternativa? Encontrar outro emprego e ficar para sempre querendo saber o que aconteceu com o seu velho patrão?

— Bem, sem dúvida isso é um plano B...

— Seu primeiro instinto estava certo. Você só precisa ser mais... — Ela faz uma pausa e aperta os lábios. — Estratégico. E tem de me levar com você. — Ela dá um sorriso. Obviamente. Como posso dizer não?

— O Google tem escritórios enormes em Nova York — diz Kat. — E eu nunca fui lá, por isso vou dizer que quero ir lá conhecer a equipe. Meu gerente vai concordar com isso. E você?

E eu? Tenho uma busca e uma aliada. Agora, tudo de que preciso é um patrocinador.

******

Deixe-me lhe dar um conselho: faça amizade com um milionário quando ele for um menino sem amigos no 6º ano. Neel Shah tem muitos amigos: investidores, empregados, outros empresários... Mas, de certa forma, eles sabem, e ele também, que são amigos de Neel Shah, o CEO. Por outro lado, sou e sempre serei amigo do Neel Shah mestre de RPG.

Neel vai ser meu patrocinador.

A casa dele tem dupla função e também abriga a sede da empresa. Na época em que São Francisco era uma cidade jovem, o local onde ele vive era uma grande sede dos bombeiros. Hoje é um enorme techno-loft de tijolos com alto-falantes caros e internet megaveloz. A empresa de Neel ocupa o andar de baixo, onde bombeiros do século 19 costumavam comer chili do século 19 e contavam piadas do século 19. Eles foram substituídos por um esquadrão de rapazes magrelos que são exatamente o oposto: homens que calçam tênis macios em cor fosforescente, não botas pretas pesadas, e quando apertam sua mão, não é com força para quebrar ossos, mas algo fraco, sem firmeza. A maioria tem sotaques diferentes. (Será que isso talvez não tenha mudado?)

Neel descobre programadores prodígio, os traz para São Francisco e os contrata. Esses são os caras de Neel, e o melhor deles é Igor, que tem 19 anos e vem da Bielorrússia. Segundo Neel, Igor aprendeu sozinho matemática matricial na parte de trás de uma pá, foi o rei da cena hacker de Minsk aos 16 anos, e teria seguido diretamente para uma carreira arriscada na pirataria de softwares caso Neel não tivesse descoberto seu trabalho em 3-D em um vídeo demo postado no YouTube. Neel conseguiu o visto para ele, pagou a passagem de avião e, quando ele chegou, havia uma mesa à sua espera no velho prédio dos bombeiros. Ao lado da mesa, havia um saco de dormir.

Igor me oferece sua cadeira e vai procurar seu patrão.

As paredes de madeira grossa e tijolos aparentes são cobertas de cartazes de mulheres clássicas: Rita Hayworth, Jane Russell, Lana Turner, todos impressos num preto e branco reluzente. Os monitores acompanham a temática. Em algumas telas, as mulheres estão ampliadas e pixeladas; em outras, são repetidas várias vezes. O monitor de Igor mostra Elizabeth Taylor como Cleópatra, exceto que metade dela é um esboço de modelo em 3-D, um wireframe verde que se move pela tela em sincronia com o filme.

Neel ganhou milhões em *middleware*. Isso quer dizer que ele cria softwares usados por outras pessoas que criam softwares, principalmente *video games*. Ele vende as ferramentas de que eles precisam do mesmo modo que um pintor precisa de uma palheta ou um cineasta de uma câmera. Vende ferramentas sem as quais eles não podem trabalhar, ferramentas pelas quais eles pagam uma boa grana.

Vou explicar de modo mais simples: Neel Shah é o maior especialista do mundo em anatomia de peitos.

Ele desenvolveu a primeira versão de seu software de simulação de peitos, totalmente inovador, enquanto ainda estava no 2º ano em Berkeley, e logo depois o vendeu a uma empresa coreana que estava desenvolvendo um *video game* de vôlei de praia. O jogo era horrível, mas os peitos eram fenomenais.

Hoje, esse programa, que agora se chama Anatomix, é a ferramenta definitiva para simulação e representação de seios em meios digitais. É um pacote em permanente expansão, que permite criar e produzir modelos com realismo impressionante, um universo inteiro de seios humanos. Um módulo fornece variáveis de tamanho, forma e autenticidade. (Neel sempre diz que seios não são esferas nem balões de água. São estruturas complicadas, quase arquitetônicas.) Outro módulo renderiza os seios, colorindo-os com pixels. É um tipo de pele especial, com uma qualidade luminosa e muito difícil de ser obtida. Envolve algo chamado Sub-Surface Scattering (sss)[8].

Se você está no negócio de simular peitos, o software de Neel é a única opção séria. Ele faz mais que isso, graças ao empenho de Igor. O

---

[8] Tecnologia, com um efeito de iluminação, que cria uma pele mais realista (N.T.).

Anatomix agora pode renderizar todo o corpo humano, com sua ginga e iluminação perfeitamente calibrados em lugares que você nem sabia que tinha dentro de você. Mas os peitos ainda são o forte da empresa.

Na realidade, acho que Igor e o resto dos funcionários de Neel trabalham apenas com tradução. Os inputs, presos nas paredes e brilhando em todas as telas, são beldades específicas da história do cinema. Os outputs são modelos genéricos e algorítmicos. E agora ele completou o ciclo. Neel conta, em estrita confidência, que seu software está sendo usado na pós-produção de filmes.

Neel desce a escada em caracol com passos rápidos, acenando e sorridente. Com sua camiseta cinza com as moléculas justas ele usa calças jeans fora de moda e tênis New Balance de cores vivas com línguas brancas acolchoadas. É impossível se livrar completamente do 6º ano.

— Neel — explico quando ele puxa uma cadeira —, preciso ir a Nova York amanhã.

— O que rolou? Um emprego?

Não, o oposto de um emprego.

— Meu patrão idoso desapareceu e estou tentando localizá-lo.

— Não estou *muito* surpreso — diz Neel, apertando os olhos.

— Você tinha razão. Feiticeiros.

— Me conte. — Ele se aquieta para ouvir.

Igor reaparece e deixo sua cadeira. Fico de pé para apresentar o caso. Conto a Neel o que aconteceu. Explico à maneira da introdução de uma aventura no Rockets & Warlocks: as subtramas, os personagens, a busca anterior à nossa. O quadro está se formando, digo: há um trapaceiro (que sou eu) e uma feiticeira (Kat). Agora preciso de um guerreiro. (Mas afinal, por que o grupo típico de aventuras consiste de um feiticeiro, um guerreiro e um trapaceiro? Na realidade, deveria ser um mago, um guerreiro e um cara rico. Senão, quem vai pagar por todas as espadas e feitiços e quartos de hotel?)

Os olhos de Neel se iluminam. Eu sabia que essa seria a estratégia retórica certa. Em seguida, mostro a ele a livraria em 3-D e o misterioso e enrugado Fundador se forma na tela.

Ele ergue as sobrancelhas. Está impressionado.

— Não sabia que você trabalhava com códigos. — Seus olhos se estreitam e os bíceps pulsam. Está pensando. Finalmente, ele diz: — Quer dar isso para um dos meus funcionários aqui? Igor, dá uma olhada...

— Neel, não. Os gráficos não importam.

Igor se aproxima mesmo assim.

— Eu acho que ficou legal — diz ele com bondade. Na tela atrás dele, os cílios de Cleópatra piscam em wireframe.

— Neel, só preciso voar para Nova York. Amanhã. — Lanço para ele aquele olhar que só os amigos conhecem. — E Neel... preciso de um guerreiro.

Ele franze o cenho.

— Eu acho que não... Tenho muito trabalho a fazer aqui.

— Mas esse é um cenário de Rockets & Warlocks. Você mesmo disse. Quantas vezes inventamos coisas como esta? Agora é de verdade.

— Eu sei, mas tem um grande lançamento vindo aí e...

Abaixo a voz.

— Não vá desistir agora, Nilric Quarter-Blood.

Foi uma punhalada desferida com a adaga envenenada de um trapaceiro, e nós dois sabemos disso.

— Neel... problemas? — Igor repete distraído. Neel olha para mim fixa e furiosamente.

— Tem Wi-Fi no avião. Esses caras não vão sentir a sua falta. — Eu me viro para Igor. — Vão?

O gênio matemático da Bielorrússia sorri e sacode a cabeça.

Quando eu era criança e lia romances de fantasia, sonhava acordado com feiticeiras gostosas. Nunca imaginei que fosse conhecer uma de verdade, mas só porque eu não tinha me dado conta de que os magos iam caminhar entre nós e iam trabalhar no Google. Agora estou no quarto de uma feiticeira gostosa e estamos sentados em sua cama, tentando resolver um problema impossível.

Kat me convenceu de que nunca vamos conseguir encontrar Penumbra na Penn Station. A área é grande demais, segundo ela, e há muitas maneiras de Penumbra desembarcar do trem e sair para a rua. Ela usa a matemática para provar isso. Há 11% de chance de encontrá-lo lá e, se não conseguirmos, ele estará perdido para sempre. Nós precisamos é de um gargalo para que isso não aconteça.

O melhor gargalo, é claro, seria a própria biblioteca. Mas onde fica a sede da Unbroken Spine? Tyndall não sabe. A Miss Lapin não sabe. Ninguém sabe.

Pesquisas minuciosas no Google não revelam site nem endereço da Festina Lente Company. Não há citações em jornais, revistas ou mesmo nos classificados de mais de um século. Esses caras simplesmente não voam abaixo do radar; eles são subterrâneos.

Mas tem de ser um lugar real, certo? Um lugar com porta de entrada? Será que tem identificação? Estou pensando sobre a livraria. Há o nome de Penumbra na vitrine e também aquele símbolo, o mesmo dos livros de registros e do livro-caixa. Duas mãos abertas como um livro. Tenho uma foto dele no meu celular.

— Boa ideia — diz Kat. — Se um prédio tiver esse símbolo em algum lugar, seja numa vitrine ou entalhado em pedra, podemos achá-lo.

— Como? Andando a pé por todas as ruas de Manhattan? Isso ia levar, tipo, cinco anos.

— Na realidade, 23 — diz Kat. — Se fizermos à moda antiga.

Ela puxa o laptop por cima dos lençóis e o liga.

— Mas adivinhe o que temos no Google Street View? Fotos de todos os prédios em Manhattan.

— Então vamos subtrair o tempo de caminhada e agora vai levar apenas... treze anos?

— Você tem de começar a pensar de modo diferente — critica Kat, sacudindo a cabeça. — Essa é uma das coisas que se aprende no Google. Coisas que costumavam ser difíceis... não são mais.

Ainda não entendo como computadores podem nos ajudar com essa espécie de problema em particular.

— Bem, e quanto a hu-ma-nos-e-com-pu-ta-do-res — diz Kat, com a voz modulada como um robô de desenho animado — tra-ba-lhan-do-jun-tos?

— Seu dedo voa pelo teclado e reconheço alguns comandos: o exército do rei Hadoop está outra vez em marcha. Sua voz volta ao normal. — Podemos usar o Hadoop para ler páginas de um livro, certo? Então, também podemos usá-lo para ler placas e letreiros em prédios.

É claro!

— Mas ele vai cometer erros — ela diz. — O Hadoop provavelmente vai nos reduzir de cem mil prédios para, tipo, cinco mil.

— Então conseguimos reduzir para cinco dias em vez de cinco anos.

— Errado — diz Kat. — Porque, adivinhe só, temos dez mil amigos. — Ela clica triunfantemente em uma barra e letras amarelas grossas surgem na tela. — Isso se chama Mechanical Turk. Em vez de enviar tarefas para computadores, como faz o Hadoop, ele envia tarefas para pessoas reais. Muitas delas. A maioria da Estônia.

Ela deu ordens ao rei Hadoop e a dez mil homens da infantaria estoniana. É impossível detê-la.

— O que eu sempre digo a você? — diz Kat. — Agora temos essas novas ferramentas, ninguém entende isso. — Ela sacode a cabeça e repete: — Ninguém entende isso.

Agora eu também falo com voz de robô de desenho animado.

— A-sin-gu-la-ri-da-de-es-tá-pró-xi-ma!

Kat ri e move símbolos por sua tela. Um grande número vermelho no canto diz que 30.347 trabalhadores estão à espera para cumprir nossas ordens.

— Ga-ro-ta-hu-ma-na-bo-ni-ta! — Cutuco as costelas de Kat e a faço clicar no lugar errado. Ela me empurra para o lado com o cotovelo e continua a trabalhar. Enquanto a observo, ela reúne milhares de fotos de endereços de Manhattan. Há prédios antigos com fachada de arenito pardo, arranha-céus, edifícios-garagem, escolas públicas, vitrines de lojas, tudo capturado pelas caminhonetes do Google Street View, todos marcados por um computador como prováveis detentores, talvez, de um livro feito de duas mãos, apesar de, na maioria dos casos (na realidade em todos, menos um), ser apenas algo que o computador confundiu com o símbolo da Unbroken Spine: duas mãos rezando, uma letra gótica ornamentada, a ilustração de um pretzel num cartaz.

Então, ela envia as imagens para o Mechanical Turk, todo um exército de almas ansiosas à espera com seus laptops em todos os cantos do mundo. Junto com elas, manda minha foto de referência e uma pergunta simples: "São iguais? Sim ou não?".

Em sua tela, um relógio amarelo diz que a tarefa vai levar 23 minutos.

Entendo o que Kat diz: isso é mesmo fascinante. Quero dizer, o exército de computadores do rei Hadoop era uma coisa, mas agora são pessoas reais. Muitas delas. A maioria da Estônia.

— Ah, ei, adivinhe só? — diz repentinamente Kat, com uma expressão surpresa e animada no rosto. — Eles vão anunciar em breve o novo Product Management.

— Uau! Boa sorte.

— Bem, você sabe, não é completamente aleatório. Quero dizer, é randômico em parte. Mas também há, tipo... é um algoritmo. E eu pedi a Raj para me recomendar. Para o algoritmo.

Claro. Então isso significa duas coisas: (1) O chef de cozinha, Pepper, na realidade jamais será escolhido para comandar a empresa, e (2) se o Google não botar essa garota na chefia, vou mudar para outra ferramenta de busca.

Nos esticamos lado a lado na cama e nave espacial barulhenta de Kat com as pernas entrelaçadas, comandando mais gente agora do que os habitantes da cidade onde nasci. Ela é a rainha Kat Potente, com seu império instantâneo, e eu sou seu leal consorte. Não vamos comandá-los todos por muito tempo, mas ei! Nada dura para sempre. Todos ganhamos vida, reunimos aliados e construímos impérios e morremos, tudo em um único instante... talvez numa única pulsação de algum processador gigante em algum lugar.

O laptop emite um ruído baixo, e Kat rola até ele para teclar. Ainda ofegante, ela sorri e bota o laptop em cima da barriga para me mostrar o resultado dessa operação conjunta entre humanos e computadores, essa colaboração entre mil máquinas, dez vezes mais humanos, e uma garota muito inteligente.

É uma foto lavada de um prédio de pedra baixo, pouco mais que uma casa grande. Pessoas borradas passam pela calçada diante dele. Uma delas usava uma pochete rosa. A casa tem barras de ferro protegendo janelas pequenas e um hall de entrada escuro e sombrio sob um toldo negro. E gravado em pedra, cinza sobre cinza, lá estão elas: duas mãos abertas como um livro.

São pequenas, não são maiores que mãos de verdade. Se passasse por elas caminhando pela calçada, você provavelmente não as notaria. O prédio fica na Quinta Avenida, em frente ao Central Park, descendo a rua do Guggenheim.

A Unbroken Spine se esconde em plena vista.

A BIBLIOTECA

O Balconista Mais Estranho em 500 Anos

Estou olhando por binóculos brancos Stormtrooper. Estou olhando para o mesmo pequeno símbolo cinza, duas mãos juntas abertas como um livro, entalhadas em pedra de um cinza mais escuro. Estou de pé sobre um banco na Quinta Avenida, de costas para o Central Park, com uma máquina de vender jornais de um lado e, do outro, um carrinho de falafel. Estamos em Nova York. Peguei os binóculos emprestados com Mat antes de viajarmos. Ele me alertou para não perdê-los.

— O que está vendo? — pergunta Kat.

— Nada, ainda. — Há janelas pequenas no alto das paredes, todas protegidas por grades com barras pesadas. É uma pequena fortaleza sem graça.

Unbroken Spine. Soa como uma quadrilha de assassinos, não um bando de pessoas que adora livros. O que se passa dentro daquele prédio? Será que há fetiches sexuais que envolvem livros? Deve ser isso. Tento não pensar em como devem funcionar. Será que é necessário pagar para ser membro da Unbroken Spine? Você provavelmente tem de pagar muita grana. Provavelmente há cruzeiros caros. Fico preocupado com Penumbra. Ele está tão metido nisso que nem percebe o quanto tudo é estranho.

É de manhã cedo. Viemos direto do aeroporto. Neel vem sempre a Manhattan a negócios e eu costumava vir de trem de Providence, mas Kat é uma neófita em Nova York. Ficou olhando que nem uma boba as luzes da cidade antes do amanhecer enquanto nosso avião fazia a curva para pousar no Aeroporto JFK. Ela estava com as pontas dos dedos no plástico transparente das janelas e disse:

— Não achava que fosse tão mirrada.

Estamos sentados em silêncio num banco da cidade mirrada. O céu começa a se iluminar, mas estamos envoltos em sombras, saboreando, como café da manhã, bagels perfeitamente imperfeitas e café, na tentativa de parecermos normais. O ar tem um aroma úmido, como se fosse chover, e um vento frio varre a rua. Neel está rabiscando num pequeno notepad, desenhando garotas curvilíneas com espadas curvas. Kat comprou o *The New York Times*, mas não consegue descobrir como ele funciona, então agora está mexendo em seu celular.

— É oficial — diz sem tirar os olhos do aparelho. — Vão anunciar o novo grupo do Product Management hoje. — Ela atualiza os dados o tempo todo. Acho que vai ficar sem bateria antes do meio-dia.

Eu alterno entre páginas de *O Guia dos Pássaros do Central Park* (comprado na livraria do JFK) e espiadas discretas com os binóculos de Mat.

E o que vejo:

À medida que o ritmo da cidade se acelera e o tráfego começa a ficar pesado na Quinta Avenida, uma figura alta vem andando pela calçada oposta. É um homem de meia-idade, com uma cabeleira castanha que balançava ao vento. Mexo no foco dos binóculos. Ele tem um nariz redondo e um rosto gorducho que fica rosado no frio. Está usando calças escuras e um paletó de tweed com caimento perfeito. Sem dúvida feito por um alfaiate para se ajustar à barriga protuberante e aos ombros curvos. Ele parece dar uns pulinhos ao andar.

Meu sexto sentido está funcionando, porque, com certeza, o Nariz Redondo para diante da porta de entrada da Unbroken Spine, enfia uma chave na fechadura e entra cautelosamente. As duas luminárias gêmeas de parede, uma de cada lado da porta, ganham vida.

Dou um tapinha no ombro de Kat e aponto para as luzes acesas. Neel aperta os olhos. O trem de Penumbra chega à Penn Station às 12h01, e até lá, observamos e esperamos.

Depois de Nariz Redondo, um pequeno fluxo contínuo de nova-iorquinos incrivelmente normais entra pela porta escura: uma garota de blusa branca e saia lápis preta; um homem de meia-idade com um suéter verde de lã; um sujeito de cabeça raspada, que parecia ter sido criado pelo Anatomix. Será que todos podiam ser membros da Unbroken Spine? Isso não parecia certo.

— Talvez eles tentem atingir outro tipo de pessoas aqui — sussurra Neel. — Gente mais discreta, mais jovem...

Há muito mais nova-iorquinos que não entram pela porta escura, é claro. As calçadas dos dois lados da Quinta Avenida estão cheias deles, uma torrente de humanidade, alta e baixa, jovem e velha, descolada e careta. Grupos de pedestres passaram por nós bloqueando minha visão. Kat está irrequieta de tanta curiosidade.

— É tão pequena, mas tem tanta gente — ela diz enquanto observa o fluxo de pessoas. — Eles são... como peixes. Ou pássaros. Ou formigas, não sei. Uma espécie de superorganismo.

Neel entra no papo.

— De onde você é?

— Palo Alto — ela diz. De lá para Stanford e para o Google. Para uma garota obcecada pelos limites externos do potencial humano, Kat não tinha se aventurado longe demais de casa.

Neel balança a cabeça em sinal de compreensão.

— A mente suburbana não consegue compreender a complexidade emergente de uma calçada de Nova York.

— Não sei se concordo — diz Kat, apertando os olhos. — Sou muito boa com complexidade.

— Viu, eu sei o que está pensando — diz Neel, sacudindo a cabeça. — Está pensando que isso é apenas um sistema multiagente de simulação e que todo mundo aí na rua segue um conjunto bem simples de regras. — Kat balança a cabeça. — E se descobrir essas regras, pode fazer um modelo. Pode simular a rua, depois o bairro, depois a cidade inteira, certo?

— Exatamente. Quero dizer, com certeza ainda não sei quais são as regras, mas podia fazer experiências para tentar descobri-las, e então seria algo trivial...

— Errado! — diz Neel, buzinando como se fosse um apresentador de programa de perguntas na TV. — Não dá para fazer isso. Mesmo que saiba as regras, e por falar nisso, não há regras, mas mesmo que houvesse, é impossível criar um modelo. Sabe por quê?

Meu melhor amigo e minha namorada estão discutindo sobre simulações. O máximo que posso fazer é ficar sentado e ouvir.

Kat fecha a cara.

— Por quê?

— Você não tem memória suficiente. Nenhum computador é grande o bastante. Nem mesmo o seu, como é que se chama mesmo?

— Big Box.

— Esse mesmo. Ele não é grande o bastante. Essa caixa — Neel estende os braços, apontando para a calçada, o parque e as ruas — é maior.

A multidão serpenteia e segue adiante.

Neel fica entediado e vai andando até o Metropolitan Museum, onde pretende tirar fotos de referência de seios de mármore da Antiguidade. Kat manda mensagens curtas e urgentes para colegas do Google com os polegares, querendo informação e rumores sobre o novo grupo do PM.

Às 11h03, uma figura recurvada para a frente vem caminhando cambaleante pela rua. Meu sexto sentido me alerta novamente. Acredito que agora posso detectar um certo traço de esquisitice com precisão científica. O homem cambaleante tem um rosto que parece uma coruja velha de celeiro, com um chapéu de cossaco negro e peludo, que cobria as sobrancelhas grossas que se projetam no espaço. Moleza: ele se abaixa e entra na porta escura.

Às 12h17, finalmente começa a chover. Estamos protegidos por árvores altas, mas a Quinta Avenida está escurecendo rapidamente.

Às 12h29, um táxi para em frente à Unbroken Spine e dele salta um homem com uma jaqueta de marinheiro que puxa a gola para cobrir o pescoço enquanto se inclina para pagar o motorista. É Penumbra, e é surreal vê-lo aqui, emoldurado por árvores escuras e pedras pálidas. Eu nunca sequer o imaginara em algum outro lugar que não no interior de sua livraria. É uma venda casada: não dá para ter um sem o outro. Mas ali está ele no meio da rua, em Manhattan, mexendo em sua carteira.

Pulo do banco e atravesso correndo a Quinta Avenida, driblando os carros que andavam lentamente. O táxi vai embora como se fosse uma cortina amarela e... *ta-rá*! Lá estou eu. Primeiro, Penumbra não entende nada; em seguida, franze os olhos e dá um sorriso. Depois, joga a cabeça para trás e solta uma gargalhada alta. Ele não para de rir, por isso começo a rir também. Ficamos ali parados por um instante, apenas rindo um para o outro. Também estou um pouco ofegante.

— Meu rapaz! — diz Penumbra. — Você deve ser o atendente mais estranho que essa irmandade viu em 500 anos. Venha. Venha. — Ele me conduz pela calçada, ainda rindo. — O que está fazendo aqui?

— Eu vim detê-lo. — Isso soa estranhamente sério. — O senhor não precisa de... — Eu estou quase botando os bofes para fora. — O senhor não precisa entrar aí. Não tem de deixar queimarem seu livro. Ou seja lá o que for.

— Quem falou a você sobre queimar? — Penumbra diz baixo, erguendo uma sobrancelha.

— Bem... Tyndall soube por Imbert. — Pausa. — Que escutou a história de, uh, Monsef.

— Eles estão errados — diz com firmeza Penumbra. — Não vim aqui para falar de punições. — Ele pronuncia esta última palavra como algo muito abaixo dele. — Não, eu vim para defender meu caso.

— Seu caso?

— Computadores, meu rapaz — diz ele. — Eles têm a chave para nós. Por um bom tempo desconfiei disso, mas nunca tive uma prova de que poderiam acelerar e ampliar muito o nosso trabalho. Você providenciou isso! Se os computadores podem ajudar você a solucionar o Enigma do Fundador, eles podem fazer muito mais por essa irmandade. — Ele fecha um punho magro e o brande. — Vim preparado para dizer ao Primeiro Leitor que temos de usá-los. Precisamos fazer isso!

A voz de Penumbra tem o timbre de um empresário defendendo a sua startup.

— Está falando do Corvina? O Primeiro Leitor é o Corvina.

Penumbra balança a cabeça.

— Você não pode entrar comigo aqui. — Ele gesticula na direção da porta escura. — Mas quero falar com você depois de terminar minha conversa por aqui. Vamos ter de ver que equipamento comprar... com que empresas trabalhar. Vou precisar de sua ajuda, meu rapaz. — Ele ergue o olhar para ver por cima de meu ombro. — E você não está sozinho, está?

Olho para o outro lado da Quinta Avenida, onde Kat e Neel estão parados, olhando para nós dois e à nossa espera. Kat acena.

— Ela trabalha no Google. Ela ajudou.

— Bom! — diz Penumbra, balançando a cabeça. — Isso é muito bom. Mas me diga, como achou este lugar?

Eu dou um sorriso ao contar para ele.

— Computadores.

Ele sacode a cabeça, então enfia a mão dentro do casaco e tira um Kindle preto e fino, ainda ligado, mostrando palavras bem-definidas sobre um fundo pálido.

— O senhor tem um — digo com um sorriso.

— Ah, mais de um, meu rapaz — diz Penumbra, e pega outro leitor de livros digitais, um Nook. Depois outro, da Sony. Mais um, com a marca KOBO. Sério? Quem tem um Kobo? E Penumbra atravessou o país levando quatro leitores de livros digitais?

— Eu precisava me atualizar um pouco — explica, balançando todos numa pilha. — Mas sabe, este aqui... — Ele saca um último aparelho, este muito fino e com uma capa azul. — Este foi o meu favorito de todos.

Ele não tem marca.

— O que *é* isso?

— Isso? — Ele brinca com o e-reader misterioso entre os dedos. — Meu aluno Greg, você não o conhece, ainda não. Ele me emprestou para a viagem. — Sua voz assume um tom conspiratório. — Ele disse que era um protótipo.

O leitor anônimo é impressionante: fino e leve, com uma textura que não é plástico, mas tecido, como um livro de capa dura. Como Penumbra botou suas mãos em um protótipo? Quem meu patrão conhece no Vale do Silício?

— É um aparelho maravilhoso — diz ele, comparando-o com o resto e dando um tapinha na pilha. — Isso tudo é absolutamente maravilhoso. — Ele faz uma pausa e me olha nos olhos. — Obrigado, meu rapaz. É por sua causa que estou aqui.

Isso me faz sorrir. Acabe com eles, Mr. Penumbra!

— Onde nos encontramos, senhor?

— No Dolphin & Anchor. Traga seus amigos. Você pode achá-lo por conta própria, não é verdade? Usem os seus computadores. — Ele dá uma piscadela e depois se vira, empurra a porta e desaparece no interior escuro da biblioteca secreta da Unbroken Spine.

O celular de Kat nos guia até nosso destino. O céu está se abrindo, então caminhamos pela maior parte do trajeto.

Quando o encontramos, o Dolphin & Anchor é o refúgio perfeito, todo em madeira escura e luzes baixas. Sentamos a uma mesa redonda perto de uma janela salpicada de gotas de chuva. Nosso garçom chega e ele, também, é perfeito: alto, forte, com uma barba ruiva densa e uma disposição que animou a todos. Pedimos canecas de cerveja e ele as trouxe com um prato de pão e queijo.

— Para ter força na tormenta — diz com uma piscadela.

— E se o Mr. P. não aparecer? — diz Neel.

— Ele vem — respondo. — Não era o que eu esperava. Ele tem um plano. Quero dizer, ele comprou e-readers.

Kat sorri ao ouvir isso, mas não ergue os olhos. Está de novo gruda-da ao celular. Parece uma candidata em dia de eleição.

Há uma pilha de livros sobre a mesa e um pote de metal com lápis pontudos que cheiravam como se tivessem sido recém-apontados. Na pilha, há exemplares de *Moby Dick*, *Ulysses*, *O Homem Invisível*... este é um bar para bibliófilos.

Há uma mancha clara de cerveja na contracapa de *O Homem Invisí-vel* e, em seu interior, as margens estão repletas de marcas de lápis. É algo tão denso que é quase impossível ver o papel por trás. Há anota-ções de dúzias de pessoas diferentes nas margens brigando por espa-ço. Folheio o livro. Está todo rabiscado. Algumas anotações são sobre o texto, mas há mais se referindo umas às outras. As margens tendem a virar discussões, mas também há interações. Algumas são inescrutá-veis, apenas números por todos os lados. Há "pichações" em código:

6HV8SQ esteve aqui

Belisco o queijo com minha cerveja à frente e tento acompanhar as conversas ao longo das páginas.

Kat dá um suspiro baixo. Do outro lado da mesa, ergo os olhos e vejo seu rosto fechado, numa expressão preocupada. Ela põe o telefo-ne sobre a mesa e o cobre com um dos grossos guardanapos azuis do Dolphin & Anchor.

— O que foi?

— Mandaram um e-mail com o novo grupo do PM. — Ela sacode a cabeça. — Não foi dessa vez. — Então, dá um sorriso forçado e pega um livro surrado na pilha. — Não é nada de mais — ela diz, folheando as páginas para se ocupar. — De qualquer modo, é como ganhar na loteria. As chances eram pequenas.

Não sou um empreendedor nem um cara de negócios, mas naque-le instante não havia nada que eu quisesse mais do que abrir uma empresa e fazê-la crescer até o tamanho do Google para poder entregar a administração para Kat.

Há uma lufada de vento úmido. Ergo os olhos de *O Homem Invisível* para ver o rosto de Penumbra na porta. Os tufos de cabelo sobre as orelhas estavam molhados e escorridos, e um pouco escurecidos pela chuva. Está com os dentes rangendo.

Neel fica de pé, corre até ele e o conduz até a mesa. Kat pega seu casaco. Penumbra está tremendo e diz baixinho:

— Obrigado, mocinha, muito obrigado.

Ele segue com determinação até a mesa, se apoiando nos encostos das cadeiras pelo caminho.

— Mr. P., é um prazer conhecê-lo — diz Neel, estendendo-lhe a mão. — Adoro sua loja. — Penumbra a aperta com força. Kat acena um olá.

— Então, esses são seus amigos — diz Penumbra. — É um prazer conhecê-los, os dois. — Ele se senta e expira bruscamente. — Não me sento diante de rostos jovens neste lugar desde... bem, desde que meu próprio rosto era jovem assim.

Estou desesperado para saber o que aconteceu na biblioteca.

— Por onde começar? — diz ele. Penumbra passa um guardanapo no alto da cabeça. Está agitado e com a expressão séria. — Contei ao Corvina o que aconteceu. Contei a ele sobre o livro de registros e sobre sua engenhosidade.

Ele diz que foi engenhosidade. Isso é um bom sinal. Nosso garçom de barba ruiva chega com outra caneca de cerveja e a põe sobre a mesa diante de Penumbra, que faz um aceno com a mão e diz:

— Ponha na conta da Festina Lente, Timothy. A mesa toda.

Ele torna a falar.

— O conservadorismo de Corvina se agravou, apesar de eu achar que uma coisa dessas não pudesse ser possível. Ele provocou tantos danos... Eu não tinha ideia. — Penumbra sacode a cabeça. — Corvina diz que a Califórnia me contaminou. — Ele pronuncia *contaminou* com raiva. — Ridículo! Contei a ele o que você fez, meu rapaz, contei a ele o que era possível fazer. Mas ele não quer ceder.

Penumbra leva a cerveja à boca e toma um gole grande. Depois, olha para Kat, em seguida, para Neel e para mim, e torna a falar, lentamente:

— Meus amigos, tenho uma proposta para vocês. Mas primeiro terão de entender uma coisa sobre esta irmandade. Vocês me seguiram até a sua sede, mas não conhecem nada sobre seu objetivo, ou seus computadores lhes contaram isso também?

Bem, eu sei que envolve bibliotecas e noviços e pessoas unidas por um pacto e livros que são queimados, mas nada disso faz nenhum sentido. Kat e Neel só sabem o que viram na tela de meu laptop: uma sequência de luzes que percorrem um caminho pelas estantes de uma livraria esquisita. Quando se procura por Unbroken Spine, o Google responde: *Você quis dizer unicorn sprinkle?* Então, a resposta certa é:

— Não, nada.

— Vamos fazer duas coisas — diz Penumbra balançando a cabeça. — Primeiro, vou contar a vocês um pouco de nossa história. Depois, para entender, vocês precisam ver a Sala de Leitura. Lá, a minha proposta vai ficar clara e eu torço e espero muito que vocês aceitem.

Claro que vamos aceitar. É isso que você faz em uma jornada de RPG. Você ouve o problema do velho feiticeiro e, então, promete ajudá-lo.

Penumbra ergue o indicador.

— Conhecem o nome Aldus Manutius?

Kat e Neel sacodem a cabeça, mas eu conheço. Talvez a faculdade de arte tenha servido para alguma coisa, no fim das contas.

— Manutius foi um dos primeiros editores de livros — respondo. — Logo depois de Gutenberg. Seus livros ainda são famosos. São lindos. Eu já vi reproduções.

— Isso — diz Penumbra. — Foi no fim do século 15. Aldus Manutius reuniu escribas e estudiosos em sua gráfica em Veneza. Lá, eles produziram as primeiras edições dos clássicos. Sófocles, Aristóteles e Platão. Virgílio, Horácio e Ovídio.

Eu entro na história.

— É, ele os imprimiu usando uma fonte novinha, criada por um designer chamado Griffo Gerritszoon. Foi incrível. Ninguém tinha visto nada parecido com aquilo antes, e ainda é a fonte mais famosa de todos os tempos. — Mas não a Gerritszoon Display, essa é necessário roubar.

Penumbra balança a cabeça.

— Isso é bem conhecido pelos historiadores e, ao que parece — ele ergue uma sobrancelha —, atendentes de livraria. Também pode ser interessante saber que o trabalho de Griffo Gerritszoon é a fonte da riqueza de nossa irmandade. Até hoje, quando editores compram essa fonte, compram de nós. — Ele fala quase num sussurro: — E nós não a vendemos barato.

Sinto o estalo de uma conexão em meu cérebro: FLC Type Foundry é a Festina Lente Company. O culto de Penumbra é sustentado por polpudas quantias de licenciamento.

— Mas aí está o problema — diz ele. — Aldus Manutius era mais que um editor. Era um filósofo e um professor. Foi o primeiro de nós. Ele foi o fundador da Unbroken Spine.

Tudo bem, com certeza não ensinaram isso em meu curso de tipografia.

— Manutius acreditava que havia profundas verdades ocultas na escrita dos antigos, entre elas, a resposta à nossa maior pergunta.

Há uma pausa significativa. Limpo a garganta.

— Qual é a nossa... maior pergunta?

Kat responde.

— Como viver para sempre.

Penumbra se vira e seu olhar a encara diretamente. Os olhos dele são grandes, brilhantes, e ele assente: sim.

— Quando Aldus Manutius morreu — diz em voz baixa —, amigos e alunos encheram seu túmulo de livros, cópias de tudo o que ele tinha publicado.

O vento lá fora sopra forte contra a porta de vidro e a faz estremecer.

— Eles fizeram isso porque o túmulo estava vazio. Quando Aldus Manutius morreu, não restou um corpo.

Então, o culto de Penumbra tem um messias.

— Ele deixou para trás um livro que chamava de CODEX VITAE, o livro da vida. Ele estava em código e Manutius confiou seu segredo a uma única pessoa: seu grande amigo e parceiro Griffo Gerritszoon.

Correção: o culto tem um messias e um primeiro discípulo. Mas pelo menos o discípulo é um designer. Isso é legal. E *codex vitae*... Eu já ouvi isso antes. Mas Rosemary Lapin me disse que os livros do Catálogo Pré-histórico eram *codex vitae*. Estou confuso.

— Nós, alunos de Manutius, trabalhamos por séculos para desvendar esse *codex vitae*. Acreditamos que ele tem todos os segredos que ele descobriu em seus estudos sobre os antigos e, o primeiro entre eles, o segredo da vida eterna.

A chuva vergasta a janela. Penumbra respira fundo.

— Acreditamos que, quando esse segredo for finalmente desvendado, todos os membros da Unbroken Spine que já viveram... viverão outra vez.

Um messias, um primeiro discípulo e ressurreição. Confere, confere e confere. Penumbra está, agora mesmo, oscilando bem na fronteira entre um cara velho esquisito charmoso e um velho esquisito perturbador. Duas coisas fazem a balança pender para o lado do charme. Primeiro, o sorriso astuto, que não é o sorriso de um louco, e micromúsculos não mentem. Segundo, a expressão nos olhos de Kat. Ela está encantada. Acho que as pessoas acreditam em coisas mais estranhas que essa, não? Presidentes e papas acreditam em coisas mais estranhas que essa.

— De quantos membros estamos falando, aqui? — pergunta Neel.

— Não são tantos que não caibam num grande salão — diz Penumbra, afastando sua cadeira da mesa e se levantando. — Venham, meus amigos, o Salão de Leitura nos espera.

CODEX VITAE

CAMINHAMOS PELA CHUVA, todos dividindo um grande guarda-chuva preto emprestado do Dolphin & Anchor. Neel o segura sobre nossas cabeças (o guerreiro sempre carrega o guarda-chuva) com Penumbra no meio e Kat e eu o abraçando, um de cada lado. Penumbra não ocupa muito espaço.

Chegamos à porta escura. O lugar não podia ser mais diferente da livraria em São Francisco onde Penumbra tem uma parede de vitrines e luz quente projetada do interior. Este lugar tem pedras simples e duas luminárias fracas. Penumbra nos convida a entrar, mas o lugar diz: *Não, vocês provavelmente estão melhor aí fora.*

Kat empurra e abre a porta. Sou o último a entrar e dou um aperto de leve em seu pulso quando passo.

Não estou preparado para a banalidade que encontramos. Eu esperava gárgulas. Em vez disso, havia dois sofás baixos e uma mesa quadrada de vidro formando uma pequena área de espera. Há revistas de fofoca espalhadas sobre a mesa. Bem em frente, há um balcãozinho estreito de entrada, e atrás dele está sentado o homem de cabeça raspada que vi na calçada de manhã. Ele está vestindo um cardigã azul. Acima dele, na parede, letras maiúsculas quadradas e sem serifa anunciam:

FLC

— Estamos de volta para ver o Mr. Deckle — diz Penumbra ao recepcionista, que mal ergue os olhos. Há uma porta de vidro jateado e Penumbra nos conduz por ela. Ainda estou segurando a respiração à espera de gárgulas, mas não. É uma natureza-morta verde-acinzentada, uma savana fria de grandes monitores, divisórias baixas e cadeiras de escritório giratórias. É um escritório. Igualzinho à NewBagel.

Lâmpadas fluorescentes zumbem por trás de painéis no teto. As mesas são dispostas em grupos e nelas trabalham as pessoas que vi pelos binóculos Stormtrooper de manhã. A maioria delas está usando fones de ouvido. Ninguém tira os olhos de seus monitores. Por cima de ombros encurvados, vejo uma planilha, uma caixa de entrada e uma página do Facebook.

Estou confuso. Este lugar parece ter vários computadores.

Seguimos o caminho sinuoso entre as baias. Ali estão presentes todos os símbolos sem graça de um escritório comum: a máquina de café, um frigobar, a grande impressora multifuncional a laser piscando obstrução de papel em vermelho. Há uma lousa branca que mostra vestígios esmaecidos de *reuniões* do passado. Agora mesmo, em traços de um azul forte, ele diz:

PROCESSOS JURÍDICOS IMPORTANTES: 7!!

Continuo esperando que alguém levante os olhos e perceba a nossa pequena procissão, mas todos parecem concentrados no trabalho. O ruído baixo de pessoas digitando parece a chuva lá fora. No canto extremo, uma pessoa ri. Olho e vejo o homem de suéter verde sorrindo maliciosamente para o seu monitor. Está comendo iogurte num copo plástico. Acho que ele está assistindo a um vídeo.

Há escritórios particulares e salas de reunião em volta, todos com portas de vidro jateado e pequenas placas de identificação. Estamos nos dirigindo para a que está no canto mais distante da sala, e a plaquinha de identificação diz:

EDGAR DECKLE/PROJETOS ESPECIAIS

Penumbra segura a maçaneta com a mão magra, bate uma vez no vidro e abre a porta.

O escritório é bem pequeno, mas totalmente diferente do espaço lá fora. Meus olhos têm de se adaptar ao novo jogo de cores: ali, as paredes são escuras e elegantes, com papel com volutas douradas e verdes. O piso é de madeira e se enverga e range sob meus pés; os saltos de Penumbra produzem estalidos leves enquanto ele vai fechar a porta às nossas costas. Ali, a luz é diferente, porque vem de lâmpadas quentes, não fluorescentes no teto. E quando a porta é fechada, o ruído ambiente é expulso, substituído por um silêncio doce e pesado.

Há uma escrivaninha pesada, gêmea idêntica à da loja de Penumbra, e atrás dela está sentado o primeiro homem que vi na calçada de manhã: Nariz Redondo. Está vestindo um robe preto sobre as roupas que usava na rua. Ele se fecha frouxamente na frente, onde é preso com um alfinete de prata: duas mãos abertas como um livro.

Agora estamos chegando a algum lugar.

O ar tem um cheiro diferente. Tem cheiro de livros. Atrás da mesa, atrás de Nariz Redondo, eles enchem completamente as estantes montadas na parede, que vão até o teto. Mas esse escritório não é tão grande. A biblioteca da Unbroken Spine parece ter a capacidade de uma livraria de qualquer aeroporto regional.

Nariz Redondo está sorrindo.

— Senhor! Bem-vindo de volta — diz ele, se levantando. Penumbra ergue a mão e gesticula para que ele se sente. Nariz Redondo volta sua atenção para mim, Kat e Neel.

— Quem são seus amigos?

— Eles são desencadernados, Edgar — diz rapidamente Penumbra, que se vira para nós. — Meus alunos, este é Edgar Deckle. Ele guarda a porta da Sala de Leitura há quanto tempo, Edgar? Onze anos agora?

— Onze, exatamente — diz Deckle com um sorriso. Percebo que todos também estamos sorrindo. Ele e sua câmara são um tônico quente depois da calçada fria e das baias ainda mais frias.

Penumbra olha para mim com os olhos apertados e enrugados.

— Edgar foi atendente em São Francisco exatamente como você, meu rapaz.

Tenho a sensação de estar deslocado, a sensação clássica de o mundo ser muito mais organizado e previsível do que você esperava. Será que li a caligrafia inclinada dele no livro de registros? Será que ele fazia o turno da madrugada?

Deckle também fica satisfeito e, em seguida, finge seriedade.

— Um conselho. Uma noite, você vai ficar curioso e se perguntar se devia dar uma conferida no clube ao lado. — Ele faz uma pausa. — Não faça isso.

Sim, com certeza ele fazia o turno da madrugada.

Há uma cadeira diante de sua mesa, com espaldar alto, feita de madeira reluzente, e Deckle faz um gesto para que Penumbra se sente.

Neel se inclina em clima de conspiração e aponta o polegar para trás sobre o ombro, na direção dos escritórios.

— Então aquilo é tudo fachada?

— Ah, não — diz Deckle. — A Festina Lente Company é um negócio de verdade. Muito real. A empresa licencia a fonte Gerritszoon. — Kat, Neel e eu assentimos com expressão sábia, como noviços que sabem das coisas. — E muito mais. Eles também fazem outras coisas. Como o novo projeto de livro digital.

— O que é isso? — pergunto. Essa operação parece muito mais inteligente e complexa do que Penumbra deu a entender.

— Não entendo totalmente — diz Deckle. — Mas de algum modo identificamos pirataria de livros digitais para editores. — Minhas narinas se dilatam. Já ouvi histórias de alunos de faculdade processados por milhões de dólares. Deckle explica. — É um negócio novo. A menina dos olhos de Corvina. Aparentemente, é muito lucrativo.

Penumbra balança a cabeça.

— É graças ao trabalho dessa gente lá fora que nossa loja existe.

Bem, isso é muito legal. Meu salário é pago por dinheiro usado para licenciamento de fontes e casos de infração envolvendo direitos autorais.

— Edgar, esses três solucionaram o Enigma do Fundador — diz Penumbra. — Kat e Neel erguem as sobrancelhas ao ouvir isso. — E chegou a hora de eles conhecerem a Sala de Leitura. — Ele fala de um modo que consigo ouvir as letras maiúsculas.

Deckle sorri.

— Isso é fantástico. Parabéns, e bem-vindos. — Ele gesticula com a cabeça para uma fileira de ganchos na parede, metade deles segurando paletós e suéteres, a outra metade com capas escuras iguais às dele. — Então, troquem os seus por esses, para início de conversa.

Tiramos os casacos molhados. Enquanto pegamos as capas, Deckle explica.

— Temos de manter as coisas limpas lá embaixo. Sei que parecem engraçados, mas na realidade são bem desenhados. São abertos dos lados para que tenham liberdade de movimento. — Deckle balança os braços para frente e para trás. — E eles têm bolsos internos para papel, lápis, régua e compasso. — Ele abre bem o robe para nos mostrar. — Temos material para escrever lá embaixo, mas vocês vão ter de levar suas próprias ferramentas.

Isso soa quase fofo: *Não esqueçam sua régua no primeiro dia de culto!* Mas onde fica "lá embaixo"?

— Uma última coisa — diz Deckle. — Seus telefones.

Penumbra ergue mãos vazias e remexe os dedos, mas o resto de nós entrega nossos companheiros escuros e vibratórios. Deckle os joga em uma caixa rasa de madeira sobre a mesa. Já havia três iPhones lá dentro, junto com um Neo preto e um Nokia bege todo ferrado.

Deckle para de pé, ajeita o robe, se prepara e dá um empurrão forte nas estantes atrás da escrivaninha. Elas deslizam suavemente e em silêncio, como se não tivessem peso e flutuassem no espaço. Conforme se separam, revelam um espaço cheio de sombras adiante, onde degraus largos espiralam escuridão adentro. Deckle estende o braço para nos convidar a entrar.

— *Festina Lente* — diz muito diretamente.

Neel respira fundo e eu sei exatamente o que aquilo significa. Significa: *Esperei minha vida inteira para entrar por uma passagem secreta escondida atrás de estantes*.

Penumbra se levanta e vai na frente, e nós o seguimos.

— Senhor — diz Deckle a Penumbra, parado de um dos lados das estantes abertas. — Se estiver livre mais tarde, gostaria de lhe convidar para um café. Temos tanta coisa para conversar.

— Vamos, sim — diz Penumbra sem sorrir. Ele dá um tapinha no ombro de Deckle quando passamos. — Obrigado, Edgar.

Penumbra nos conduz e descemos as escadas. Ele vai com cautela, segurando com força o corrimão, uma larga faixa de madeira sobre pesados suportes de metal. Neel se aproxima dele, pronto para segurá-lo se tropeçar. Os degraus são largos e feitos de pedra clara. Fazem uma curva pronunciada, uma espiral que nos leva para baixo da terra por um caminho mal-iluminado por lâmpadas em antigas luminárias de parede dispostas em grandes intervalos.

Conforme descemos degrau a degrau, começo a ouvir sons. Murmúrios baixos; depois, um ronco baixo; em seguida, o eco de vozes. Os degraus terminam e há uma moldura de luz bem à frente. Passamos por ela. Kat fica sem fala e expira formando uma pequena nuvem.

Isso não é uma biblioteca. Isso é a Batcaverna.

A Sala de Leitura se estende à nossa frente, comprida e baixa. O teto tem grossas vigas de madeira cruzadas. Acima e entre elas, podemos ver o teto em pedra bruta, sem qualquer polimento, e todas elas cintilam com algum cristal em seu interior. As vigas percorrem todo o comprimento da sala e formam uma perspectiva pronunciada como num esquema cartesiano. Onde as vigas se cruzavam, pendiam luzes fortes que iluminavam o espaço abaixo.

O chão também é de pedra, mas polido e liso como vidro. Havia mesas quadradas de madeira dispostas em fileiras ordenadas, duas lado a lado, até a extremidade da câmara. São simples mas robustas, e cada uma tem apenas um único livro enorme sobre elas. Todos os livros são negros, e todos estão presos às mesas por correntes grossas, também negras.

Há pessoas em torno das mesas, sentadas e de pé, homens e mulheres vestindo robes negros como os de Deckle, falando, conversando, discutindo. Deve haver uma dúzia deles lá embaixo e eles fazem com que o local pareça uma bolsa de valores muito pequena. Todos os sons se misturam e encobrem uns aos outros: o sibilar de cochichos, o arrastar de pés. O arranhar de canetas sobre papel, o guincho de giz sobre lousas. Pigarros e fungadelas. Parecia mais com uma sala de aula do que com qualquer outra coisa, exceto que os alunos são todos adultos e eu não tenho ideia do que estejam estudando.

As estantes acompanham todo o longo perímetro do salão. São feitas da mesma madeira que as vigas e mesas, e estão cheias de livros. Esses livros, diferente dos volumes nas mesas, são coloridos: vermelho, azul, dourado, em tecido ou couro, alguns surrados, outros novinhos. As estantes são uma proteção contra a claustrofobia. Sem elas, aquilo ia parecer uma catacumba, mas como enchem as estantes e dão ao local cor e textura, o ambiente, na realidade, é aconchegante e confortável.

Neel emite um murmúrio de apreciação.

— Que lugar é esse? — diz Kat, esfregando os braços, tremendo. As cores podem ser quentes, mas o ar é congelante.

— Sigam-me — diz Penumbra. Ele segue pela sala desviando dos grupos de robes negros em torno das mesas. Ouço um trecho de conversa.

— Brito é o problema aqui — diz um sujeito alto com uma barba loura, cutucando o livro negro grosso sobre a mesa. — Ele insistia que todas as operações tinham de ser reversíveis, quando, na realidade...

Perco sua voz, mas capto outra.

— ... preocupado demais com a página como unidade de análise. Pense neste livro de uma forma diferente... ele é uma série de caracteres, correto? Ele não tem duas dimensões, só uma. Portanto... — Esse era o homem com cara de coruja que vimos de manhã na calçada, o das sobrancelhas grossas. Ele ainda está encurvado, ainda com o chapéu de cossaco. Junto com o robe, ele fica 100% parecido com um feiticeiro. Está fazendo traços precisos com giz numa pequena lousa.

Um pedaço de corrente agarra no pé de Penumbra e faz um tilintar nítido quando ele a sacode e solta. Ele faz uma careta e murmura:

— Ridículo.

Nós o seguimos em silêncio, uma pequena fila de ovelhas negras. As estantes se interrompem em apenas alguns lugares: duas vezes nas portas dos dois lados do salão comprido, e uma vez na extremidade da câmara, onde deixava a rocha lisa exposta e um pequeno tablado armado sob um foco de luz forte. É alto e de aspecto severo. Deve ser onde fazem os sacrifícios rituais.

Quando passamos, alguns dos robes negros param o que estão fazendo e erguem olhos, que se arregalam.

— Penumbra! — exclamam, sorridentes, estendendo as mãos. Penumbra balança a cabeça, sorri de volta e aperta todas as mãos.

Ele nos conduz a uma mesa desocupada perto da plataforma, num ponto ligeiramente sombrio entre duas luminárias.

— Vocês vieram a um lugar muito especial — diz ele, sentando-se numa cadeira. Nós também nos sentamos, atrapalhados pelas dobras de nossos robes. A voz dele está muito baixa, pouco audível em meio ao burburinho. — Nunca devem falar sobre isso ou revelar a localização para ninguém.

Todos balançamos a cabeça juntos, e Neel sussurra:

— Isso é incrível!

— Ah, não é o local que é especial — diz Penumbra. — É antigo, sem dúvida. Mas todos os subterrâneos são iguais: uma câmara sólida, construída no subsolo, fria e seca. — Faz uma pausa. — É o conteúdo da sala que é impressionante.

Estamos naquela adega com paredes de livros há três minutos e já me esqueci de que o resto do mundo existe. Aposto que este lugar é projetado para sobreviver a uma guerra nuclear. Uma dessas portas deve levar a um depósito cheio de latas de feijão.

— Há dois tesouros aqui — continua Penumbra. — Um é a numerosa coleção de livros; o outro é um único volume. — Ele ergue a mão ossuda e a pousa sobre o volume com encadernação negra acorrentado à nossa mesa, idêntico a todos os outros. Na capa, em letras prateadas altas, está escrito: MANVTIVS.

— Este é o volume — diz Penumbra. — É o *codex vitae* de Aldus Manutius. Não existe em mais nenhum outro lugar além de nesta biblioteca.

Espere aí!

— Nem mesmo na sua loja?

Penumbra sacode a cabeça.

— Nenhum noviço lê esse livro. Só os membros plenos dessa irmandade, os encadernados e desencadernados. Não somos muitos e só lemos Manutius aqui.

É isso o que vemos à nossa volta: estudo muito intenso. Apesar de ter notado vários robes pretos se virando para nos olhar, talvez não seja tão intenso assim.

Penumbra se vira em sua cadeira e acena com a mão para indicar as estantes que cobriam as paredes.

— E esse é o outro tesouro. Seguindo as pegadas do Fundador, cada membro dessa irmandade produz o seu *codex vitae*, ou livro da vida. É a tarefa dos desencadernados. Fedorov, por exemplo, que você conhece — ele acena para mim com a cabeça —, é um desses. Quando terminar, terá posto ali tudo o que aprendeu, todo seu conhecimento, num livro como esses.

Penso em Fedorov e em sua barba branca como a neve. É, ele provavelmente aprendeu algumas coisas.

— Nós usamos nosso livro de registros para garantir que Fedorov tenha conquistado seu conhecimento — ele me explica e ergue uma sobrancelha. — Temos de nos assegurar de que ele entende bem o que conquistou.

Certo. Eles só têm de se assegurar que ele simplesmente não botou apenas uns livros dentro de um scanner.

— Quando o *codex vitae* de Fedorov for validado por mim e, em seguida, aceito pelo Primeiro Leitor, ele se tornará um encadernado. Então, finalmente, fará o sacrifício supremo.

Ah-ah: um ritual satânico no altar da maldade suprema. Eu sabia! Gosto de Fedorov.

— O livro de Fedorov será criptografado, copiado e guardado na estante — diz Penumbra em tom seco. — Não será lido por ninguém antes de sua morte.

— Que droga, isso! — Neel cochicha. Aperto os olhos na direção dele, mas Penumbra dá um sorriso e ergue a mão aberta.

— Fazemos esse sacrifício devido à nossa fé profunda. Agora estou falando com extrema seriedade. Quando decifrarmos o *codex vitae* de Manutius, todo membro de nossa irmandade que seguiu seus passos, que criou seu próprio livro da vida e o guardou em segurança, viverá novamente.

Luto para evitar o meu ceticismo que tanto quer se expressar em meu rosto.

— Como? — pergunta Neel. — Como zumbis? — Ele diz isso um pouco alto demais, e alguns dos robes negros se viram e olham para nós.

Penumbra sacode a cabeça.

— A natureza da imortalidade é um mistério — Penumbra responde, falando tão baixo que temos de nos inclinar para mais perto dele para ouvi-lo. — Mas tudo o que sei sobre escrever e ler me diz que isso é verdade. Eu senti isso nessa e em outras estantes.

Não acredito na parte da imortalidade, mas sei de qual sentimento Penumbra está falando. Caminhar pelos corredores em uma biblioteca passando o dedo pelas lombadas... é difícil não sentir a presença de espíritos adormecidos. Isso é apenas uma sensação, não um fato, mas lembre (eu repito): as pessoas acreditam em coisas mais estranhas que isso.

— Mas por que vocês não decifram o livro de Manutius? — diz Kat. Isso é a praia dela. — O que aconteceu com o código?

— Ah — diz Penumbra. — É verdade, o quê? — Ele faz uma pausa, respira fundo e prossegue: — Gerritszoon era tão genial quanto

Manutius, à sua própria moda. Ele decidiu não entregar o código. Nós discutimos sua decisão... por 500 anos.

O modo como diz isso me faz pensar que essas discussões podem ter envolvido um eventual punhal ou revólver.

— Sem ele, tentamos todos os métodos imagináveis para decifrar o *codex vitae* de Manutius. Usamos geometria. Procuramos formas ocultas. Essa é a origem do Enigma do Fundador.

O rosto na visualização, é claro. Sinto outro espasmo de desconforto. Aquele era Aldus Manutius me encarando diretamente de meu MacBook.

— Tentamos álgebra, lógica, linguística, criptografia... tivemos grandes matemáticos entre nós — diz Penumbra. — Homens e mulheres que ganharam prêmios mundo afora.

Kat está debruçada com tanta atenção e interesse que está praticamente em cima da mesa. Isso é atraente demais: um código para decifrar *e* o segredo da imortalidade ao mesmo tempo. Sinto uma pontada de orgulho. Fui eu quem a levei até ali. Hoje o Google é uma decepção. A verdadeira ação está aqui embaixo, com a Unbroken Spine.

— O que vocês precisam entender, meus amigos — diz Penumbra —, é que essa irmandade funciona praticamente da mesma maneira desde a sua formação, há 500 anos. — Ele aponta o indicador para os outros robes negros reunidos. — Usamos giz e lousa, tinta e papel. — Aqui ele muda de tom. — Corvina acredita que devemos nos ater exatamente a essas técnicas. Ele acredita que, se mudarmos alguma coisa, vamos perder o prêmio.

— E o senhor — eu digo, o senhor, o homem com o Mac Plus —, o senhor discorda.

Em resposta, Penumbra se volta para Kat e agora sua voz realmente é um sussurro muito leve.

— Chegamos, agora, à minha proposta. Se não estou equivocado, querida, sua empresa reuniu um grande número de livros... — ele faz uma pausa, à procura das palavras — ... em estantes digitais.

Ela balança a cabeça e sua resposta é um sussurro rápido.

— Sessenta e um por cento de tudo o que já foi publicado.

— Mas vocês não têm o *codex vitae* do Fundador — diz Penumbra. — Ninguém tem. — Uma pausa. — Talvez você devesse.

Entendo no ato: Penumbra está sugerindo roubo bibliográfico.

Um dos robes-negros passou arrastando os pés por nossa mesa, levando um livro verde e gordo das estantes. Ela é alta e magra, 40 e poucos anos, com olhos sonolentos e cabelos negros e curtos. Por baixo do robe, vejo uma estampa floral azul. Ficamos em silêncio, esperando que ela passe.

— Eu acredito que devemos romper com a tradição — prossegue Penumbra. — Estou velho e, se possível, gostaria de ver seu trabalho completo antes que tudo o que reste de mim seja um livro numa dessas prateleiras.

Entendi mais uma. Penumbra é um dos encadernados, então seu próprio *codex vitae* deve estar aqui, nessa caverna. A ideia faz minha cabeça girar um pouco. O que há lá dentro? Que história ele conta?

Os olhos de Kat estão brilhando.

— Podemos escanear isso — ela diz, dando um tapinha no livro sobre a mesa. — E se houver um código, podemos decifrá-lo. Temos máquinas tão poderosas... o senhor não tem ideia!

Há um burburinho no Salão de Leitura e uma onda de reconhecimento passa pelos robes-negros. Todos se sentam eretos nas cadeiras e murmuram e assoviam para chamar atenção e alertar uns aos outros.

Do outro lado da câmara, onde os degraus largos chegam lá de cima, emergiu uma figura alta. Seu robe é diferente dos outros. É mais elaborado, com dobras extra de tecido negro em torno do pescoço e tiras vermelhas nas mangas. Ele pende daqueles ombros como se tivesse sido jogado sobre eles. Por baixo, destaca-se um reluzente terno cinza.

Ele vem direto em nossa direção.

— Mr. Penumbra — sussurro. — Acho que talvez...

— Penumbra — entoa a figura. Sua voz não é alta, mas vem do fundo da alma e é ouvida em toda a câmara. — Penumbra — repete ele andando depressa. É velho, não tanto quanto Penumbra, mas quase. Entretanto, é muito mais firme. Não está curvado e nem manca, e acho que pode esconder músculos peitorais por baixo daquele terno. A cabeça dele é totalmente raspada e ele tem um bigode escuro e bem aparado. É Nosferatu na forma de um sargento do corpo de fuzileiros navais.

E agora eu o reconheço. Esse é o homem da foto com o jovem Penumbra, o rapaz forte com polegar para o alto na frente da Golden Gate. É o chefe de Penumbra, o que paga as contas da livraria, o CEO da generosa Festina Lente Company. É o Corvina.

Penumbra se levanta da cadeira.

— Por favor, apresento-lhe três desencadernados de São Francisco — diz ele, e, para nós: — Esse é nosso Primeiro Leitor e patrocinador. — De repente, ele está interpretando o subordinado solícito. Está atuando.

Corvina nos avalia com frieza. Seus olhos são negros e brilhantes... neles há uma inteligência brutal e avassaladora. Ele olha direto para Neel, estudando-o, e diz:

— Diga-me, qual foi o primeiro trabalho de Aristóteles impresso pelo Fundador? — A pergunta é simples, mas implacável. Cada palavra parecia um tiro de pistola com silenciador.

O rosto de Neel não se altera. Há uma pausa desconfortável.

Corvina cruza os braços e se vira para Kat.

— Bem, e você, tem alguma ideia?

Os dedos de Kat se mexem como se ela quisesse procurar no telefone.

— Ajax, você tem muito trabalho a fazer — diz Corvina ao passar por trás de Penumbra, ainda em silêncio. — Eles deviam estar recitando todo o *corpus*. Deviam saber dizê-lo de frente para trás no original em grego.

Eu ficaria preocupado com isso se minha cabeça não estivesse às tontas com a revelação de que Penumbra tem um primeiro nome e que é...

— Eles são jovens em seu trabalho — diz Ajax Penumbra com um suspiro.

Ele é alguns centímetros mais baixo que Corvina e está se esticando para ficar de pé, ereto, e oscila de leve. Examina o aposento com os olhos grandes e azuis, e faz uma expressão cética.

— Eu esperava inspirá-los com uma visita a este lugar, mas as correntes são um pouco demais. Não tenho certeza se eles estão de acordo com o espírito...

— Não somos tão descuidados com os nossos livros aqui, Ajax — interrompe Corvina. — Aqui, nós não os perdemos.

— Ah, um livro de registros está longe de ser o *codex vitae* do Fundador. Você se agarra a qualquer pretexto...

— Porque você permite! — Corvina responde, ríspido. Sua voz é tranquila, mas ressoa na câmara. A Sala de Leitura agora está em silêncio. Nenhum dos robes-pretos está falando, ou se mexendo, e talvez nem respirando.

Corvina junta as mãos às costas, numa pose de professor.

— Ajax, foi bom você ter voltado, porque tomei minha decisão e queria contá-la pessoalmente a você. — Uma pausa e, em seguida, um aceno solícito com a cabeça. — É hora de você voltar para Nova York.

Penumbra o olha desconfiado.

— Tenho de cuidar de uma loja.

— Não. Ela não pode continuar — diz Corvina, sacudindo a cabeça. — Não cheia de livros que nada têm a ver com nosso trabalho. Não transbordando de gente que nada sabe sobre nossa responsabilidade.

Bem, eu não diria exatamente transbordando.

Penumbra está quieto, os olhos baixos, a testa profundamente enrugada. Seu cabelo branco sai de sua cabeça como uma nuvem de pensamentos soltos. Se ele o raspasse, poderia parecer tão elegante e impressionante quanto Corvina. Mas, provavelmente, não fará isso.

— Eu guardo, sim, outros livros — diz, por fim, Penumbra. — Como faço há décadas. Como nosso professor fazia antes de mim. Sei que você se lembra disso. Você sabe que metade de meus noviços chegou a nós por...

— Porque seus padrões são muito baixos — interrompe Corvina. Ele olha agressivamente para mim, Kat e Neel. — Para que serve um desencadernado que não leva o seu trabalho a sério? Eles nos deixam mais fracos, não mais fortes. Eles botam tudo em risco.

Kat fecha a cara. Os bíceps de Neel pulsam.

— Você passou muito tempo longe da civilização, Ajax. Volte para nós. Passe o tempo que lhe resta entre seus irmãos e irmãs.

O rosto de Penumbra, agora, está com expressão de raiva.

— Há noviços em São Francisco e desencadernados. Muitos deles... — Sua voz de repente fica rouca e seus olhos captam os meus. Vejo um reflexo de dor e sei que ele está pensando em Tyndall e na Miss Lapin e no resto, e em mim e em Oliver Grone também.

— Há noviços em todos os lugares — diz Corvina, gesticulando desdenhosamente com a mão. — Os desencadernados vão segui-lo até aqui. Ou não. Mas, Ajax, deixe-me lhe dizer de modo perfeitamente claro: o apoio financeiro da Festina Lente Company para sua loja terminou. Você não vai receber mais nada de nós.

A sala de leitura está em silêncio absoluto. Não há um farfalhar, um tilintar... Os robes-negros todos estão com a cara enfiada nos livros, mas todos escutando a conversa.

— Você tem uma escolha, meu amigo — diz com gentileza o Primeiro Leitor. — E estou tentando ajudá-lo a ver isso com clareza. Não somos mais tão jovens, Ajax. Se voltar a se dedicar à nossa tarefa, ainda tem tempo para fazer um grande trabalho. Se não — seus olhos se viram para cima —, você pode passar o tempo que lhe resta lá fora. — Ele lança um olhar duro para Penumbra. É um olhar de preocupação, mas ele é do tipo condescendente e, por fim, repete: — Volte para nós.

Então ele se vira e vai embora, caminhando a passos largos até as escadas. O robe com faixas vermelhas o segue, esvoaçante. Há um ribombar de canetas e de papéis remexidos quando todos os seus súditos fingem que estão estudando.

Quando deixamos a Sala de Leitura, Deckle torna a perguntar sobre o café.

— Vamos precisar de algo mais forte que isso, meu rapaz — diz Penumbra, tentando sorrir e quase, quase mesmo, conseguindo. — Eu gostaria muito de conversar com você esta noite... Onde? — Penumbra se vira para mim e transforma isso em pergunta.

— No Northbridge — intercede Neel. — West 29th com Broadway. — Estamos ficando lá porque Neel conhece o dono.

Deixamos os robes, pegamos nossos telefones e saímos andando pela entrada da Festina Lente Company. Enquanto meus tênis se arrastam sobre o material do piso de escritório manchado, me ocorre que devemos estar bem em cima da Sala de Leitura. Basicamente caminhando em seu teto. Não consigo calcular a quantos metros abaixo ela está. Cinco? Dez?

O próprio *codex vitae* de Penumbra está lá embaixo. Não o vi, mas estava em algum lugar naquelas estantes, uma lombada entre muitas. Na minha imaginação, ele parece maior que o MANVTIVS de capa preta. Vamos caminhando à sombra de um ultimato e me parece que Penumbra pode estar deixando algo precioso para trás.

Um dos escritórios, ao longo da parede, é maior que os outros. Sua porta de vidro jateado se destaca do resto. Agora posso ver com nitidez o nome na placa:

MARCUS CORVINA/PRESIDENTE EXECUTIVO

Então Corvina também tem um primeiro nome.

Uma sombra se move no vidro jateado e me dou conta de que ele está lá dentro. O que está fazendo? Negociando com uma editora pelo telefone? Exigindo somas exorbitantes para o uso da boa e velha Gerritszoon? Fornecendo os nomes e endereços de inconvenientes piratas de livros digitais? Fechando outra livraria maravilhosa? Conversando com seu banco para cancelar pagamentos recorrentes?

Isso não é apenas um culto. Também é uma empresa, e Corvina está no comando, no alto e lá embaixo.

A ALIANÇA REBELDE

CHOVE FORTE em Manhattan, um dilúvio escuro e barulhento. Nos refugiamos no hotel ultrassofisticado e exclusivo do amigo de Neel, Andrei, outro CEO de uma startup. Ela se chama Northbridge e é o melhor esconderijo possível para um hacker: saídas de energia a cada metro, sinal de Wi-Fi tão forte que é quase possível enxergá-lo e, no porão, uma conexão direta à linha tronco da internet que corre sob Wall Street. Se o Dolphin & Anchor era o lugar de Penumbra, este é o de Neel. O porteiro o conhece. O camareiro o cumprimenta com uma batida de mãos.

O saguão do Northbridge é a central da cena das startups de Nova York: qualquer lugar onde haja duas ou mais pessoas sentadas juntas, diz Neel, provavelmente trata-se de uma nova empresa lendo os documentos referentes à sua abertura. Debruçados em torno de uma mesa baixa feita de caixas antigas de fita magnética, acho que podemos ser descritos assim, não como empresa, mas pelo menos como algo novo em formação. Somos uma pequena Aliança Rebelde, e Penumbra é nosso Obi-Wan. Todos sabemos quem Corvina é.

Neel não parou de falar do Primeiro Leitor desde que saímos.

— E não sei o que é aquele bigode — prossegue.

— Ele o usa desde o dia em que eu o conheci — diz Penumbra com um leve sorriso. — Mas na época ele não era tão rígido.

— Como ele era? — pergunto.

— Como o resto de nós, como eu. Ele era interessado. E curioso. Ah, mas eu ainda sou curioso... sobre muitas, muitas coisas.

— Bem, agora ele parece muito... autoconfiante.

Penumbra franze o cenho.

— E por que não? Ele é o Primeiro Leitor e gosta de nossa irmandade exatamente do jeito que é. — Ele golpeia com o punho, de leve, a almofada macia do sofá. — Ele não vai ceder. Não vai experimentar. Na realidade, estavam tocando toda uma contrainsurgência digital.

Kat balança a cabeça.

— É. Eles na realidade parecem bem sofisticados.

— Ah, mas só em cima — diz Penumbra, agitando o indicador. — Os computadores podem ser usados no trabalho mundano da Festina Lente Company, mas não para a Unbroken Spine. Não, nunca.

— Sem celulares — diz Kat.

— Sem celulares. Sem computadores — diz Penumbra, sacudindo a cabeça. — Nada que o próprio Aldus Manutius não teria usado. As luzes elétricas... vocês não iam acreditar nas discussões que tivemos por causa disso. Levou vinte anos — resmunga. — Tenho quase certeza de que Manutius ia adorar ter uma ou duas lâmpadas.

Todos estão em silêncio.

Por fim, Neel fala.

— Mr. P., o senhor não tem de desistir. Posso bancar sua loja.

— Vamos acabar com a loja — diz Penumbra com um aceno de mão. — Adoro nossos clientes, mas há um jeito melhor de atendê-los. Não vou me apegar a coisas familiares, como Corvina. Se pudéssemos levar o Manutius para a Califórnia... se você, querida, pode fazer o que promete... nenhum de nós vai precisar daquele lugar.

Ficamos sentados planejando. Num mundo perfeito, nós concordamos que levaríamos o *codex vitae* para o scanner do Google e deixaríamos suas pernas de aranha caminhar sobre ele. Mas não temos como retirar o livro da Sala de Leitura.

— Alicates de pressão — diz Neel. — Precisamos de alicates de pressão.

Penumbra sacode a cabeça.

— Temos de fazer isso em segredo. Se Corvina descobrir, vai nos perseguir e a Festina Lente Company tem recursos tremendos.

Eles conhecem muitos advogados, também. Além disso, para botar Manutius à mercê do Google, não precisamos ter o livro nas mãos. Precisamos tê-lo em um disco. Então, eu pergunto:

— E se levássemos, em vez disso, o scanner até o livro?

— Ele não é portátil — diz Kat, sacudindo a cabeça. — Quero dizer, você pode levá-lo de um lugar para outro, mas é um processo complicado. Eles precisaram de uma semana para montá-lo e botá-lo para funcionar na Biblioteca do Congresso.

Então, precisamos de outra coisa ou outra pessoa. Precisamos de um scanner personalizado para não ser visto. Precisamos de James Bond com um diploma de Biblioteconomia. Precisamos... Espere, sei exatamente de quem precisamos!

Pego o laptop de Kat e clico no hub de hackeamento de livros do Grumble. Procuro nos arquivos, cada vez mais para trás, até os primeiros projetos, aqueles que deram início a tudo... Lá está.

Giro a tela para que todos possam ver. Ela mostra uma foto nítida do GrumbleGear 3000, um scanner de livros feito de papelão. Suas peças podem ser obtidas em caixas velhas. Você as passa por um cortador a laser para cortar encaixes e abas, todos nos ângulos certos. Prende as peças juntas para fazer uma armação, depois achata tudo quando termina. Há dois nichos para câmeras. Cabe tudo numa bolsa de carteiro.

As câmeras são daquelas bem vagabundas de turistas, em que só é preciso apontar e apertar o botão, do tipo que você pode levar a qualquer lugar. É a armação que torna o scanner especial. Com apenas uma câmera, você teria de se esticar para botar o livro no ângulo certo, se enrolando a cada página virada. Levaria dias. Mas com duas câmeras montadas lado a lado no GrumbleGear 3000, controladas pelo software do Grumble, você consegue a imagem de uma página dupla em cada clique, com foco e alinhamento perfeitos. É de alta velocidade, mas bem discreto.

— É feito de papel — explico. — Vai passar pelos detectores de metal.

— Para quê? Para entrar com um desses num avião? — pergunta Kat.

— Não, para conseguirmos entrar na biblioteca com ele. — Os olhos de Penumbra se abrem. — Enfim, ele postou o esquema, que nós podemos baixar. Só precisamos reunir o material e descolar um cortador a laser.

Neel assente e agita o indicador em círculos, indicando todo o saguão.

— Este é o lugar mais nerd de Nova York. Acho que conseguimos arrumar um cortador a laser.

Supondo que consigamos montar um GrumbleGear 3000 que funcione, vamos precisar de tempo sem sermos perturbados na Sala de Leitura. O *codex vitae* de Manutius é grande, e escaneá-lo vai levar horas.

Quem vai executar a missão? Penumbra treme demais para ser discreto. Kat e Neel são cúmplices com credibilidade, mas tenho outros planos. Assim que surgiu a possibilidade de uma missão de escaneamento de livro, tomei uma decisão: faria aquilo sozinho.

— Quero ir com você — insiste Neel. — Esta é a parte emocionante!

— Não me faça usar seu nome no Rockets & Warlocks — digo com o indicador erguido e cara séria. — Não com uma garota na sala. Neel, você tem uma empresa, com empregados e clientes. Você tem responsabilidades. Se for pego ou, nossa, não sei, *preso*, vai ser um problema.

— E você não acha que ser preso é um problema para você, Claymore Red...

— Ah! Primeiro: eu não tenho responsabilidades de verdade. Segundo: já sou basicamente um noviço da Unbroken Spine.

— Você solucionou o Enigma do Fundador — argumenta Penumbra. — Edgar poderia afiançar você.

— Além disso, eu é que sou o ladrão nesse roteiro.

Kat ergue uma sobrancelha e eu explico baixinho.

— Ele é o guerreiro, você é a feiticeira e eu sou o ladrão. E esta conversa nunca aconteceu.

Neel balança uma vez a cabeça, lentamente. Está de cara feia, mas parou de protestar. Bom. Eu vou sozinho e não vou sair de lá com um livro, mas com dois.

Uma rajada de vento frio se infiltra pelas portas de entrada do Northbridge, e Edgar Deckle entra fugindo da chuva, seu rosto redondo emoldurado pelo capuz de um casaco de plástico arroxeado fechado até em cima. Penumbra acena para chamá-lo. O olhar de Kat cruza com o meu. Ela parece nervosa. Essa reunião vai ser crucial. Se quisermos acesso à Sala de Leitura e ao MANVTIVS, Deckle é a chave, porque Deckle *tem* a chave.

— Senhor, eu soube da loja — diz ele sem fôlego, se sentando no sofá ao lado de Kat. Ele está animado e tira o capuz. — Não sei o que dizer. É terrível. Vou conversar com Corvina. Posso convencê-lo...

Penumbra ergue a mão e conta tudo a Deckle. Conta sobre o livro de registros, sobre o Google e o Enigma do Fundador. Conta sobre sua sugestão a Corvina e sobre a rejeição inicial do Primeiro Leitor.

— Nós podemos fazê-lo mudar de ideia — diz Deckle. — Vou mencionar isso de vez em quando para ver se...

— Não! — Penumbra o interrompe. — Ele não está agindo racionalmente, Edgar, e estou sem paciência. Sou bem mais velho que você, meu rapaz. Acredito que o *codex vitae* pode ser decifrado hoje, não em uma década, não em cem anos, mas hoje!

Corvina não é o único com excesso de confiança, pelo que pude ver. Penumbra acredita mesmo que os computadores podem fazer o serviço. É estranho que eu, a pessoa que reanimou seu projeto, não tenha tanta certeza disso?

Os olhos de Deckle se arregalam. Ele olha ao redor, como se pudesse haver um robe-negro escondido ali no Northbridge. É improvável. Duvido que alguém nesse salão tenha tocado em um livro físico em anos.

— Não está falando sério, senhor — murmura. — Quero dizer, eu lembro quando o senhor me fez digitar todos os títulos no Mac. O senhor estava tão empolgado. Mas nunca pensei... — Ele faz uma pausa para respirar. — Senhor, não é assim que a irmandade funciona.

Então foi Edgar Deckle que montou o banco de dados da livraria! Sinto uma onda de afeição pelo colega de balcão. Nós dois botamos nossos dedos no mesmo teclado pequeno e barulhento.

Penumbra sacode a cabeça.

— Só parece estranho porque estamos empacados, meu rapaz — diz ele. — Corvina nos mantém paralisados. O Primeiro Leitor não tem sido fiel ao espírito de Manutius. — Seus olhos estão como dois raios laser azuis e ele bate com força com o indicador sobre a mesa de fitas magnéticas. — Ele era um empreendedor, Edgar!

Deckle está balançando a cabeça, mas ainda parece nervoso. Seu rosto está rosado e ele está passando os nós dos dedos pelo cabelo. Será que todos os cismas começam assim? Com pessoas reunidas em um círculo e sussurrando argumentos de venda?

— Edgar — Penumbra diz com calma. — De todos os meus alunos, você é o de que mais gosto. Passamos muitos anos juntos em São Francisco, trabalhando lado a lado. Você possui o verdadeiro espírito da Unbroken Spine, meu rapaz. — Ele faz uma pausa. — Empreste a chave da Sala de Leitura para nós por uma noite. Isso é tudo o que lhe peço. Clay não vai deixar vestígios. Prometo a você.

A expressão de Deckle é confusa. Seu cabelo está molhado e despenteado. Ele procura as palavras.

— Senhor, eu não achava que... nunca imaginei, senhor. — Ele fica em silêncio. O saguão do Northbridge não existe. Todo o universo é o rosto de Edgar Deckle e os movimentos pensativos de seus lábios, e os sinais de que ele possa dizer não ou...

— Tudo bem. — Ele se apruma e fica mais alto. Respira fundo e repete: — Tudo bem. Claro que vou ajudá-lo, senhor. — Ele balança a cabeça com veemência e sorri. — É claro.

Penumbra sorri.

— Eu sei mesmo como escolher os atendentes certos — diz, estendendo o braço para dar um tapinha no ombro de Deckle. Ele dá uma risada alta. — Eu sei mesmo como escolher!

O esquema está armado.

Amanhã Deckle vai trazer uma chave extra dentro de um envelope endereçado a mim e vai enviá-la para o recepcionista do Northbridge. Eu e Neel vamos dar um jeito de fabricar o GrumbleGear, Kat vai fazer sua visita à sede de Nova York do Google e Penumbra vai se encontrar com alguns robes-negros que são simpáticos à sua causa. Quando anoitecer, vou pegar o scanner e a chave, e entrar na biblioteca da Unbroken Spine, onde vou liberar MANVTIVS... junto com mais outro.

Mas tudo isso amanhã. Agora mesmo, Kat se retirou para o nosso quarto. Neel se juntou com um grupo de caras de startups de Nova York. Penumbra está sentado sozinho no bar do hotel, diante de uma dose de algo dourado, perdido em pensamentos. Ele é uma figura que se destaca naquele ambiente: várias décadas mais velho que todo mundo e o topo de sua cabeça parece um farol pálido naquela meia-luz calibrada.

Estou sentado sozinho em um dos sofás baixos, olhando para o meu laptop e me perguntando como podemos arranjar o cortador a laser. Andrei, amigo de Neel, deu dicas de dois pontos de encontro de hackers em Manhattan, mas só um tinha um cortador a laser e ele está reservado por várias semanas. Todo mundo está fazendo alguma coisa.

Lembrei que Mat Mittelbrand talvez possa conhecer alguém em algum lugar. Deve haver uma oficina de efeitos especiais nessa cidade que possua a ferramenta de que precisamos. Digito um sinal de socorro no celular:

Preciso de um cortador a laser o mais rápido possível em Nova York. Alguma ideia?

Passam-se 37 segundos, e Mat responde.

Pergunte ao Grumble.

Claro. Passei meses visitando a biblioteca pirata, mas nunca postei nada. O site de Grumble tem um fórum onde as pessoas requisitam livros digitais específicos e depois reclamam da qualidade do que recebem. Também há um subfórum técnico no qual as pessoas falam sobre ferramentas de digitalização de livros. Depois, aparece o próprio Grumble e responde às perguntas com brevidade, precisão e sempre em caixa-baixa. É nesse subfórum que vou pedir ajuda.

> Oi, gente. Sou membro silencioso do Grumblematrix falando pela primeira vez. Esta noite estou em Nova York e preciso de um cortador laser Epilog (ou similar), como exigido nas instruções para o GrumbleGear 3000. Pretendo fazer o quanto antes um escaneamento clandestino e o alvo é um dos livros mais importantes da história da impressão. Em outras palavras: isso pode ser maior que Potter. Alguém pode ajudar?

Respiro fundo, releio o texto três vezes em busca de erros de digitação, e envio o post. Espero que a patrulha da pirataria de Festina Lente Company não esteja lendo isso.

Os quartos no Northbridge se parecem muito com os contêineres de carga no campus do Google: compridos e como caixotes, com instalações para água, luz e internet. Há camas estreitas, também, mas elas são claramente uma concessão relutante às fragilidades das pessoas.

Kat está sentada no chão com as pernas cruzadas, de calcinha e camiseta vermelha, debruçada sobre o laptop. Estou na beira da cama acima dela com meu Kindle, usando energia do portal USB, hum, não é eufemismo, para ler *As Crônicas da Balada do Dragão* pela quarta vez. Ela finalmente está se animando de novo depois da decepção do sorteio para a PM e, quando se vira para falar comigo, diz:

— Isso é muito empolgante. Não acredito que nunca ouvi falar em Aldo Manutius. — O verbete dele na Wikipédia está aberto na tela. Reconheço a expressão no seu rosto, a mesma que surge quando ela fala da Singularidade. — Sempre achei que o segredo da imortalidade seria algo como robôs minúsculos consertando coisas em seu cérebro — ela diz. — Não livros.

Eu tenho de ser honesto.

— Não tenho certeza se os livros são o segredo ou a chave de nada. Quero dizer, fala sério. Isso é um culto. É sim. — Ela fecha a cara ao ouvir isso. — Mas um livro perdido escrito pelo próprio Aldus Manutius ainda é muito importante, independente do resto. Depois disso, podemos levar o Mr. Penumbra de volta para a Califórnia. Vamos gerir a loja do nosso jeito. Eu tenho um plano de marketing.

Kat não registra nada disso e diz:

— Há uma equipe em Mountain View... devíamos contar a eles sobre isso. Se chama Google Forever. Eles trabalham em prolongamento da vida. Tratamento do câncer, regeneração de órgãos, conserto em DNA.

O assunto descamba para um lado sem graça.

— Talvez com um pouquinho de criogenia, também?

Ela olha para mim na defensiva.

— Eles estão usando uma abordagem de portfólio. — Passo meus dedos pelo cabelo dela, que ainda está úmido do banho. Ela tem um aroma cítrico.

— Eu não posso entender isso — ela diz, girando o corpo para trás para olhar para mim. — Como você pode suportar nossas vidas serem tão curtas? São *tão curtas*, Clay.

Para ser honesto, minha vida já exibiu muitas características estranhas e às vezes perturbadoras, mas curta duração não é uma delas. Parece que há uma eternidade entre quando entrei na escola e a era tecnossocial quando me mudei para São Francisco. Antes, meu telefone não conseguia nem se conectar à internet.

— Todos os dias você aprende alguma coisa maravilhosa — diz Kat. — Como a existência de uma biblioteca secreta subterrânea em plena cidade de Nova York. — Ela faz uma pausa e deixa o queixo cair para aumentar o efeito e me faz rir. — E você percebe que há tanta coisa esperando. Oitenta anos não é o bastante. Ou 100 anos. Quantos forem. *Não* é justo. — A voz dela assume um tom áspero e eu me dou conta de como essa corrente é profunda dentro de Kat Potente.

Eu me inclino para perto dela, a beijo acima da orelha e sussurro:

— Você congelaria mesmo sua cabeça?

— Com a mais absoluta certeza eu congelaria minha cabeça. — Ela olha para mim, com expressão séria. — E congelaria a sua também. E, em mil anos, você ia me agradecer.

POP-UP

QUANDO ACORDO DE MANHÃ, Kat já saiu. Está indo para a sede do Google em Nova York. Há um e-mail à minha espera em meu laptop, uma mensagem enviada pelo fórum do Grumble. O horário da mensagem dizia 3 horas da madrugada, e ela é... do próprio Grumble. A mensagem diz simplesmente:

maior que potter, hein? me diga do que precisa

Meu pulso lateja em meus ouvidos. Isso é incrível!

Grumble mora em Berlim, mas parece passar a maior parte do tempo viajando, fazendo operações especiais de escaneamento em Londres, Paris ou no Cairo. Talvez até em Nova York. Ninguém sabe seu nome verdadeiro; ninguém conhece seu rosto. Ele pode ser ela ou mesmo várias pessoas. Em minha imaginação, porém, Grumble é um homem não muito mais velho que eu. Em minha imaginação, ele trabalha sozinho. Ele se arrasta pela British Library numa parca cinza larga, usando por baixo os componentes em papelão de seu scanner de livros como um colete à prova de bala. Mas tem aliados em toda parte.

Talvez nos conheçamos. Talvez nos tornemos amigos. Talvez eu me torne seu aprendiz de hacker. Mas tenho de fazer o jogo certo ou ele provavelmente vai pensar que sou do FBI ou, pior, a Festina Lente Company. Então, escrevo:

Oi, Grumble, obrigado pela resposta, cara.

Tá bom, não. Aperto a tecla de delete e começo de novo:

Ei, cara, nós conseguimos as câmeras e o papelão, mas não conseguimos encontrar um laser. Você pode nos ajudar? P.S. Tudo bem, reconheço que J. K. Rowling é mesmo muito importante... mas Aldus Manutius também era.

Envio a mensagem, fecho meu MacBook e vou ao banheiro. Penso em heróis hackers e cabeças congeladas enquanto esfrego meu cabelo sob a forte ducha quente industrial do chuveiro do Northbridge, obviamente projetada para robôs, não homens.

Neel está à minha espera no lobby, terminando uma tigela de aveia pura e tomando uma bebida à base de couve.

— Ei — diz ele. — Seu quarto tem tranca biométrica?

— Não, só uma fechadura com cartão magnético.

— O meu deveria reconhecer meu rosto, mas não me deixou entrar. — Ele franze o cenho. — Acho que só funciona para gente branca.

— Você devia vender um software melhor para esse seu amigo. Se expandir para o negócio de hotelaria.

Neel gira os olhos.

— Certo, não acho que quero expandir para mais nenhum mercado. Ah, contei a você que recebi um e-mail do Departamento de Segurança Interna?

Congelo. Será que isso tem algo a ver com Grumble? Não. É ridículo.

— Rolou recentemente?

Ele balança a cabeça.

— Eles querem um aplicativo para ajudá-los a visualizar diferentes tipos de corpos sob roupas pesadas. Como burcas e coisas assim.

Nossa, ufa!

— Você vai fazer?

Ele faz uma cara feia.

— De jeito nenhum! Mesmo que não fosse uma ideia grosseira, o que é, e muito, já estou fazendo coisas demais. — Ele suga a bebida e o canudo fica verde-vivo.

— Você gosta disso! — digo, brincando. — Você adora se ocupar com várias coisas ao mesmo tempo.

— Claro, botar meu dedo, mas não o corpo inteiro — diz ele. — Cara, eu não tenho sócios. Não tenho equipe de desenvolvimento de negócios. E não faço mais nem a coisa divertida! — Ele está falando de códigos ou talvez peitos, não estou bem certo. — Honestamente, o que eu quero mesmo fazer é, tipo, ser um investidor em startups.

Neel Shah, um investidor capitalista. Nunca poderíamos ter sonhado com isso no 6º ano.

— E por que não faz isso?

— Hum, acho que você superestima quanto dinheiro fatura o Anatomix — diz, erguendo as sobrancelhas. — Não é exatamente um Google. E para ser um sócio capitalista investidor, é preciso muito capital. Tudo o que eu tenho são contratos de cinco dígitos com empresas que fazem *video games*.

— E estúdios cinematográficos, certo?

— Shhh! — sibila Neel, olhando ao redor do saguão. — Ninguém pode saber disso. Há alguns documentos muito sérios, cara. — Ele faz uma pausa. — Há documentos com a assinatura da Scarlett Johansson.

Pegamos o metrô. A mensagem seguinte de Grumble chegou depois do café da manhã e dizia:

tem um grumblegear 3k esperando você no 11 da jay street em dumbo. peça o especial hogwarts. segure os cogus.

Esta provavelmente foi a mensagem mais legal que já recebi em minha caixa de entrada. É uma entrega secreta. Neel e eu estamos a caminho de lá agora mesmo. Vamos dar uma senha secreta e com isso pegar um scanner para operações especiais.

O trem balança e segue em curvas pelo túnel sob o East River. As janelas estão todas escuras. Neel, de pé, segura de leve a barra no teto e diz:

— Tem certeza de que não quer trabalhar em desenvolvimento de negócios? Você podia comandar o projeto burca. — Ele sorri e ergue as sobrancelhas, e me dou conta de que está falando sério, pelo menos a parte do desenvolvimento de negócios.

— Sou com certeza a pior pessoa que você pode arranjar para fazer isso para sua empresa. Garanto. Você ia ter de me demitir. Seria horrível. — Eu não estou brincando. Trabalhar para Neel violaria os princípios de nossa amizade. Ele seria Neel Shah, patrão, ou Neel Shah, meu mentor de negócios, não mais o mestre de RPG.

— Eu não ia demitir você. Só ia rebaixar você.

— Para ser o quê? Aprendiz de Igor?

— Igor já tem um aprendiz. Dmitriy. Ele é superinteligente. Você podia ser o aprendiz de Dmitriy.

Com certeza Dmitriy tem 16 anos. Não gosto da ideia e mudo de assunto.

— Ei, e produzir seus próprios filmes? Exibir até as mandíbulas de Igor. Começar uma nova Pixar?

Neel balança a cabeça e faz um instante de silêncio, pensando na ideia.

— Eu faria isso numa boa. Se conhecesse algum produtor de cinema, eu o financiaria no ato. — Ele faz uma pausa. — Ou a financiaria. Mas se fosse mulher, eu provavelmente financiaria através de minha fundação.

Certo: a Fundação Neel Shah Para Mulheres Artistas. É algo criado por sugestão do contador de Neel para reduzir impostos no Vale do Silício. Neel me pediu para criar um site individual, para que pareça mais sério, e é, até hoje, a segunda coisa mais deprimente que criei como designer. (A mudança da marca da NewBagel para Old Jerusalem ainda ocupa o primeiro lugar.)

— Então, vá procurar um cineasta!

— *Você* vá e ache um cineasta! — Neel devolve. Reação típica do 6º ano. De repente, alguma coisa brilha em seus olhos. — Na realidade... isso é perfeito. Sim. Em troca de bancar essa aventura, Claymore Redhands, eu lhe peço este obséquio. — Ele baixa a voz para o tom de um mestre de RPG: — Você vai achar um cineasta para mim.

Meu telefone nos guia para o endereço em Dumbo, no Brooklyn. Fica numa rua tranquila junto ao rio, ao lado de um terreno cercado e cheio de transformadores elétricos. O prédio é escuro e estreito, ainda mais estreito do que a loja de Penumbra, e muito mais acabado. Parece ter havido um incêndio ali recentemente. Longas faixas negras se erguem em torno da porta. O espaço pareceria abandonado não fosse por duas coisas: uma, um grande letreiro em adesivo mal colocado na frente que diz pizzaria pop-up. A outra, o aroma quente de pizza.

Lá dentro é uma bagunça. Sim, sem dúvida houve um incêndio aqui. Mas o ar é denso e perfumado, cheio de carboidratos. Na frente, tem uma mesa de jogos com uma caixa de dinheiro amassada. Atrás dela, uma gangue de adolescentes de faces rosadas está reunida em volta de uma cozinha improvisada. Um deles gira a massa em círculos acima da cabeça. Outro está picando tomate, cebola e pimenta. Há mais três parados ali, só conversando e rindo. Tem um forno alto de pizza atrás deles, de metal simples, usado com uma larga faixa de corrida no meio. Ele tem rodas.

Alto-falantes de plástico emitem música alta, uma canção pesada, suja e repetitiva que não acredito ter sido ouvida por mais de treze pessoas em todo o mundo.

— O que posso fazer por vocês, caras? — gritou um dos adolescentes mais alto que a música. Bem, ele pode não ser um adolescente de verdade. A equipe aqui trabalha em um espaço intermediário imberbe; provavelmente estudam Arte. Nosso anfitrião usa uma camiseta com uma imagem do Mickey com cara de mau e um AK-47 nas mãos.

Tudo bem, é melhor eu fazer tudo certo, agora.

— Um especial Hogwarts — respondo a eles. O Mickey revolucionário assente uma vez. Eu prossigo. — Mas sem os cogus. — Pausa. — Os cogumelos, quero dizer. — Pausa. — Eu acho. — Mas o Mickey Revolucionário já tinha nos dado as costas e consultava os colegas.

— Será que ele ouviu você? — murmura Neel. — Não posso comer pizza. Se acabarmos com uma pizza na mão, vai ser sua responsabilidade consumi-la. Não me deixe comer nem um pedaço. Mesmo que eu peça. — Ele faz uma pausa. — E provavelmente vou pedir.

— Vou amarrar você ao mastro, como Odisseu.

— Não, como o capitão Bloodboots — diz Neel.

Em As Crônicas da Balada do Dragão, Fernwen, o anão estudioso, convence a equipe do Starlily a amarrar o capitão Bloodboots ao mastro depois que ele tenta cortar a garganta do dragão cantor. Então, sim, como o capitão Bloodboots.

O Mickey Revolucionário volta com uma caixa de pizza. Isso foi rápido.

— São 16 dólares e cinquenta centavos — diz. Espere, será que fiz algo errado? Será que isso é uma piada? Será que Grumble nos mandou numa busca sem sentido? Neel ergue as sobrancelhas, mas saca uma nota novinha de vinte dólares e paga o garoto. De troco, recebe uma caixa de pizza extragrande, com pop-up pie impresso na tampa em tinta azul borrada.

A caixa não está quente.

Lá fora, na calçada, eu a abro. Dentro há pilhas organizadas de papelão pesado, todas formas longas e achatadas com nichos e abas onde se encaixam. É um GrumbleGear desmontado. As bordas estão queimadas de preto. As formas foram feitas por um cortador a laser.

Na parte de baixo da caixa, há uma mensagem de Grumble escrita à mão com um marcador grosso, não sei se escrita por ele ou por seus subordinados do Brooklin. Nunca vou saber.

SPECIALIS REVELIO

No caminho de volta, paramos numa loja de produtos eletrônicos suspeita e compramos duas câmeras digitais baratas. Fomos para o

Northbridge pelas ruas da parte baixa de Manhattan. Neel carregava a caixa de pizza. Eu levava as câmeras numa bolsa plástica que batia em meus joelhos. Temos tudo do que precisamos. MANVTIVS será nosso.

A cidade é uma confusão deliciosa de vozes, tráfego e lojas. Os táxis buzinavam quando os sinais luminosos ficavam dourados; longas filas de consumidores andam para cima e para baixo na Quinta Avenida. Há pequenas multidões em todas as esquinas, rindo, fumando e vendendo *kebabs*. São Francisco é uma cidade boa e bonita, mas nunca tão viva. Respiro fundo. O ar está frio e penetrante, com aroma de tabaco e carne misteriosa, e penso no aviso de Corvina para Penumbra: "Você pode desperdiçar o tempo que restar lá fora". Nossa! Imortalidade em uma catacumba cheia de livros sob a superfície da terra ou a morte aqui em cima, com isso tudo? Fico com a morte e um *kebab*. E Penumbra? De algum modo, ele também parece mais uma pessoa do mundo. Penso em sua livraria, com aquelas largas vitrines de vidro. Lembro de suas primeiras palavras para mim: "O que você procura nessas prateleiras?", ditas com um sorriso largo e receptivo.

Corvina e Penumbra já haviam sido grandes amigos. Testemunhei prova fotográfica disso. Corvina, na época, devia ser muito diferente... uma pessoa literalmente muito diferente mesmo. Em que momento isso acontece? Em que momento você deveria dar outro nome a uma pessoa? *Desculpe, não, você não é mais Corvina. Agora é Corvina 2.0, um upgrade dúbio.* Penso no rapaz na foto antiga com o polegar para cima. Será que ele se foi para sempre?

— Seria melhor se a cineasta fosse mulher — diz Neel. — Sério. Preciso botar mais dinheiro nessa fundação. Só dei uma bolsa e foi para minha prima, Sabrina. — Ele faz uma pausa. — Acho que isso pode ter sido ilegal.

De volta ao Northbridge, me surpreendo ao ver Kat e Penumbra sentados juntos nos sofás baixos e entretidos numa conversa. Kat gesticula animada e Penumbra está sorrindo, balançando a cabeça, seus olhos brilham.

Quando Kat nos vê, está sorrindo.

— Recebemos outro e-mail — vai logo dizendo. Então, faz uma pausa, mas seu rosto está cheio de vida, alegre, como se ela não pudesse conter o que quer que viesse em seguida. — Eles estão expandindo o PM para 128, e... eu sou uma delas! — Seus micromúsculos estão em chamas e ela quase grita. — Fui escolhida!

Fico de queixo caído. Ela pula e me abraça, e eu a abraço também, e dançamos num pequeno círculo no lobby ultradescolado do Northbridge.

— O que isso significa? — diz Neel, largando a caixa de pizza.

— Acho que significa que este projeto paralelo acaba de ganhar suporte executivo — eu digo e Kat joga os braços para cima.

Para comemorar o sucesso de Kat, nós quatro seguimos para o bar do saguão do Northbridge, que é forrado com pequeninos circuitos integrados pretos foscos. Nós nos sentamos nos bancos altos e Neel pagou uma rodada de bebida. Bebi algo chamado Blue Screen of Death, que na realidade é azul neon, com um LED reluzente piscando dentro das pedras de gelo.

— Então, deixe-me entender isso direito. Você é uma, uma dos 128 CEOS do Google? — Neel pergunta.

— Não exatamente — Kat responde. — Nós temos um CEO, um presidente, mas o Google é complicado demais para ser gerido por apenas uma pessoa, então o grupo de Product Management ajuda. Vocês sabem... se devemos entrar em tal mercado, fazer tal aquisição...

— Cara! — diz Neel pulando do banco. — Me compre!

Kat ri.

— Não tenho certeza se peitos em 3-D...

— Não são apenas peitos! — diz Neel. — Fazemos o corpo inteiro. Braços, pernas, deltoides, qualquer coisa.

Kat apenas sorri e toma um gole de sua bebida. Penumbra administra uma dose de scotch dourado puro em um copinho de fundo grosso. Ele se vira para Kat.

— Querida — diz ele —, você acha que o Google ainda vai existir daqui a cem anos?

Ela fica quieta por um instante e depois balança a cabeça, confiante.

— Acho, sim.

— Sabem — diz ele —, um membro da Unbroken Spine de certa fama era muito amigo de um jovem que fundou uma empresa de ambição semelhante. E ele disse exatamente a mesma coisa.

— Que empresa? — pergunto. — Microsoft? Apple? — E se Steve Jobs tivesse se intrometido na irmandade? Talvez seja por isso que a Gerritszoon vem pré-instalada em todo Mac...

— Não, não — diz Penumbra, sacudindo a cabeça. — Foi a Standard Oil. — Ele sorri. Ele nos pegou. Ele gira o copo e prossegue. — Vocês deram um jeito de entrar numa história que começou a se desenrolar há muito tempo. Alguns de meus irmãos e irmãs diriam que sua empresa, querida, não é diferente de nenhuma outra que veio antes. Alguns deles vão dizer que, fora da Unbroken Spine, ninguém nunca teve nada a nos oferecer.

— Alguns deles, como Corvina — digo no ato.

— É, Corvina. — Penumbra assente. — Outros também. — Ele olha para nós três juntos, para mim, Kat e Neel, e diz baixo: — Mas gosto de ter vocês como meus aliados. Não sei se vocês entendem como esse trabalho vai ser histórico. As técnicas que desenvolvemos ao longo dos séculos, auxiliadas por novas ferramentas... Creio que vamos obter sucesso. Eu acredito com todas as minhas forças.

Juntos, com Neel lendo as instruções de meu laptop e Penumbra me passando as peças, montamos o GrumbleGear 3000. Os componentes foram recortados de papelão enrugado e fazem um som satisfatório quando você bate neles com o dedo. Juntos adquirem uma integridade estrutural fora do comum. Há um apoio angulado para um livro e dois braços longos acima, cada um com um encaixe inteligente para a câmera, um para cada página, para fazer uma imagem de página dupla. As câmeras são ligadas ao meu laptop, que agora está rodando um programa chamado GrumbleScan. O programa, por sua vez, passa as imagens para um HD, um preto fosco de um terabyte enfiado numa caixa fina de cartas de baralho Bicycle. A caixa é um belo toque de malandragem do Neel.

— Quem foi mesmo que projetou isso? — pergunta ele, lendo as instruções.

— Um cara chamado Grumble. Ele é um gênio.

— Eu devia contratá-lo — diz Neel. — Bom programador. Tem grande sentido de relações espaciais.

Abro o meu *Guia de Aves do Central Park* e o monto no scanner. O design de Grumble não se parece muito com o projeto do Google. Não tem pernas de aranhas para virar e prender as páginas, então você mesmo tem de fazer isso, e tem de disparar as câmeras também. Mas funciona. Virar, disparar, disparar. O padrão migratório do tordo americano é transferido para o HD disfarçado. Desmonto o scanner em peças lisas e Kat cronometra. Levo quarenta segundos.

Com aquele aparelho a reboque, vou voltar à Sala de Leitura logo após a meia-noite de hoje. Terei o lugar todo só para mim. Com o máximo de velocidade e discrição, vou escanear dois, não apenas um livro, e dar o fora dali. Deckle me avisou que às primeiras luzes da manhã eu já tenho de ter terminado e partido sem deixar nenhum vestígio.

O Buraco Negro

É POUCO DEPOIS DA MEIA-NOITE. Subo apressado a Quinta Avenida, olhando para a massa escura do Central Park do outro lado da rua. As árvores são silhuetas negras contra um céu manchado, roxo-acinzentado. Táxis amarelos são os únicos carros que circulam nas ruas, desanimadamente, em busca de suas tarifas diárias. Um deles pisca os faróis para mim. Sacudo a cabeça, não.

A chave de Deckle faz um estalido ao entrar e girar na fechadura da porta de entrada da Festina Lente Company e, fácil assim, já estou lá dentro.

Há um ponto de luz vermelha piscando no escuro e graças às informações de Deckle, sei que é um alarme silencioso que dispara em uma empresa de segurança muito discreta. Meu coração se acelera. Agora tenho 31 segundos para digitar o código, o que faço: 1-5-1-5. O ano da morte de Aldus Manutius ou, se você lê os livros da Unbroken Spine, o ano em que ele não morreu.

O salão de entradas está escuro. Tiro uma lanterna de cabeça da bolsa e a prendo no lugar para o qual foi feita com sua faixa elástica. Foi Kat quem sugeriu uma lanterna de cabeça em vez de uma comum. "Assim você pode se concentrar em virar as páginas", disse ela. A luz passa pela inscrição flc na parede, projetando sombras pronunciadas atrás das letras maiúsculas. Penso rapidamente em fazer alguma espionagem extracurricular aqui. Será que eu poderia apagar o banco de dados deles de piratas de livros digitais? Mas decido que minha missão já é arriscada o bastante.

Caminho discretamente pelo vazio silencioso do escritório externo, apontando a lanterna para os cubículos dos dois lados. A geladeira vibra e chacoalha. A impressora multiuso pisca, abandonada. Nos monitores, há vários protetores de tela projetando uma luz azulada na sala. Fora isso, nada se mexe nem faz barulho.

No escritório de Deckle, pulo a parte da troca de roupa e mantenho meu celular bem guardado no bolso. Dou um leve empurrão nas estantes e me surpreendo com a facilidade com que se separam e se abrem, em silêncio e sem peso. A passagem secreta é muito bem lubrificada.

Além dela, apenas a escuridão.

De repente, isso parece uma empreitada bastante diferente. Até aquele momento, ainda imaginava a Sala de Leitura como na tarde anterior: agitada, movimentada e, se não acolhedora, pelo menos bem iluminada. Agora estou olhando basicamente para um buraco negro. O lugar é uma entidade cósmica da qual nenhuma matéria ou energia jamais escapou, e eu estou prestes a entrar nela.

Aponto a lanterna para o chão. Isso vai demorar um pouco.

Eu devia ter perguntado a Deckle onde ficava o interruptor de luz. Por que não perguntei a Deckle onde ficava o interruptor de luz?

Meus passos provocam ecos prolongados. Atravessei a passagem até a Sala de Leitura e lá a escuridão é a mais absoluta. Também é congelante.

Dou um passo à frente e resolvo manter a cabeça baixa, não para o alto, porque quando olho para baixo, a luz da lanterna reflete na rocha polida, e quando olho para cima, ela desaparece no vazio.

Quero escanear esses livros e sair desse lugar. Primeiro, preciso achar uma das mesas. Há dezenas delas. Isso vai ser um problema.

Começo percorrendo o perímetro da sala, seguindo as estantes com meus dedos, sentindo as irregularidades das lombadas no caminho. Meu outro braço está esticado e tateando, como se fosse um bigode de camundongo.

Espero que não haja camundongos aqui.

Ali. Minha lanterna de cabeça mira uma ponta da mesa e então vejo uma corrente pesada e o livro que ela prende. Na capa, há letras grandes e prateadas que refletem diretamente em minha direção: MANVTIVS.

De minha bolsa de carteiro, tiro primeiro meu laptop e depois o esqueleto desmontado do GrumbleGear. O processo de montagem é mais difícil no escuro, e me enrolo com os encaixes e abas por tempo demais, com medo de rasgar o papelão. Pego, em seguida, as câmeras na minha bolsa, e tiro uma foto de teste com uma delas. O flash dispara e ilumina toda a câmara por uma brilhante fração de segundo e eu imediatamente me arrependo disso, porque minha visão fica arruinada, nadando em meio a pontos roxos em movimento. Pisco e espero e me pergunto se há ratos e/ou morcegos e/ou um minotauro.

MANVTIVS é realmente gigantesco. Mesmo se não estivesse acorrentado à mesa, não sei como alguém conseguiria levar qualquer daqueles livros dali. Tenho de agarrá-lo com os dois braços, numa posição estranha, para colocá-lo sobre o scanner. Tenho medo de que o papelão não aguente a carga, mas a Física essa noite está do meu lado. O projeto de Grumble se mantém firme.

Então, começo a escanear. Virar a página e bater as fotos. O livro é só um pouquinho como os outros que vi no fundo do Catálogo Pré-histórico: uma matriz densa de caracteres codificados. Virar, disparar, disparar. A segunda página é igual à primeira, assim como a terceira, e a sétima. Eu entro num transe, virando as páginas grandes e monótonas e as fotografando. Virar, disparar, disparar. As letras severas de MANVTIVS são tudo o que existe no universo; entre os flashes das câmeras, vejo apenas uma escuridão chapada e silenciosa. Tateio com os dedos e levanto a página seguinte.

Sinto um movimento. Será que tem alguém aqui embaixo? Alguma coisa acabou de fazer a mesa tremer.

Balança de novo. Tento dizer: *Quem está aí?*, mas as palavras engasgam na minha garganta, que está seca, e em vez disso emito um ruído rouco.

Outra sacudida. Então, antes que eu tenha tempo de formular uma teoria aterrorizante sobre o Guardião com Chifres da Sala de Leitura, obviamente uma forma animalesca de Edgar Deckle, ela sacode mais, e a caverna trepida e ronca e tenho de segurar o scanner para que ele não caia. Tomado por uma onda de alívio, percebo que é o metrô, só o metrô, passando pelo túnel na rocha ao nosso lado. O barulho ecoa de volta e se transforma em um ronco abafado na escuridão da caverna. Finalmente ele passa e volto a escanear.

Virar, disparar, disparar.

Muitos minutos se passam, talvez mais que minutos, e sou tomado por um desânimo. Talvez seja porque eu não jantei e o açúcar do meu sangue deve estar caindo, ou talvez seja pelo fato de que estou parado de pé sozinho em uma cripta subterrânea vazia, congelante e escura como o breu. Mas seja lá qual for a causa, o efeito é real: sinto de verdade a estupidez de todo aquele empreendimento, daquele culto absurdo. Livro da vida? Isso mal é um livro de verdade. *As Crônicas da Balada do Dragão — Volume III* é um livro melhor que esse.

Virar, disparar, disparar.

Mas claro, eu não posso lê-lo. Será que eu diria a mesma coisa sobre um livro em chinês, coreano ou hebraico? As grandes *Torás*[9] nos templos judaicos se parecem com isso, certo? Virar, disparar, disparar. Pesados grides de símbolos inescrutáveis. Talvez eu esteja tomando consciência de minha própria limitação. Talvez seja o fato de não entender o que estou escaneando. Virar, disparar, disparar. E se eu pudesse ler isso? E se eu pudesse dar uma olhada na página e, você sabe, entender a piada? Ou levar um susto diante do risco?

Virar, disparar, disparar.

Não. Enquanto viro as páginas desse codex codificado, me dou conta de que os livros de que mais gosto são como cidades abertas,

---

[9] *As Torás*, um dos livros mais sagrados dos judeus, não têm formato de livro, mas de rolo. (N.T.)

com todos os tipos de maneiras de passear por eles. Isso aqui é uma fortaleza sem portão de entrada. Espera-se que você escale as muralhas, pedra por pedra.

Estou com frio, cansado e com fome. Não tenho ideia de quanto tempo se passou. Parece que minha vida inteira se passou nessa câmara, com um sonho eventual de uma rua ensolarada. Virar, disparar, disparar, virar, disparar, disparar, virar, disparar, disparar. Minhas mãos parecem garras frias, encurvadas e doloridas como se eu tivesse passado o dia inteiro jogando *video game*.

Finalmente termino.

Entrelaço os dedos das duas mãos e os flexiono para trás e estico o braço para o espaço aberto adiante. Dou pulinhos para cima e para baixo, tentando restaurar meus ossos e músculos e lhes dar de novo algo parecido à aparência normal de uma configuração hominídea. Não funciona. Meus joelhos doem. Minhas costas latejam. Sinto pontadas de dor que vão dos polegares aos pulsos. Espero que não seja permanente.

Sacudo a cabeça. Estou me sentindo muito fraco. Devia ter trazido uma barra de granola. De repente, me dou conta de que morrer de fome no interior de uma caverna totalmente escura é a pior forma de morrer. Isso me faz pensar nos *codex vitae* que cobrem as paredes, e de repente fico com medo. Quantas almas penadas estão sentadas, à espera, nas estantes à minha volta?

Uma alma importa mais que as outras. É hora de cumprir o segundo objetivo da missão.

O *codex vitae* de Penumbra. Estou com frio, tremendo, e quero deixar esse lugar, mas vim aqui para libertar não apenas Aldus Manutius, mas também Ajax Penumbra.

Para deixar claro: não acredito nisso. Não acredito que nenhum desses livros possa conceder a imortalidade. Eu apenas folheei um deles: seu papel bolorento encadernado em couro ainda mais bolorento. É um pedaço de árvore e carne mortas. Mas se o *codex vitae* de Penumbra é a grande obra de sua vida, se ele realmente escreveu ali tudo o que aprendeu, todo seu conhecimento está em um livro, então, você sabe, acho que alguém deveria fazer uma cópia de segurança.

As chances de encontrá-lo podem ser pequenas, mas nunca mais terei essa oportunidade. Então, começo a percorrer o perímetro outra vez, um pouco inclinado para a frente, tentando ler as lombadas. Uma olhada confirma que os livros não estão arrumados em ordem alfabética. Não, claro que não estão. Estão provavelmente agrupados segundo alguma hierarquia secreta interna do culto, ou pelo número primo favorito do autor, ou por marcas, ou algo do tipo. Percorro prateleira por prateleira, entrando cada vez mais fundo na escuridão.

A variedade dos livros é incrível. Alguns são grossos, outros fininhos, alguns são grandes como atlas, outros atarracados como uma edição de bolso. Eu me pergunto se também há alguma lógica nisso, alguma espécie de status codificado no formato de cada livro? Alguns têm encadernação em tecido, outros em couro, e muitos em materiais que não reconheço. Um deles brilha forte à luz da minha lanterna: tem uma sobrecapa de alumínio fino.

Depois de treze estantes, ainda não vi sinal de PENVMBRA, e temo que posso tê-lo deixado passar. A lanterna em minha cabeça projeta um cone estreito de luz e não vejo todas as lombadas, principalmente as mais perto do chão...

Há um espaço vazio nas prateleiras. Não! Ao olhar de perto, vejo que não está vazio, mas é negro. Um livro enorme e negro com o nome desgastado ainda legível na lombada:

MOFFAT

Não pode ser... Clark Moffat, autor de *As Crônicas da Balada do Dragão*? Não, não deve ser.

Passo a mão na lombada e o tiro da estante. Quando faço isso, o livro se desintegra. As capas se mantêm inteiras, mas um maço de folhas enegrecidas se solta do interior e cai no chão. Eu sussurro:

— Merda! — E enfio o que resta do livro de volta à prateleira. Isso deve ser o que eles querem dizer com queimar. O livro está arruinado, apenas um objeto enegrecido marcando um lugar. Talvez seja um alerta.

Minhas mãos agora também estão pretas, sujas de cinza. Eu as esfrego e pedacinhos de MOFFAT flutuam até o chão. Talvez seja um ancestral ou um primo em segundo grau. Há mais de um Moffat no mundo.

Abaixo para juntar os restos carbonizados e minha lanterna de cabeça ilumina um livro, alto e magro, com letras douradas bem espaçadas ao longo da lombada:

PENVMBRA

É ele. Quase não consigo reunir coragem para tocá-lo. Está bem ali, o encontrei, mas de repente sinto que é algo íntimo demais, como se eu estivesse prestes a ler as declarações de renda ou ver a gaveta de cuecas de Penumbra. O que há em seu interior? Que história ele conta?

Coloco um dedo no alto da encadernação e puxo o livro devagar da prateleira. O livro é lindo. Mais alto e fino que seus vizinhos, com o cartão superduro usado para a encadernação. Suas dimensões me lembram mais um livro infantil de tamanho exagerado do que um diário secreto. A capa é azul-clara, exatamente a cor dos olhos de Penumbra, e também com um pouco da mesma luminescência: a cor varia e cintila à luz da lanterna. É macio ao toque de meus dedos.

Os restos de MOFFAT formam uma mancha negra aos meus pés, e não vou deixar o mesmo acontecer com este livro, não importa o que ocorra. Eu vou escanear PENVMBRA.

Levo o velho *codex vitae* de meu patrão até o GrumbleGear e abro a primeira página (Por que estou tão nervoso?). É o mesmo amontoado de caracteres como todo o resto, é claro. O *codex vitae* de Penumbra não é mais legível do que qualquer outro.

Como é muito fino, apenas uma pequena fração do de MANVTIVS, não devo demorar muito, mas me vejo folheando mais lentamente, tentando captar algo, qualquer coisa, naquelas páginas. Relaxo os olhos, os tiro de foco, e as letras se transformam em sombras indefinidas. Quero tanto ver alguma coisa nessa confusão... Honestamente, quero que algo mágico aconteça. Mas não. Se eu quero mesmo ler a obra de meu velho amigo, vou precisar me unir a seu culto. Não há histórias grátis na biblioteca secreta da Unbroken Spine.

Demora mais do que deveria, mas finalmente termino e as páginas de PENVMBRA estão seguras no HD. Mais do que com MANVTIVS, acho que realizei algo importante. Fecho meu laptop, caminho até o lugar onde encontrei o livro, indicado pelos restos de MOFFAT no chão, e guardo o reluzente *codex vitae* de volta no lugar.

Dou um tapinha em sua lombada e digo:

— Durma bem, Mr. Penumbra.

Então, as luzes se acendem.

Fico cego e apavorado, piscando em pânico. O que tinha acabado de acontecer? Será que disparei algum alarme? Será que acionei alguma armadilha montada para ladrões e embusteiros?

Pego o telefone no bolso e toco ansioso na tela, despertando-a para a vida. São quase 8 horas da manhã. Como isso aconteceu? Por quanto tempo fiquei vagando em meio às estantes? Quanto tempo durou o escaneamento de PENVMBRA?

As luzes estão acesas, e agora ouço uma voz.

Quando eu era criança, tinha um hamster de estimação. Ele sempre parecia estar com medo de tudo, permanentemente preso e trêmulo. Isso tornou a posse do hamster algo um tanto sem graça durante os dezoito meses que durou.

Agora, pela primeira vez na vida, me identifico 100% como Fluff McFly. Meu coração está batendo à velocidade de um hamster e estou olhando para todos os cantos do salão, à procura de uma saída. As luzes fortes são como os refletores de um pátio de prisão. Posso ver minhas mãos e a pilha de papel queimado aos meus pés, e posso ver a mesa com meu laptop e o scanner esquelético montado em cima dela.

Também vejo a forma escura de uma porta do outro lado da câmara.

Corro até meu laptop para pegá-lo, assim como o scanner, amassando o papelão embaixo do braço, e corro para a porta. Não tenho ideia de para onde ela leva (Para as latas de feijão?), mas agora ouço vozes, no plural.

Meus dedos estão na maçaneta da porta. Prendo a respiração, por favor, por favor, não esteja trancada, e a empurro para baixo. O pobre e atormentado Fluff McFly nunca sentiu nada igual ao alívio daquela porta se abrindo. Passo por ela e a fecho.

Do outro lado, a escuridão também é completa. Fico parado, congelado por um instante, segurando minha carga bizarra nos braços e com as costas apoiadas na porta. Eu me forço a respirar baixinho e peço ao meu coração de hamster para, por favor, bater mais devagar.

Ouço o barulho de movimento e conversas atrás de mim. A porta deixa uma fresta entre ela e sua soleira de pedra, quase como uma cabine de banheiro público. Mas isso me dá a oportunidade de deixar o scanner de lado e me deitar de bruços no chão frio e liso para espiar pelo centímetro de espaço entre ele e a porta.

Robes-negros já estão enchendo a Sala de Leitura. Já deve ter uma dúzia, lá, e outros vêm descendo as escadas. O que está acontecendo? Será que Deckle se esqueceu de conferir o calendário? Será que nos traiu? Será que hoje é o dia da convenção anual?

Eu me sento e faço a primeira coisa que uma pessoa deve fazer em uma emergência, que é mandar uma mensagem de texto. Não tenho essa sorte. Na tela do meu celular, piscam as palavras SEM SERVIÇO, mesmo quando fico na ponta dos pés e o agito perto do teto.

Preciso me esconder. Vou encontrar um lugarzinho, me encolher numa bola e esperar até amanhã à noite para escapar daqui. Vai haver a questão da fome e da sede, e talvez de ir ao banheiro... mas uma coisa de cada vez. Meus olhos começam a se ajustar outra vez à escuridão, e quando faço um círculo com minha lanterna de cabeça, tenho uma ideia do espaço à minha volta. É um quartinho pequeno, de teto baixo, repleto de sombras escuras, todas interconectadas e sobrepostas. No escuro, parece o cenário de filme de ficção científica: vigas de metal com arestas afiadas e canos longos que chegam ao teto.

Ainda estou tateando caminho adiante quando ouço um estalido baixo vindo da porta, o que me envia imediatamente de volta para o modo hamster. Aperto o passo e me agacho atrás de uma das formas escuras. Algo me cutuca nas costas e fica balançando ali, então levo a mão às costas para firmá-lo. É uma barra de ferro, extremamente fria e escorregadia de tanta poeira. Será que posso golpear o robe-negro com essa barra? Em que lugar devo acertá-lo? No rosto? Não sei se consigo arrebentar a cara de alguém. Sou um ladrão, não um guerreiro.

Uma luz quente ilumina a câmara e vejo uma figura sob a porta de entrada. É uma figura redonda. É Edgar Deckle.

Ele anda por ali arrastando os pés e ouço um barulho de água balançando. Ele está carregando um esfregão e um balde, que segura de modo estranho com uma das mãos enquanto com a outra toca a parede. Ouço um zumbido baixo e o quartinho é banhado por uma luz laranja. Faço uma careta e aperto os olhos.

Deckle leva um susto e fica sem ar ao me ver ali agachado no canto, com a barra de ferro erguida como uma espécie de taco de beisebol gótico. Os olhos dele ficam arregalados!

— Você já devia ter ido embora! — sussurra.

Decido não revelar que me distraí com MOFFAT e PENVMBRA.

— Estava muito escuro.

Deckle põe de lado o esfregão e o balde com um *clique* e um *poc*. Ele suspira e seca a testa com a manga preta. Eu baixo a barra de ferro. Agora posso ver que estou agachado do lado de uma grande fornalha, e a barra era para mexer no fogo.

Examino a cena, não é mais de ficção científica. Estou cercado por prensas. Há refugiadas de muitas eras: uma velha monotipo cheia de botões e alavancas; um cilindro largo montado em um trilho longo; e algo saído direto da garagem de Gutenberg, um pesado bloco de madeira com uma rosca no meio e um grande saca-rolhas saindo dali.

Há também caixas e armários, ferramentas do ofício de imprimir dispostas sobre uma mesa grande e surrada: grandes miolos de livro e rolos altos de fio pesado. Embaixo da mesa, há uma grande corrente enrolada sem muita organização. O fogão ao meu lado tem uma grelha larga e sorridente, e do alto sai um cano grosso que desaparece no teto da câmara.

Ali, abaixo das ruas de Manhattan, descobri a gráfica mais estranha do mundo.

— Mas você conseguiu? — sussurra Deckle.

Mostro a ele o HD na caixa de baralho.

— Você conseguiu! — exclama em voz baixa. O choque não dura muito. Edgar Deckle se recompõe rapidamente. — Tudo bem. Acho que vamos conseguir resolver isso. Eu acho... sim. — Ele balança a cabeça para si mesmo. — Deixe-me só pegar esses. — Ele ergue três livros pesados, todos idênticos, de cima da mesa. — Já volto. Fique quieto.

Ele equilibra os livros contra o peito e volta por onde entrou, deixando a luz acesa ao sair.

Espero por ele e examino aquela gráfica. O piso é lindo: um mosaico de caracteres, cada um em sua própria lajota, cada um entalhado profundamente. O alfabeto aos meus *pés*.

Há uma caixa de metal muito maior que o resto. No alto há um símbolo familiar: duas mãos, abertas como um livro. Por que as organizações precisam marcar tudo com sua insígnia? É como um cachorro que faz xixi em cada árvore que encontra. O Google é a mesma coisa. A NewBagel também era.

Com as duas mãos, faço bastante força e levanto a tampa da caixa. Ela é dividida em compartimentos, alguns compridos, outros largos, uns perfeitamente quadrados. Todos guardam pilhas rasas de tipos de metal: letras pequenas e sólidas em 3-D, do tipo que você alinha em uma impressora para formar palavras e parágrafos e páginas e livros. E, de repente, me dou conta do que é aquilo.

Aquilo é Gerritszoon.

A porta torna a fazer um estalido e me viro para olhar. Deckle está ali, parado com as mãos enfiadas na capa. Sou brevemente tomado pela certeza de que ele está se fazendo de bobo, que no fim ele nos traiu, e que foi mandado de volta para me matar.

Ele vai fazer o trabalho braçal de Corvina, talvez esmagar meu crânio com a máquina de Gutenberg. Mas se seu objetivo é o balconisticídio, ele está fazendo um bom teatro: seu rosto está aberto, amigo e conspirador.

— Essa é a herança — diz Deckle, balançando a cabeça para a caixa de Gerritszoon. — Maravilhosa, não?

Ele caminha até mim como se tudo estivesse normal, nós conversando ali, muito abaixo da superfície da terra, e ele abaixa a mão para passar seus dedos rosados pelos tipos. Ele pega um "e" pequenino e o aproxima do olho.

— A letra mais usada do alfabeto — diz ele, girando-a para examiná-la. Ele fecha a cara. — Está mesmo muito gasta.

O metrô passa fazendo muito barulho em seu túnel de rocha e faz todo o aposento chacoalhar. Os tipos de Gerritszoon balançam e tilintam. Há uma pequena avalanche de letras "a".

— Não sobrou muito dele.

— Os tipos se desgastam — diz Deckle, botando o "e" de volta em seu compartimento. — Nós quebramos letras, mas não podemos fazer novas. Perdemos os originais. Uma das grandes tragédias da irmandade. — Ele olha para mim. — Algumas pessoas acham que se mudarmos os tipos, os novos *codex vitae* não serão válidos. Acham que vamos ficar com Gerritszoon para sempre.

— Podia ser pior. Provavelmente é a melhor...

Há um barulho na Sala de Leitura. Um sino toca e faz um eco lento e prolongado. Os olhos de Deckle brilham.

— É ele. Hora de ir. — Ele fecha a caixa com cuidado, leva a mão às costas e tira da faixa da cintura um quadrado dobrado de tecido preto. É outro robe.

— Vista isso — diz ele. — Fique quieto. Fique nas sombras.

ENCADERNAÇÃO

HÁ UMA MULTIDÃO de robes-negros nos fundos da câmara, dúzias deles, perto da plataforma de madeira. Será que estão todos aqui? Estão conversando e sussurrando, empurrando mesas e cadeiras para o lado. Estão arrumando as coisas para uma apresentação.

— Meus caros, meus caros! — chama Deckle. Os robes-negros se afastam e abrem espaço para ele. — Quem está com pés enlameados? Estou vendo as pegadas. Esfreguei isso aqui ontem.

É verdade. O chão brilha como vidro, refletindo as cores das estantes e projetando-as em tons pastel pálidos. É bonito. O sino soa outra vez, ecoando na caverna e fazendo um coro dissonante consigo mesmo. Os robes-negros estão se reunindo em frente ao palanque, encarando uma única pessoa que, obviamente, é Corvina. Eu me posiciono logo atrás de um estudioso alto e de cabelo loiro. Meu laptop e a carcaça amassada do GrumbleGear estão enfiados de volta em minha bolsa, que está jogada sobre meu ombro e escondida sob meu robe novinho em folha. Baixo a cabeça à altura dos ombros. Esses robes realmente deveriam ter capuz.

O Primeiro Leitor tem uma pilha de livros diante dele em cima do palanque e bate nela com dedos vigorosos. São os livros que Deckle tinha trazido da oficina de impressão momentos antes.

— Irmãos e irmãs da Unbroken Spine — Corvina começa em voz alta. — Bom dia. *Festina lente.*

— *Festina lente* — murmuram em resposta todos os robes-negros.

— Eu os reuni aqui para falar de duas coisas — diz Corvina. — E esta é a primeira. — Ele ergue um dos livros de capa azul e o mostra para que todos o vejam. — Depois de muitos anos de trabalho, o irmão Zaid apresentou seu *codex vitae.*

Corvina balança a cabeça e um dos robes-negros se adianta e se vira para encarar o grupo inteiro. O homem está na casa dos 50 anos e dá para perceber que é corpulento por baixo do robe. Tem rosto de boxeador, com um nariz amassado e as faces irregulares. Esse deve ser Zaid. Está de pé, ereto, com as mãos juntas nas costas. Está inibido e fazendo o possível para manter a concentração.

— Deckle validou o trabalho de Zaid e eu li seu livro — diz Corvina. — Li com o máximo de cuidado e atenção de que sou capaz. — Ele é mesmo um sujeito carismático. Sua voz baixa tem uma confiança irresistível. Há uma pausa e a Sala de Leitura fica em silêncio. Todos aguardam a avaliação do Primeiro Leitor.

Então, finalmente Corvina diz, sem rodeios:

— É obra de um mestre.

Os robes-negros aplaudem, gritam e correm para abraçar Zaid e apertar sua mão, dois de cada vez. Três estudiosos perto de mim começam a entoar uma canção que me parece uma espécie de "ele-é--um-bom-companheiro", mas não tenho certeza porque é em latim. Bato palmas para me juntar a eles. Corvina ergue a mão para silenciar os presentes. Eles voltam para seus lugares e ficam quietos. Zaid ainda está de pé na frente, e agora ergue a mão e cobre os olhos. Está chorando.

— Hoje, Zaid é um encadernado — diz Corvina. — Seu *codex vitae* foi criptografado. Agora vai para a estante e o código para decifrá-lo permanecerá em segredo até a sua morte. Assim como Manutius escolheu Gerritszoon, Zaid escolheu um irmão de confiança para cuidar da chave para decifrar seu código. — Corvina faz uma pausa. — É Eric.

Mais aplausos por todos os lados. Conheço Eric. Lá está ele na primeira fila, um rosto pálido sob uma barba negra de aspecto encardido: o emissário de Corvina à loja de São Francisco. Os robes-negros estão dando tapinhas nas costas dele também, e vejo que ele está sorrindo e que seu rosto ganhou uma cor avermelhada. Talvez ele não seja tão mau. É uma grande responsabilidade guardar a chave do código de Zaid. Será que ele pode anotá-lo em algum lugar?

— Eric também será um dos emissários de Zaid, junto com Darius — diz Corvina. — Irmãos, aproximem-se.

Eric dá três passos à frente. Outro robe-negro, este com a pele dourada como a de Kat e cabelo curto encaracolado, faz o mesmo. Os dois desabotoam seus robes. Por baixo, Eric está usando suas calças cinza-ardósia e uma impecável camisa branca. Darius está de jeans com um suéter.

Edgar Deckle também se adianta à multidão com duas grandes folhas de papel pardo. Um de cada vez, ele pega um livro da plataforma, embrulha-o com cuidado e entrega o pacote a um emissário: primeiro, Eric; depois, Darius.

— Três cópias — diz Corvina. — Uma para a biblioteca. — Ele torna a erguer o livro de capa azul outra vez. — E duas cópias de segurança. Buenos Aires e Roma. Nós confiamos Zaid a vocês, irmãos. Peguem seu *codex vitae* e não durmam até o devolverem à estante.

Agora sim entendi melhor a visita de Eric. Ele veio daqui. Levava um *codex vitae* novo para ser guardado em segurança. E, é claro, agiu como um babaca completo quando fez isso.

— Zaid ampliou a nossa tarefa — diz gravemente Corvina. — Assim como fizeram todos os encadernados antes dele. A cada ano, a cada livro, nossa responsabilidade aumenta. — Ele varre a sala com o olhar, de lado a lado, para ver todos os robes-negros. Prendo a respiração, abaixo a cabeça, encurvo os ombros e tento desaparecer atrás de um estudioso alto e louro. — Não podemos agir com hesitação. Temos de decifrar o segredo do Fundador para que Zaid e todos os que vieram antes dele possam continuar a viver.

A multidão emite um murmúrio profundo. Lá na frente, Zaid não está mais chorando. Ele se recompôs e agora seu rosto parece sério e cheio de orgulho.

Corvina fica um momento em silêncio e então diz:

— Há outra coisa sobre a qual temos de falar.

Ele faz um breve aceno com a mão, e Zaid se reúne ao resto do grupo. Eric e Darius seguem para as escadas. Por um instante, penso em segui-los, mas logo mudo de ideia. Nesse momento, minha única esperança é me misturar completamente, encolher-me nessa sombra não de normalidade, mas de profunda estranheza.

— Conversei recentemente com Penumbra — diz Corvina. — Ele tem amigos nessa irmandade. Eu me incluo entre eles, então me sinto forçado a lhes contar sobre nossa conversa.

Ouço sussurros por todos os cantos.

— Penumbra é responsável por uma grande transgressão, uma das maiores imagináveis. Graças à sua negligência, um de nossos volumes foi roubado.

Há murmúrios e expressões de desagrado.

— Um livro de registros com detalhes da Unbroken Spine, seu trabalho em São Francisco por anos, não codificado, deixado ali à disposição de qualquer um que quisesse lê-lo.

Minhas costas estão suando por baixo do robe e meus olhos começam a coçar. O HD na caixa de baralho é um peso de chumbo em meu bolso. Tento parecer o mais tranquilo e distante possível. A maior parte disso significa ficar olhando para o chão.

— Foi um erro grave, e não o primeiro cometido por Penumbra.

Robes-negros emitem mais resmungos contrariados. O desapontamento de Corvina, seu desdém, está contagiando a todos, circulando entre eles, aumentando. Todos os vultos altos e escuros se juntaram em uma grande sombra zangada. É uma legião de corvos. Já peguei meu rumo na direção das escadas. Estou pronto para sair correndo.

— Prestem bem atenção — diz Corvina. Sua voz se eleva só um pouco. — Penumbra é um dos encadernados. Seu *codex vitae* está nessas estantes, exatamente como ficará o de Zaid. Mesmo assim, seu destino não está assegurado. — A voz dele soa ligeira e segura, e é ouvida em toda a câmara. — Irmãos e irmãs, permitam que eu seja claro: quando um fardo é tão pesado e o objetivo tão sério assim, a amizade não pode ser um escudo. Mais um erro e Penumbra será queimado.

Depois disso, o salão foi tomado por suspiros de indignação com rápidas conversas sussurradas. Ao olhar ao redor, vejo expressões de choque e surpresa. Será que o Primeiro Leitor foi longe demais?

— Não sejam negligentes com o seu trabalho — diz ele com mais gentileza. — Sejam vocês desencadernados ou encadernados. Devemos ser disciplinados. Devemos ser determinados. Não podemos nos permitir ser... — Ele faz uma pausa. — Distraídos. — Respira fundo. Ele podia ser um candidato presidencial, dos bons, fazendo comícios com total convicção e sinceridade. — É o texto que importa, irmãos e irmãs. Lembrem-se disso. Tudo de que precisamos já está nos textos. Enquanto tivermos isso, e enquanto tivermos nossas mentes... — Ele ergue o indicador e aponta a sua testa lustrosa. — Não precisamos de mais nada.

Depois disso, os corvos saem em revoada. Robes-negros rodopiam ao redor de Zaid para parabenizá-lo e fazer-lhe perguntas. Acima da face rude enrubescida, seus olhos ainda estão úmidos.

Aos poucos, a Unbroken Spine começa a retomar a sua rotina de trabalho. Robes-negros se debruçam sobre livros negros e os pegam, esticando as correntes. Perto da plataforma, Corvina conversa com uma mulher de meia-idade. Ela gesticula muito enquanto explica algo, e ele baixa os olhos e balança a cabeça. Deckle está atrás dos dois, e seus olhos se encontram com os meus. Ele faz um movimento brusco com o queixo, e a mensagem é clara: *vá embora.*

De cabeça baixa e com a bolsa enfiada e bem apertada sob o robe, caminho por toda a câmara, sempre perto das estantes. Mas quando estou a meio caminho da escada, tropeço numa corrente e caio sobre um joelho. Minha mão bate no chão e um robe-negro lança um olhar em minha direção. Ele é alto com uma barba que se projeta do queixo como uma bala.

Digo baixinho:

— *Festina lente*.

Então olho direto para frente e caminho até as escadas, que subo dois degraus de cada vez até voltar à superfície do planeta Terra.

Encontro Kat, Neel e Penumbra no hall do Northbridge. Estão sentados, me esperando em grandes sofás cinza, com o café da manhã diante deles. A cena é um oásis de sanidade e modernidade. Penumbra está de cara amarrada.

— Meu rapaz! — diz enquanto fica de pé. Ele me olha de cima a baixo e ergue uma sobrancelha. Percebo que ainda estou com o robe preto. Pouso minha bolsa pesada no chão e começo a abri-la. Ela parece macia em minhas mãos e reluzente à meia luz do hall.

— Você nos deixou preocupado — diz Penumbra. — Por que demorou tanto?

Explico o que aconteceu. Conto que o scanner de Grumble funcionou, e em seguida jogo os restos amassados da estrutura sobre a mesa de centro. Então, conto a eles sobre a cerimônia de Zaid.

— Uma encadernação — diz Penumbra. — São poucas e não acontecem sempre. Foi azar ter acontecido hoje. — Ele inclina o queixo. — Ou sorte, talvez. Agora você sabe mais sobre a paciência exigida pela Unbroken Spine.

Aceno para um garçom do Northbridge e peço desesperadamente uma tigela de aveia e uma dose de uísque. O dia mal começou e eu já preciso de um drinque.

Aí conto a eles o que Corvina disse sobre Penumbra.

Meu antigo patrão faz um gesto de desdém com a mão ossuda.

— As palavras dele não importam. Não mais. O que importa é o que está nessas páginas. Mal posso acreditar que funcionou. Não acredito que temos em mãos o *codex vitae* de Aldus Manutius.

Kat balança a cabeça, com um sorriso.

— Vamos começar — ela diz. — Podemos passar o livro no OCR, um programa de identificação ótica de caracteres que converte imagens em texto, para ter certeza de que tudo funciona.

Ela pega seu MacBook e o liga. Conecto o pequeno HD e copio seu conteúdo; a maior parte. Arrasto MANVTIVS para o laptop de Kat, mas fico com PENVMBRA só para mim. Não vou contar a ele nem a ninguém que escaneei seu livro. Isso pode esperar. Com sorte, talvez para sempre. O *codex vitae* de Manutius é um projeto. O de Penumbra é só política de segurança.

Como a aveia e observo na tela o avanço da barra que indica o quanto já foi copiado. A cópia termina com um *plink* discreto, e então os dedos de Kat voam pelo teclado.

— Tudo certo — ela diz. — Já estamos trabalhando. Vamos precisar de ajuda lá em Mountain View para decifrar de uma vez esse código... mas podemos jogar o material no Hadoop para transformar as páginas em texto simples. Prontos?

Eu sorrio. Isso é excitante. O rosto de Kat brilha. Ela está no modo imperatriz digital. Além disso, acho que o uísque está começando a subir para a minha cabeça. Ergo meu copo dourado.

— Vida longa a Aldus Manutius!

Kat aperta algo em seu teclado. Imagens de páginas começam a voar para computadores distantes, onde elas vão se transformar em séries de símbolos que podem ser copiados e, em breve, decifrados. Não há corrente que possa prender esse livro agora.

Enquanto o computador de Kat trabalha, pergunto a Penumbra sobre o livro queimado com o nome de MOFFAT. Neel também está escutando.

— Era ele mesmo? — pergunto.

— Claro que era — diz Penumbra. — Clark Moffat. Ele fez seu trabalho aqui em Nova York. Mas antes disso, meu rapaz, ele era nosso cliente. — Ele sorri e dá uma piscadela. Acha que isso vai me impressionar, e tem razão. Fico retroativamente fascinado.

— Mas o que você pegou não era um *codex vitae* — diz Penumbra, sacudindo a cabeça. — Não é mais.

É óbvio. Era um livro de cinzas.

— O que aconteceu?

— Ele o publicou, é claro.

Espere aí, estou confuso.

— Os únicos livros publicados por Moffat foram *As Crônicas da Balada do Dragão*.

— Sim — concorda Penumbra. — Seu *codex vitae* foi o terceiro volume da saga que ele começou antes de se juntar a nós. Foi uma tremenda profissão de fé terminar esse trabalho para depois entregá-lo às estantes da irmandade. Ele o apresentou ao Primeiro Leitor, que era Nivean, antes de Corvina, e foi aceito.

— Mas ele o pegou de volta.

Penumbra assente.

— Ele não conseguiu fazer o sacrifício. Não conseguiu deixar de publicar o seu último volume.

Então Moffat não continuou a ser membro da Unbroken Spine porque Neel e eu e inúmeras outras crianças nerds do 6º ano ficamos alucinados com o terceiro e último volume de *As Crônicas da Balada do Dragão*.

— Cara! — diz Neel. — Isso explica muita coisa.

Ele tem razão. O terceiro volume deixou todo mundo no Ensino Fundamental alucinado porque foi totalmente diferente dos outros e surpreendente. O tom muda. Os personagens mudam. A trama sai do trilho e começa a obedecer a uma lógica misteriosa. As pessoas sempre acharam que era porque Clark Moffat começou a usar drogas psicodélicas, mas a verdade é ainda mais bizarra.

Penumbra assume uma expressão mal-humorada.

— Acho que Clark cometeu um erro trágico.

Erro ou não, foi uma decisão drástica que mudou a vida de muita gente. Se *As Crônicas da Balada do Dragão* nunca tivessem sido terminadas, eu nunca teria me tornado amigo de Neel. Ele não estaria sentado ali. Talvez eu também não estivesse. Talvez eu estivesse surfando na Costa Rica com algum melhor amigo de um universo bizarro. Talvez eu estivesse sentado em um escritório verde e cinzento.

Obrigado, Clark Moffat. Obrigado por seu erro.

As Crônicas da Balada do Dragão — Volume II

DE VOLTA A SÃO FRANCISCO, encontro Mat e Ashley juntos na cozinha, os dois preparando saladas complicadas, os dois com roupas de ginástica coloridas. Mat está com um gancho de escalada preso à cintura.

— Jannon! — exclama ele. — Você já fez alpinismo?

Confesso que não. Como um ladrão, prefiro atividades físicas que exijam agilidade, não força.

— Está vendo, era isso o que eu também achava — diz Mat balançando a cabeça. — Mas não é força. É estratégia. — Ashley olha para ele com orgulho. Ele continua erguendo um garfo cheio de folhas. — Você precisa aprender cada rota à medida que sobe. Tem de fazer um plano, segui-lo e ajustá-lo. É sério. Meu cérebro, agora, está muito mais cansado que os meus braços.

— E como foi em Nova York? — Ashley pergunta por educação.

Não sei como responder. Algo como: *Bem, o mestre bigodudo da biblioteca secreta vai ficar puto porque eu copiei todo o seu antigo livro codificado e mandei para o Google, mas pelo menos fiquei num hotel legal.*

Em vez disso, digo:

— Nova York estava legal.

— Lá tem academias com paredes de escalada maravilhosas. — Ela sacode a cabeça. — Não tem nada aqui nem parecido.

— É, o design do interior do Frisco Rock City com certeza deixa muito a desejar — diz Mat.

— Aquela parede roxa... — Ashley tem um arrepio. — Acho que eles compraram a tinta mais barata em alguma liquidação.

— E uma parede de escalada é uma ótima oportunidade — diz Mat. Ele se empolga. — Que espaço! Três andares para subir do jeito que quiser. É como um cenário em 3-D. Tem um cara na ILM...

Eu os deixo conversando felizes sobre os detalhes.

A essa altura, a melhor opção é dormir, mas cochilei no avião e agora estou agitado, como se algo em meu cérebro ainda estivesse sobrevoando o aeroporto em círculos e se recusando a descer para aterrissar.

Encontro Charles Moffat (intacto e sem chamuscados) na minha estante pequena. Estou relendo a série bem devagar, e agora estou no *segundo volume*, perto do fim. Eu me jogo na cama e tento vê-lo com outros olhos. Quero dizer, o livro foi escrito por um homem que percorreu as mesmas ruas que eu, que pesquisou as mesmas estantes sombrias. Ele entrou para a Unbroken Spine e depois a deixou. O que será que aprendeu enquanto estava lá?

Procuro a página onde tinha parado.

Os heróis, um anão sábio e um príncipe destronado estão atravessando um pântano mortífero para chegar à Cidadela do Primeiro Mago. Sei o que vai acontecer em seguida, é claro, porque já li o livro três vezes: o Primeiro Mago vai traí-los e entregá-los para a rainha Wyrm.

Sempre sei o que vai acontecer, e sei que tem de acontecer (Senão, como vão conseguir entrar na torre da rainha Wyrm e, no fim, derrotá-la?), mas essa parte sempre me mata quando a leio. Por que as coisas não podem simplesmente funcionar? Por que o Primeiro Mago não pode lhes dar uma xícara de café e oferecer um lugar seguro para passarem um tempo?

Mesmo com todo o meu conhecimento, a história parece a mesma de antes. A prosa de Moffat é ótima: refinada, clara e firme, com o mínimo de comentários evasivos sobre o destino e dragões para manter as coisas animadas. Os personagens são arquétipos interessantes: Fernwen, o anão sábio, representa todos os nerds fazendo o possível para sobreviver à aventura. Telemach Half-Blood é o herói que você gostaria de ser. Ele sempre tem um plano, sempre tem uma solução e sempre tem aliados secretos que pode convocar: piratas e feiticeiros cuja lealdade ele conquistou com sacrifícios feitos muito tempo atrás. Na realidade, estou chegando na parte em que Telemach vai soprar a Trompa de Ouro do Griffo para ressuscitar os elfos mortos da Floresta Pinake. Todos estão em dívida com ele por ter libertado o seu...

A Trompa de Ouro do Griffo.

Hein?

Griffo, como Griffo Gerritszoon?

Abro o laptop e começo a fazer anotações. O trecho continua:

"— A Trompa de Ouro do Griffo é primorosamente trabalhada — diz Zenodotus, passando o dedo pela curva do tesouro de Telemach. — E a magia está no fato de ter sido feita sozinha. Entendem? Não tem nenhuma feitiçaria aqui, nenhuma que eu possa detectar.

Os olhos de Fernwen se arregalaram ao ouvir isso. Eles não tinham acabado de cruzar um pântano de horrores para buscar essa corneta encantada? E agora o Primeiro Mago diz que ela não tem poder nenhum?

— A magia não é o único poder deste mundo — diz o velho feiticeiro com tranquilidade, devolvendo a trompa ao seu verdadeiro dono. — Griffo fez um instrumento tão perfeito que até os mortos precisam se erguer para ouvir o seu chamado. Ele a criou com as próprias mãos, sem feitiços ou baladas de dragões. Eu queria poder fazer o mesmo."

Não sei o que isso significa, mas acho que significa alguma coisa.

A partir daí, a trama é familiar: enquanto Fernwen e Telemach dormem (finalmente) em aposentos ricamente mobiliados, o Primeiro Mago rouba a trompa. Aí ele acende uma lanterna vermelha e a faz dançar nas alturas, um sinal para os sombrios asseclas da rainha Wyrm na Floresta Pinake. Eles estão ocupados ali entre as árvores, procurando antigos túmulos de elfos, escavando ossos e os transformando em pó. Mas sabem o que o sinal significa. Eles descem até a cidadela e quando Telemach Half-Blood acorda assustado em seu quarto, está cercado por sombras altas que uivam e o atacam.

E aí termina o segundo livro.

— Foi maravilhoso — diz Kat. Estamos dividindo um waffle sem glúten no Gourmet Grotto e ela está me contando sobre a reunião inaugural da nova equipe de Product Management. Ela está vestindo uma blusa creme, com um colar em forma de adaga. Por baixo, uma camiseta de gola vermelha no pescoço.

— Absolutamente maravilhoso — ela fala. — A melhor reunião à que eu já fui. Completamente... estruturada. Você sabe exatamente o que está acontecendo o tempo todo. Todo mundo leva um laptop...

— As pessoas por acaso olham umas para as outras?

— Na realidade, não. Tudo o que importa está em sua tela. Há uma agenda que vai se reprogramando. Tem um canal secundário para chats. E também verificação de fatos! Se você levanta para falar, tem gente que confere as suas referências e informações, e essa gente apoia ou aponta seus erros...

Parece uma Atenas de engenheiros.

— E a reunião é bem longa, tipo umas seis horas, mas passa muito rápido, nem senti, porque você pensa muito. Você é totalmente espremido e sugado. Tem tanta informação para absorver e tudo chega tão depressa. E eles, nós, tomamos decisões muito rápido também. Depois que alguém bota algo em votação, isso acontece ali, abertamente, e você tem de votar na hora ou delegar isso a outra pessoa...

Nossa, parece mais um *reality show*. Esse waffle está horroroso.

— Há um engenheiro chamado Alex. Ele é muito fera, desenvolveu a maior parte do Google Maps, e acho que ele gosta de mim... ele já me delegou seu voto uma vez, o que é bem doido, eu sou muito novata...

Acho que eu gostaria de delegar um soco na cara de Alex.

— E há toneladas de designers, mais que o normal. Disseram que eles interferiram no algoritmo de seleção. Acho que talvez seja por isso que entrei, porque sou designer e programadora. É uma combinação ideal. Enfim. — Ela finalmente faz uma pausa para respirar. — Fiz uma apresentação. Coisa que, eu acho, você não deve fazer na sua primeira reunião no PM. Mas perguntei ao Raj e ele disse que não haveria problema. Talvez fosse até uma boa ideia. Para causar uma boa impressão. Enfim. — Ela respira de novo. — Eu contei a eles sobre Manutius.

Ela fez isso.

— Como esse livro antigo maravilhoso, um tremendo tesouro histórico, totalmente ok, de conhecimento antigo...

Ela fez mesmo.

— Então expliquei que há essa organização sem fins lucrativos que tenta decifrar o código.

— Sem fins lucrativos?

— Fica melhor do que dizer, por exemplo, uma sociedade secreta. Enfim, disse que eles estão tentando decifrar o código, e é claro que todo mundo se interessou, porque todo mundo no Google gosta de códigos...

Livros: chatos. Códigos: fantásticos. Essas são as pessoas que mandam na internet.

— E eu disse que talvez devêssemos dedicar algum tempo a isso, porque poderia ser o começo de algo totalmente novo, uma espécie de ferramenta gratuita, um serviço público para decifrar códigos...

Taí uma garota que conhece seu público.

— E todo mundo achou que parecia uma grande ideia. Nós fizemos uma votação.

Impressionante. Chega de ficar se escondendo. Graças a Kat, agora temos o apoio oficial do Google. Isso é surreal. Eu me pergunto quando o trabalho de decifrar esse código vai começar.

— Bem, eu devo organizar isso. — Ela conta as tarefas com os dedos. — Vou arranjar alguns voluntários. Depois vamos configurar os sistemas e garantir que está tudo certo com o texto, o Jad pode ajudar com isso. Precisamos conversar com o Mr. Penumbra, é claro. Será que ele viria a Mountain View? Enfim, acho que estaremos prontos em, tipo... duas semanas. Digamos, duas semanas a contar de hoje. — Ela balança a cabeça, empolgada.

Uma irmandade de estudiosos ocultos passou 500 anos em cima dessa tarefa. E nós vamos desvendá-la numa sexta-feira de manhã.

A Aprovação Definitiva

PENUMBRA CONCORDA em manter a livraria aberta até que a conta bancária fique zerada, então eu volto ao trabalho e volto com uma missão. Peço o catálogo de uma distribuidora de livros. Faço outra campanha publicitária no Google. Mando um e-mail para o organizador de um grande festival literário em São Francisco, que dura uma semana e atrai leitores mãos-abertas de lugares tão distantes quanto Fresno. É uma aposta arriscada, mas acho que podemos fazer isso. Acho que podemos conseguir alguns clientes de verdade. Talvez não precisemos mais da Festina Lente Company. Talvez consigamos transformar este lugar numa empresa de verdade.

Vinte e quatro horas depois do início da campanha publicitária, onze almas solitárias foram à livraria, o que é bem animador porque, antes, só havia uma alma solitária: eu. Esses novos clientes balançam a cabeça quando pergunto sobre o anúncio, e então quatro deles compram alguma coisa. Três desses quatro compram um exemplar do novo Murakami, que arrumei numa pequena pilha organizada perto de um cartão que diz como o livro é genial. O cartão está assinado pelo Mr. Penumbra, em uma simulação de sua caligrafia rebuscada porque acho que provavelmente é isso o que as pessoas querem ver.

Depois da meia-noite, vi a encasacada do Booty's na calçada, andando cabisbaixa na direção do ponto de ônibus. Corro até a porta da frente.

— Albert Einstein! — Grito, projetando o corpo para fora da loja.

— O quê? — ela diz. — Meu nome é Daphne...

— Nós temos a biografia de Einstein. A de Isaacson. O cara que fez a de Steve Jobs. Você ainda a quer?

Ela sorri, gira sobre os saltos, que são muito altos, e com isso fecho a noite com cinco livros vendidos.

Chegam novos livros todos os dias. Quando inicio meu turno, Oliver me mostra as caixas numa pilha, com os olhos arregalados e um pouco desconfiado. Ele ficou meio perturbado desde que voltei e lhe contei tudo o que rolou em Nova York.

— Achei que havia algo de errado acontecendo — disse ele em voz baixa. — Mas sempre achei que fossem drogas.

— Puta merda, Oliver! Nada a ver.

— Bem, é. Achava que talvez alguns desses livros estivessem cheios de cocaína.

— E você nunca se preocupou com isso?

— Era só uma teoria.

Oliver acha que estou sendo muito liberal com nossos fundos cada vez menores.

— Não acha que devíamos fazer o dinheiro durar o máximo possível?

— Você falou como um verdadeiro preservacionista! — Implico. — Dinheiro não é como cerâmica. Podemos ganhar mais se arriscarmos. E precisamos arriscar.

Agora temos magos adolescentes. Temos policiais vampiros. Temos as memórias de um jornalista, o manifesto de um designer, os quadrinhos de um chefe de cozinha famoso. Num gesto nostálgico, com talvez também um pouco de provocação, temos a nova edição de *As Crônicas da Balada do Dragão,* todos os três volumes. Também encomendei a antiga edição em audiolivro para Neel. Ele não lê mais livros, mas talvez possa ouvi-los enquanto levanta pesos.

Tento animar Penumbra com tudo isso. Nossa receita noturna ainda está em dois dígitos, mas isso são muito mais dígitos que antes. Ele está preocupado com a Grande Decifração. Em uma manhã fria de terça-feira, ele chega na loja com um copo de papel de café numa mão e seu misterioso e-reader na outra, e mostro a ele o que acrescentei às prateleiras.

— Stephenson; Murakami; o último do Gibson, *Da Informação: Uma História, Uma Teoria, Um Dilúvio*; *House of Leaves* e edições novas de Moffat. — Vou lhe mostrando os livros enquanto caminhamos pela livraria. Cada um tem uma identificação na estante e todas estão assinadas pelo Mr. Penumbra. Eu estava preocupado que ele pudesse não gostar que usássemos a sua rubrica desse jeito, mas ele nem percebeu.

— Muito bom, meu rapaz — diz ele balançando a cabeça, sem tirar os olhos de seu e-reader. Ele não tem a mínima ideia do que acabei de dizer. Suas estantes estão se afastando dele, que torna a balançar a cabeça, dá uma olhada geral na tela do leitor digital e então olha para mim. — Há uma reunião aqui esta noite — diz ele. — Os Googlers vêm visitar a loja. — Ele pronuncia algo como *gu-ooou-glers*. — Para nos conhecer e discutir nossas técnicas. — Ele faz uma pausa. — Acho que você também deveria estar presente.

Naquela tarde, logo depois do almoço, há uma grande confraternização entre a velha guarda e a nova na Livraria 24 Horas do Mr. Penumbra. Os alunos mais antigos de Penumbra estão presentes: Fedorov, com sua barba branca, e uma mulher chamada Muriel, com cabelo curto prateado. Eu nunca a havia visto antes. Ela deve visitar a loja durante o dia. Fedorov e Muriel estão seguindo seu professor. Estão virando trapaceiros.

Há um grupo do Google escolhido e enviado por Kat. São Prakesh e Amy, os dois ainda mais jovens que eu, e Jad do scanner de livros. Ele olha com admiração para as estantes de cima a baixo. Talvez eu lhe venda algo depois.

Neel está numa reunião de desenvolvimento do Google no Centro, pois quer conhecer mais colegas de Kat e plantar as sementes de uma aquisição da Anatomix. Ele mandou Igor, que é muito novo nessas tarefas, mas parece entender tudo instantaneamente. Talvez ele seja a pessoa mais inteligente da loja.

Todos juntos, jovens e velhos, ficamos parados em torno da mesa na entrada com volumes do Catálogo Pré-histórico abertos para inspeção. É um curso superintensivo sobre o trabalho de séculos da Unbroken Spine.

— *Essez zon livrroz* — diz Fedorov. — *Não zon apenaz fileirrraz de letrrras.* — Ele passa os dedos sobre a página. — *Porrr izo prrrezizamos calcularrr não apenaz pensando naz letrraz, maz também em terrrmoz de pádjinaz. Algunz doz esquemaz de crrriptogrrrafia maiz complexoz ze baseiam nezta composizão da pádjina inteirrra.*

Os Googlers balançam a cabeça e tomam notas em seus laptops. Amy usa seu iPad com um pequeno teclado.

O sino acima da porta toca e um homem alto, magro e de pernas longas, de óculos de armação preta e um rabo de cavalo comprido, entra apressado na loja.

— Desculpem-me pelo atraso — diz, sem fôlego.

— Olá, Greg — diz Penumbra.

— Oi, Greg — diz Prakesh ao mesmo tempo.

Eles olham um para o outro e depois para Greg.

— É — diz Greg. — Isso é estranho.

Na realidade, Greg, a fonte do misterioso e-reader de Penumbra, é tanto um engenheiro de hardware no Google quanto um noviço na filial de São Francisco da Unbroken Spine. E ele acaba revelando ser de um valor inestimável, pois faz a tradução entre a turma da livraria do Mr. Penumbra e os Googlers, explicando processamento paralelo para um grupo e dimensões de fólios para o outro.

Jad, do scanner de livros, também é crucial, pois já fez isso antes.

— Vai haver erros de reconhecimento de caracteres — explica. — Por exemplo, um "f" em caixa-baixa pode sair como um "s". — Ele digita as duas letras no laptop para que as vejamos lado a lado. — As letras minúsculas "rn" aparecem como "m". Às vezes "A" vira "4", e muitas outras coisas do tipo. Temos de compensar todos esses erros possíveis.

Fedorov balança a cabeça e intervém.

— E também para *oz eigenvetorrrez óticoz* de texto.

Os Googlers olham para ele sem entender nada.

— Também *temoz* de *compenzarrr* para *ozs eigenvetorez óticoz* — repete, como se estivesse dizendo o óbvio.

Os Googlers olham para Greg, que também parece não ter entendido nada.

Igor ergue a mão magra e diz tranquilamente.

— Acho que podíamos fazer uma matrix tridimensional dos valores de saturação de tinta, não?

A barba branca de Fedorov se abre em um sorriso.

Não tenho certeza do que vai acontecer quando o Google decifrar MANVTIVS. Claro que há coisas que sei que *não* vão acontecer: os falecidos irmãos e irmãs de Penumbra não vão ressuscitar. Não vão reaparecer. Nem mesmo aparições de seus espectros azulados no estilo Jedi. A vida real não é como *As Crônicas da Balada do Dragão*.

Mas ainda pode render uma grande notícia. Quero dizer, um livro secreto do primeiro grande editor digitalizado, decodificado e tornado público? Talvez o *The New York Times* fizesse um post em seu blogue sobre isso.

Decidimos convidar toda a irmandade de São Francisco a ir até Mountain View, para ver aquilo ser feito. Penumbra me incumbe da tarefa de falar com os membros que conheço melhor.

Começo com Rosemary Lapin. Pego aquela ladeira íngreme até sua toca de hobbit na encosta e bato três vezes na porta. Ela abre uma fresta e uma Miss Lapin de um olho só pisca para mim.

— Ah! — Ela solta um gritinho de surpresa e abre o resto da porta. — É você! Conseguiu... quer dizer... bem... o que aconteceu?

Ela me convida a entrar, abre as janelas e balança as mãos no ar para espanar o cheiro de maconha. Conto a ela a história enquanto bebemos chá. Seus olhos estão arregalados, ávidos por informação. Posso perceber que ela quer ir imediatamente até a Sala de Leitura e vestir um robe negro daqueles. Digo a ela que não deve precisar fazer isso.

Conto que o grande segredo da Unbroken Spine poderá ser decifrado em alguns dias.

Ela fica impassível.

— Isso é uma coisa e tanto — diz, por fim.

Honestamente, eu esperava um pouco mais de empolgação.

Conto ao Mr. Tyndall, e sua reação é melhor que a da Miss Lapin, mas não tenho certeza se ele se animou com a revelação iminente ou se é apenas a maneira dele de reagir a tudo. Talvez se eu lhe contasse que o Starbucks estava criando um novo *latte* com cheiro de livros ele diria a mesma coisa:

— Fabuloso! Empolgante! Essencial! — Suas mãos estão na cabeça, passando entre os cachos de seu cabelo branco e crespo. Está andando em círculos, rápido, por seu apartamento, um pequeno estúdio perto do oceano, de onde é possível ouvir as nuvens de neblina murmurando umas com as outras, e seus cotovelos raspam nas paredes e entortam as molduras dos retratos em ângulos bizarros. Um deles cai com um estardalhaço no chão, e eu me abaixo para apanhá-lo.

Ele retrata um bonde num ângulo maluco, completamente lotado de passageiros, e, bem na frente, em um uniforme azul impecável, está o próprio Tyndall: mais jovem e mais magro, com cabelo negro em vez de grisalho. Está com um sorriso largo, meio pendurado para fora do bonde, acenando para a câmera com o braço livre. Tyndall, o condutor de bonde. É, faz sentido. Ele deve ter sido...

— Magnífico! — Ele ainda está orbitando. — Inacreditável! Quando? Onde?

— Na sexta de manhã, Mr. Tyndall — digo a ele. — Sexta-feira no brilhante e reluzente centro da internet.

Não vejo Kat há quase duas semanas. Está ocupada organizando tudo para a grande decodificação, e também está ocupada com outros projetos do Google. O grupo de Product Management oferece um bufê com o mais variado dos cardápios. E ela está com fome. Não responde aos meus e-mails de azaração e, quando me escreve, suas mensagens têm duas palavras de extensão.

Finalmente saímos juntos na quinta à noite, meio que por obrigação, para jantar comida japonesa. Está frio e ela está usando um blazer pesado de *pied-de-poule* sobre um suéter cinza e uma blusa de tecido brilhante. Não há mais sinal de sua camiseta vermelha.

Kat não para de falar sobre os projetos do Google, todos agora revelados a ela. Estão fazendo um web browser 3-D. Estão fazendo carros que andam sozinhos. Estão fazendo uma ferramenta de busca de sushi (aqui ela espeta um hashi em nosso jantar) para ajudar as pessoas a encontrarem sushi sustentável e sem mercúrio. Estão construindo uma máquina do tempo. Estão desenvolvendo uma forma de energia renovável movida a arrogância.

A cada megaprojeto que ela descreve, eu me sinto encolher e ficar cada vez menor. Como você pode continuar interessado em qualquer coisa ou pessoa por muito tempo quando o mundo inteiro é uma base para suas ideias e criações?

— Mas no que estou interessada mesmo — diz Kat. — É no Google Forever. — Isso: prolongamento da vida. Ela balança a cabeça. — Eles precisam de mais recursos. Vou ser a aliada deles no PM, vou fazer o possível para defender a sua causa. Talvez seja o projeto mais importante que possamos executar em longo prazo.

— Não sei, o carro parece muito legal...

— Talvez possamos dar algo a eles com que trabalhar amanhã — prossegue Kat. — E se acharmos alguma coisa maluca nesse livro, tipo uma sequência de DNA? Ou a fórmula de uma nova droga? — Os olhos dela estão brilhando. Tenho de confessar uma coisa: Kat tem muita imaginação quando se trata de imortalidade.

— Você está dando muito crédito a um editor medieval.

— Eles calcularam a circunferência da Terra mil anos antes de inventar a imprensa! — diz e me cutuca com o hashi. — Será que *você* consegue calcular a circunferência da Terra?

— Bem... não. — Faço um momento de pausa. — Espere, e você, consegue?

Ela balança a cabeça.

— Sim, na realidade é bem fácil. A questão é que eles sabiam das coisas antigamente. E há coisas que eles sabiam que ainda não redescobrimos. OK e TK, lembra? Sabedoria antiga. Este pode ser o old Knowledge definitivo.

Depois do jantar, Kat não volta para o apartamento comigo. Diz que precisa ler um e-mail, revisar protótipos, editar páginas wiki. Será que eu perdi mesmo a garota para uma wiki na quinta à noite?

Caminho sozinho pela escuridão e me pergunto como uma pessoa poderia começar a determinar a circunferência da Terra. Não tenho ideia. Provavelmente procuraria isso no Google.

O Chamado

É A NOITE DA VÉSPERA da manhã em que Kat Potente marcou um ataque por todas as frentes ao secular *codex vitae* de Aldus Manutius. Seu pelotão do Google está a postos. O grupo de Penumbra foi convidado. É excitante, tenho de reconhecer que é muito excitante, mas também enervante, pois não tenho ideia do que vai acontecer com a Livraria 24 Horas do Mr. Penumbra depois que tudo for descoberto. O homem não disse uma palavra, mas sinto que Penumbra está relaxando com o lugar. Porque, quero dizer, claro: quem precisa do fardo de uma livraria quando a vida eterna é iminente?

Vamos ver o que o amanhã nos reserva. Vai ser um belo espetáculo, aconteça o que acontecer. Talvez depois ele esteja pronto para conversar sobre o futuro. Ainda quero botar um cartaz naquele ponto de ônibus.

A noite está tranquila, com apenas dois clientes até agora. Ando pelas estantes arrumando as novas aquisições. Promovo *As Crônicas da Balada do Dragão* a uma prateleira mais alta e depois folheio despreocupadamente o primeiro volume em minhas mãos. A contracapa tem uma pequena foto em preto e branco de Clark Moffat na casa dos 30 anos. Tem cabelo loiro desgrenhado e uma barba volumosa, e está usando uma camiseta branca simples com um sorriso cheio de dentes. Abaixo do retrato, há uma curta biografia.

Clark Moffat (1952-1999) era um escritor que vivia em Bolinas, Califórnia. Ele é mais conhecido pelo sucesso de As Crônicas da Balada do Dragão *e do delicado* Mais história de Fernwen, *um livro infantil. Ele se formou na Academia Naval dos Estados Unidos e serviu como especialista em comunicações a bordo do submarino nuclear U.S.S. Virginia.*

Uma ideia surge em minha cabeça. É algo que nunca fiz antes, algo que nunca pensei em fazer durante todo o tempo em que trabalhei aqui. Vou procurar uma pessoa nos livros de registro.

É o livro de registros VII o que quero, o que roubei e levei para o Google porque ele cobre o período entre meados dos anos 1980 e o início dos anos 1990. Encontro o texto bruto em meu computador e resolvo procurar por uma pessoa que tenha uma descrição em especial: alguém com cabelo loiro desgrenhado e barba.

Demora um pouco enquanto procuro palavras-chave e elimino falsos resultados positivos. (Descobri que há muitas barbas aqui.) Estou dando busca no texto digitalizado, não mais manuscrito, então não sei quem escreveu o que aqui, mas sei que algumas dessas anotações devem ser de Edgar Deckle. Seria legal se ele fosse aquele que... Achei.

Membro número 6HV8SQ:

O noviço levou com ele KINGSLAKE. Agradeceu e estava animado. Veste uma camiseta branca comemorativa ao bicentenário, jeans Levi's 501 e botas de trabalho pesadas. A voz é rouca de fumar. Maço de cigarros pela metade visível no bolso. Cabelo loiro-claro é mais comprido do que jamais foi registrado por este atendente. Após observação, o noviço explica: "Quero que fique com comprimento de feiticeiro". Segunda-feira, 23 de setembro, 1h19 da manhã. O céu está claro e sinto o cheiro do oceano.

Esse é Clark Moffat, só pode ser. A anotação é posterior à meia-noite, o que significa o turno da madrugada, o que significa que "este atendente" é Edgar Deckle. Há outra anotação:

O noviço está avançando rápido na direção da solução do Enigma do Fundador. Entretanto, mais que sua velocidade, o que impressiona é sua confiança. Não há nada da hesitação ou frustração que caracterizaram outros noviços (incluindo este atendente). É como se ele estivesse tocando uma canção conhecida ou dançando uma dança familiar. Camiseta azul, Levi's 501, botas de trabalho. O cabelo está ainda mais longo. Recebe BRITO. Sexta-feira, 11 de outubro, 2h31 da madrugada. Ouço uma sirene de buzina de neblina.

Os textos continuam. As notas são concisas, mas a mensagem é clara: Clark Moffat era um sábio da Unbroken Spine. Será possível... que ele fosse aquela constelação escura verde-musgo na visualização? Será que ele era o que descobriu todo o rosto do Fundador no tempo que os outros noviços levavam para traçar um cílio ou um lóbulo de orelha? Provavelmente há algum modo de associar anotações específicas à visualização e...

O sino toca, levanto a cabeça do texto interminável no computador. É tarde e espero ver um membro da irmandade. Mas é Mat Mittelbrand, carregando um estojo negro. É grande, maior que ele, e fica preso na porta.

— O que está fazendo aqui? — pergunto enquanto tento ajudá-lo a soltar o estojo. A superfície é rígida e nodosa, e tem grandes fechos de metal.

— Estou aqui em uma missão — diz Mat, respirando com dificuldade. — Esta é sua última noite, não é?

Eu tinha reclamado com ele do desinteresse de Penumbra.

— Talvez. Provavelmente. O que é isso?

Ele deita o estojo no chão, solta os fechos de metal (que fazem um barulho alto, *tlec, tlec*) e abre a tampa. Lá dentro, protegido em uma cama de espuma cinza, há um equipamento fotográfico: flashes grandes com cabos grossos, tripés de alumínio desmontáveis e um rolo de fio laranja.

— Vamos documentar esse lugar — diz Mat. Ele bota as mãos nos quadris e olha para toda a loja, apreciando-a. — Isso tem de ser registrado.

— Tipo como, uma sessão fotográfica?

Mat sacode a cabeça.

— Não, isso seria um registro seletivo. Odeio registros seletivos. Vamos tirar fotos de todas as superfícies, de todos os ângulos, sob luz clara e equilibrada. — Ele faz uma pausa. — Assim, vamos poder recriá-la.

Fico boquiaberto.

Ele não para.

— Já fiz reconstituições fotográficas de castelos e mansões. Essa loja é pequena. Vou ter de tirar só umas três ou quatro mil fotos.

A ideia de Mat é meio fora de propósito, obsessiva e talvez impossível. Em outras palavras: perfeita para esse lugar.

— Mas cadê a câmera?

Assim que pergunto isso, o sino da porta de entrada toca e Neel Shah entra todo carregado com uma Nikon monstruosa pendurada no peito e uma garrafa de suco de couve em cada mão.

— Trouxe algo pra beber — diz erguendo as garrafas.

— Vocês dois vão ser meus assistentes — diz Mat. Ele dá um toquinho no estojo de plástico preto com a ponta do pé. — Comecem a montar o equipamento.

A livraria está transbordante de calor e luz. A iluminação de Mat está conectada em linha toda junta, e tudo está plugado em uma única tomada atrás da mesa da entrada. Tenho quase certeza de que aquilo vai queimar um fusível, talvez até um transformador na rua. O letreiro de neon da Booty's pode estar em risco esta noite.

Mat está no alto de uma das escadas da livraria. Ele a está usando como um carrinho improvisado para a câmera, com Neel o empurrando lentamente por toda a extensão da loja. Mat segura a Nikon com firmeza diante do rosto e tira uma foto cada vez que Neel o empurra mais um pouco. A câmera dispara os flashes, que estão montados em todos os cantos e atrás da mesa da frente, e ele fazem *pop pop pop* em cada foto.

— Sabe — diz Neel. — Podíamos usar essas fotos para fazer um modelo em 3-D. — Ele olha para mim. — Quero dizer, outro. O seu estava bom.

— Não, entendi. — Estou sentado à mesa da frente fazendo uma lista de todos os detalhes que temos de fotografar: as letras altas nas vitrines e suas bordas gastas e grosseiras, com o recorte especial com recuos quadrados. O sino e seu badalo, e o gancho de metal todo trabalhado que o segura no lugar. — A minha parecia o Galaga.

— Podemos fazê-la interativa — diz Neel. — Ponto de vista em primeira pessoa, realismo fotográfico e totalmente explorável. Você pode escolher a hora do dia. Podemos fazer as estantes projetarem sombras.

— Não — resmunga Mat da escada. — Esses modelos 3-D são uma merda. Quero fazer uma loja em miniatura com livros em miniatura.

— E um Clay em miniatura?

— Claro, talvez um bonequinho de LEGO. — Mat sobe mais um pouco a escada e Neel começa empurrá-lo na direção contrária pela loja. Os flashes espocam *pop pop pop*, deixando pontos vermelhos em meus olhos. Neel defende as vantagens dos modelos 3-D enquanto empurra a escada: são mais detalhados, mais envolventes, você pode fazer infinitas cópias. Mat está resmungando. *Pop pop.*

Em meio a todo aquele barulho, quase não escuto a campainha.

É só um ruído leve em meu ouvido, mas sim: em algum lugar da livraria tem um telefone tocando. Subo pelo meio das estantes em paralelo à sessão fotográfica, com os flashes ainda fazendo *pop pop pop*, e entro na salinha de descanso nos fundos. O som vem do estúdio de Penumbra. Empurro a porta com a placa PRIVATIVO e subo os degraus.

O *pop pop pop* dos flashes é mais suave aqui em cima, e o *trim trim* do telefone (perto do modem antigo) é alto e insistente, produzido por algum poderoso produtor de barulho antiquado e mecânico. Ele não para de tocar e me ocorre que minha estratégia para telefonemas estranhos, isto é, esperar que desistam, não vai funcionar aqui.

Trim trim.

Hoje em dia o telefone só traz más notícias. É só "a parcela deste mês do seu empréstimo para financiar sua universidade já venceu" e "seu tio Chris está no hospital". Se é alguma coisa divertida ou excitante, como um convite para uma festa ou um projeto secreto em andamento, isso vem pela internet.

Trim trim.

Tudo bem, vamos lá, talvez seja apenas um vizinho curioso querendo saber o que significa toda essa confusão, todos esses flashes. Talvez seja a encasacada lá da Booty's, conferindo para ver se está tudo bem. Isso é legal. Atendo o telefone e anuncio:

— Livraria 24 Horas do Mr. Penumbra.

— Você deve impedi-lo — diz uma voz, sem apresentações ou preâmbulos.

— Hum, acho que ligou para o número errado. — Não é a encasacada.

— Não tenho dúvida de que este é o número certo. Conheço você. É o garoto... o atendente.

Agora reconheço a voz. O poder silencioso. As sílabas bem pronunciadas. É Corvina.

— Qual o seu nome? — pergunta ele.

— Sou Clay. — E, em seguida, complemento: — O senhor provavelmente quer falar com o Mr. Penumbra diretamente. É melhor ligar pela manhã...

— Não — diz Corvina sem rodeios. — Não foi Penumbra quem roubou nosso tesouro mais precioso. — Ele sabe. É claro que sabe. Como? Outro de seus corvos? Acho que sim. Alguém daqui de São Francisco deve tê-lo avisado.

— Bem, tecnicamente não é roubar, eu não acho — digo, olhando para o chão como se ele estivesse ali na salinha comigo. — Porque, quero dizer, provavelmente está em domínio público... — Mudo de assunto. Isso não vai chegar a lugar nenhum.

— Clay — diz Corvina, com voz suave e sombria —, você deve impedi-lo.

— Sinto muito, mas eu simplesmente não acredito em sua... religião. — Eu provavelmente não conseguiria dizer isso na cara dele. Estou segurando o fone preto do telefone apertado contra o rosto. — Então, não acho que importa se escaneamos um livro antigo. Ou se não escaneamos. Não acho que tenha nenhuma... importância cósmica. Só estou ajudando meu chefe... meu amigo.

— Você está fazendo exatamente o contrário — Corvina diz em voz baixa.

Não tenho resposta para isso.

— Sei que não acredita naquilo em que nós acreditamos — diz ele. — Claro que não. Mas não é preciso fé para perceber que Ajax Penumbra está no fio da navalha. — Ele faz uma pausa para a informação ser absorvida. — Eu o conheço há mais tempo que você, Clay... muito mais tempo. Então, deixe que eu lhe conte sobre ele. Ajax sempre foi um sonhador, um grande otimista. Eu entendo por que vocês foram atraídos por ele. Todos vocês na Califórnia. Antigamente, eu vivia aí. Sei como é.

Certo. O homem jovem em frente à Golden Gate. Ele sorri para mim do outro lado da sala, me fazendo sinal de positivo com o polegar.

— Você provavelmente acha que sou apenas o CEO frio de Nova York. Talvez me ache severo demais. Mas, Clay, às vezes a disciplina é a mais verdadeira forma de bondade.

Ele está usando muito meu primeiro nome. A maioria dos vendedores sempre faz isso.

— Meu amigo Ajax Penumbra tentou muitas coisas na vida, muitos esquemas, e sempre foram extremamente elaborados. Ele sempre ficou a um fio de fazer o sucesso esperado, pelo menos em sua própria mente. Eu o conheço há cinquenta anos, Clay... cinquenta anos! E durante esse período, você sabe quantos dos esquemas dele funcionaram?

Não gosto do rumo que a...

— Nenhum. Zero. Ele mal mantém essa loja onde você está parado e não realizou absolutamente mais nada digno de nota. E este, o último e maior de seus planos, também não terá sucesso. Você mesmo disse. É tolice, não vai dar certo, e aí? Eu me preocupo com ele, Clay, de verdade... como seu amigo mais antigo.

Eu sei que ele está usando um truque mental Jedi em mim nesse momento. Mas é um bom truque mental Jedi.

— Está bem. Entendi. Sei que Penumbra é meio esquisito. Isso é óbvio. O que eu devo fazer?

— Deve fazer o que eu não posso fazer. Eu apagaria a cópia que você roubou. Apagaria todas as cópias. Mas estou longe demais, então você deve me ajudar e deve ajudar o seu amigo.

Agora parece que ele está parado bem ao meu lado.

— Você precisa impedir Penumbra ou este fracasso final vai destruí-lo.

Ponho o fone de volta no gancho, apesar de eu não estar totalmente consciente de ter desligado. A loja está em silêncio. Não ouço mais *pop pop* vindo lá da frente. Olho lentamente ao redor do estúdio de Penumbra, os escombros de décadas de sonhos digitais, e o alerta de Corvina começa a fazer sentido. Penso na expressão no rosto de Penumbra quando estava nos explicando esse esquema lá em Nova York, e faz ainda mais sentido. Olho outra vez para a foto. De repente, não é Corvina o amigo cabeçudo e teimoso... é Penumbra.

Neel surge no alto da escada.

— Mat precisa de sua ajuda — diz ele. — Você precisa segurar um flash, uma coisa assim.

— Está bem, claro. — Respiro fundo, tiro a voz de Corvina da cabeça e sigo Neel até a loja. Levantamos muita poeira e agora as lâmpadas projetam formas reluzentes no ar, penetrando pelos espaços nas estantes, iluminando penugens de partículas de pó, pedaços microscópicos de papel, pedaços da pele de Penumbra, da minha, e fazem tudo isso brilhar.

— Mat é muito bom nisso, hein? — digo, olhando ao redor para o efeito sobrenatural.

Neel assente.

— Ele é impressionante.

Mat me entrega uma gigantesca folha de papelão branco brilhante do mural de avisos e me pede para segurá-lo firme. Está capturando a mesa da frente de perto, chegando aos mínimos detalhes. O papelão branco sanfonado reflete a luz de modo tão sutil que não consigo perceber seu efeito na madeira, mas imagino estar fazendo uma contribuição crucial para manter a nitidez e o nível da iluminação.

Mat recomeça a fotografar e os flashes grandes agora brilham com menos intensidade, então consigo ouvir até o *clique clique* da câmera. Neel está parado atrás de Mat, segurando um flash com uma das mãos e bebendo seu suco de couve com a outra.

Enquanto estou ali parado com o papelão branco na mão, penso:

Corvina na realidade não se importa com Penumbra. Isso é uma questão de controle e ele está tentando me transformar em seu instrumento. Estou grato pela grande distância geográfica entre nós. Odiaria escutar aquela voz pessoalmente. Ou talvez pessoalmente ele não se desse ao trabalho de tentar me persuadir. Talvez aparecesse com uma gangue de robes-negros. Mas ele não pode fazer isso porque estamos na Califórnia; o continente é nossa proteção. Corvina descobriu tarde demais, então sua voz é a única coisa que tem.

Mat se aproxima ainda mais da mesa, aparentemente tentando obter detalhes a nível molecular da mesa na entrada, lugar onde passava, recentemente, grande parte de minha vida. Sou presenteado, por um instante, com uma imagem do compacto Mat todo encolhido, suando, olhando através da câmera, e o grande e largo Neel com um sorriso, segurando firme a iluminação, bebendo seu suco de couve. Meus amigos fazendo algo juntos. Isso também exige fé. Não sei para que serve esse papelão branco, mas confio em Mat. Sei que vai ficar bonito.

Corvina entendeu errado. Os planos de Penumbra falharam não porque ele seja um pirado completo. Se Corvina tem razão, isso significa que ninguém deve jamais tentar nada novo e arriscado. Talvez os esquemas de Penumbra tenham fracassado por ele não ter ajuda suficiente. Talvez ele não tivesse um Mat ou um Neel ou uma Ashley ou uma Kat... até agora.

Corvina disse: *Você precisa impedir Penumbra.*

Não. É exatamente o contrário. Nós vamos ajudá-lo.

O dia amanhece e, quando isso acontece, sei que não devo esperar Penumbra. Ele não vai para a loja que leva seu nome, mas para o Google. Em cerca de duas horas, o projeto em que Penumbra e seus irmãos e irmãs trabalharam por décadas, por séculos, vai funcionar. Ele provavelmente está comendo um bagel em comemoração em algum lugar.

Aqui na loja, Mat guarda a iluminação de volta em seu sarcófago. Neel joga o papelão branco no lixo. Eu enrolo os cabos laranja e arrumo a mesa da entrada. Tudo está igual, nada está fora do lugar. Mesmo assim, algo está diferente. Tiramos fotos de todas as superfícies, das estantes, da mesa, da porta, do chão. Tiramos fotos dos livros, de todos eles, os das prateleiras da frente e os do Catálogo Pré-histórico também. Não capturamos as páginas internas, claro, isso seria um projeto numa escala bem diferente. Se um dia você jogar Super Bookstore Brothers e navegar numa simulação 3-D da livraria do Mr. Penumbra com luz amarelada vindo da vitrine e com um leve efeito de névoa se erguendo ao fundo, e decidir que quer realmente ler um daqueles belos livros cheios de texturas, vai ser uma pena. O modelo de Neel pode se igualar ao volume da loja, não à sua densidade.

— Café da manhã? — pergunta Neel.

— Café da manhã! — concorda Mat.

Então, partimos. É isso. Apago a luz e fecho bem a porta ao sair. O sino toca lá dentro. Eu nunca tive a chave.

— Deixe-me ver as fotos — diz Neel pegando a câmera de Mat.

— Ainda não, ainda não — diz Mat, enfiando-a embaixo do braço. — Preciso tratá-las. Isso é só material bruto. Correção de cor. Tradução: tenho de fazer com que fiquem sensacionais. — Ele ergue uma sobrancelha. — Achei que você trabalhasse com estúdios de cinema, Shah.

— Ele contou para você? — Neel gira para olhar para mim com olhos arregalados. — Você contou para ele? Existem *documentos*!

— Você devia dar uma passada na ILM semana que vem — Mat diz calmamente. — Vou mostrar umas coisas para você.

Os dois estão bem à frente na calçada, a meio caminho do carro de Neel, mas ainda estou parado diante das grandes vitrines com suas letras douradas: MR. PENUMBRA em bela fonte Gerritszoon. Está escuro lá dentro. Grudo minhas mãos no símbolo da irmandade, duas mãos abertas como um livro, e, quando as retiro, deixo uma marca oleosa no vidro.

Um Canhão Muito, Muito Grande

FINALMENTE CHEGOU a hora de decifrar um código que aguarda por isso há 500 anos.

Kat requisitou o anfiteatro de visualização de informação com suas telas enormes. Levou mesas e as posicionou bem na frente. As pessoas comiam sob o toldo. Parecia o controle da missão em estilo piquenique.

O dia está bonito. O céu muito azul está pontilhado de nuvens finas, suaves e cheias que se estendem ao longe. Os beija-flores voam e planam para investigar as telas, depois voltam rápido pelos jardins bem iluminados e abertos. Ouve-se música ao longe. A banda de metais do Google está ensaiando uma valsa gerada por algoritmo.

Lá embaixo, o esquadrão especialmente selecionado por Kat para desvendar códigos está se aprontando. Surgem laptops, cada um deles marcado por uma coleção diferente de adesivos e hologramas coloridos, e os Googlers estão conectando fibras óticas e cruzando os dedos.

Igor está entre eles. Sua demonstração de inteligência na livraria lhe valeu um convite especial: hoje ele tem autorização para brincar na Big Box. Ele está debruçado sobre o laptop com suas mãos magras transformadas em um borrão azulado, e dois Googlers o estão observando por cima de seus ombros, de olhos arregalados.

Kat faz uma ronda e conversa com os Googlers um por um. Ela sorri, balança a cabeça e lhe dá tapinhas nas costas. Hoje ela é a general, e essa é sua tropa.

O Mr. Tyndall, a Miss Lapin, Imbert e Fedorov estão todos ali, junto com o restante dos noviços locais. Estão sentados longe das telas, na borda do anfiteatro, todos perfilados no último degrau. Outros estão chegando. Muriel com seu cabelo prateado está lá, assim como Greg, o Googler de rabo de cavalo. Hoje ele está com o pessoal da irmandade.

A maioria dos membros da irmandade passou da meia-idade. Outros, como a Miss Lapin, parecem bem velhos, e há outros ainda mais velhos. Há um homem muito velho em uma cadeira de rodas, os olhos perdidos em órbitas escuras e fundas, rosto pálido e enrugado como um lenço de papel, empurrado por um jovem ajudante num terno bem cortado. O homem emite um cumprimento quase inaudível para Fedorov, que aperta sua mão.

Finalmente, Penumbra está lá. É o centro das atenções lá no alto do anfiteatro, explicando o que está prestes a acontecer. Ele está sorrindo e acenando os braços, apontando para os Googlers em suas mesas lá embaixo e o enigma naquelas telas.

— Venha cá, meu rapaz, venha até aqui — diz ele. — Venha conhecer Muriel direito. — Eu dou um sorriso e aperto a mão dela, e ela é bonita com seu cabelo prateado, quase branco. Tem a pele macia e apenas indícios de microrrugas em torno dos olhos.

— Muriel tem uma fazenda onde cria cabras — diz Penumbra. — Você devia levar sua, ah, amiga, você sabe... — Ele aponta a cabeça na direção de Kat. — O passeio é maravilhoso.

Muriel sorri.

— A primavera é a melhor época — ela diz. — É quando nascem os cabritinhos. — Então, se dirige a Penumbra fingindo lhe dar uma bronca. — Você é um bom embaixador, Ajax, mas eu queria que você fosse lá mais vezes. — Ela pisca para ele.

— Ah, a loja tem me mantido ocupado — diz ele. — Mas e agora, depois disso? — Ele acena com a mão e seu rosto se ilumina com uma expressão que diz vamos-ver-primeiro-o-que-vai-acontecer. — Depois disso, qualquer coisa é possível.

Espere um segundo, será que tem alguma coisa rolando aqui? Não pode ter nada rolando aqui.

Pode, sim, haver alguma coisa rolando aqui.

— Está bem, todo mundo em silêncio! — grita Kat da frente do anfiteatro. Ela ergue os olhos para se dirigir ao grupo de estudiosos reunido nos degraus. — Certo, eu sou Kat Potente, a PM deste projeto. Estou feliz de ver todos vocês aqui, mas há algumas coisas que devem saber. Primeiro, vocês podem usar o Wi-Fi, mas as fibras óticas são só para funcionários do Google.

Olho para o grupo da irmandade reunido. Tyndall tem um relógio de bolso preso às calças por uma corrente comprida e está vendo as horas. Não acho que isso vai ser um problema.

Kat baixa os olhos para uma lista impressa.

— Segundo: não podem blogar, nem tuitar, nem transmitir em streaming nada do que for visto aqui.

Imbert está ajustando seu astrolábio. Sem dúvida isso não vai ser problema.

— E terceiro... — Ela dá um sorriso. — Isso não vai demorar muito, por isso não fiquem confortáveis demais.

Ela muda a posição e se dirige à sua tropa:

— Ainda não sabemos com que tipo de código estamos lidando — ela diz. — Precisamos primeiro descobrir isso. Então, vamos trabalhar em paralelo. Temos duzentas máquinas virtuais prontas e à espera na Big Box, e seu código vai rodar automaticamente, no lugar certo, o que vocês taguearem como codex. Todo mundo pronto?

Todos os Googlers balançam a cabeça. Uma garota bota óculos escuros.

— Vamos lá!

Os telões ganham vida, uma blitzkrieg de exploração e visualização de informação. O texto de MANVTIVS aparece nítido e serrilhado, composto em letras quadradas mais adequadas para o código e o equipamento. Aquilo não é mais um livro. É um monte de informação digitalizada. Gráficos de dispersão e tabelas se desenrolam pelas telas. Ao comando de Kat, as máquinas do Google trabalham e retrabalham aquela informação de novecentos modos diferentes. Nove mil. Nada, ainda.

Os Googlers estão em busca de uma mensagem, qualquer mensagem, no texto. Pode ser um livro inteiro, podem ser algumas frases, pode ser uma única palavra. Ninguém, nem mesmo a Unbroken Spine, sabe o que esperar, ou como o conteúdo foi criptografado por Manutius, o que faz daquilo um problema muito difícil. Por sorte, os Googlers adoram problemas muito difíceis.

Agora eles ficaram mais criativos. Fazem cruzes, espirais e galáxias dançar pelos telões. Os gráficos ganham novas dimensões; primeiro, se transformam em cubos, pirâmides e bolhas; depois, projetam longos tentáculos. Meus olhos vão de um lado para o outro enquanto tento acompanhar. Um dicionário de latim pisca numa tela, toda uma língua examinada em milissegundos. Há gráficos de n-gramas e diagramas de Vonnegut. Surgem mapas com sequências de letras de algum modo traduzidas em longitudes e latitudes e indicadas em todo o mundo, uma nuvem de pontos que se espalha da Sibéria pelo Pacífico Sul.

Nada.

Os telões piscam e mudam enquanto os Googlers experimentam todos os ângulos. A irmandade está murmurando. Alguns ainda estão sorrindo. Outros começam a fechar a cara. Quando um tabuleiro de xadrez gigante surge na tela com um monte de números em cada casa, Fedorov torce o nariz e murmura:

— *Nóz tentamoz izo* em 1637.

Será por isso que Corvina acredita que o projeto não terá sucesso? Por que a Unbroken Spine já tentou literalmente tudo? Ou simplesmente porque isso é trapacear, pois o velho Manutius nunca teve telas de computador nem máquinas virtuais? Se você as seguir, as duas linhas de raciocínio se fecham juntas como se fosse uma armadilha e levam você de volta à Sala de Leitura, com seu giz e correntes, e nenhum outro lugar. Ainda não acredito que o segredo da imortalidade vá aparecer de repente em uma dessas telas, mas, nossa, eu quero que Corvina esteja errado. Quero que o Google decifre esse código.

— Tudo bem — anuncia Kat. — Nós temos mais oitocentas máquinas. — Sua voz se ergue e é ouvida por todo o jardim. — Temos de ir mais fundo. Mais interações. Não quero que hesitem. — Ela vai de mesa a mesa consultando e encorajando as pessoas. Ela é uma boa líder. Posso ver isso no rosto dos Googlers. Acho que Kat Potente descobriu sua vocação.

Vejo Igor quebrar a cabeça sobre o texto. Primeiro ele traduz cada linha de letras em uma molécula e simula uma reação química; no telão, a solução se dissolve num borrão cinza. Depois transforma as letras em pequenas pessoas em 3-D e as dispõe em uma cidade simulada. Elas andam por ali, esbarrando em prédios e formando multidões aglomeradas na tela até que Igor destrói tudo com um terremoto. Nenhuma mensagem.

Kat sobe os degraus, apertando os olhos por causa do sol, e os protege com a mão na testa.

— Esse código é complicado. E bastante esquisito.

Tyndall corre ao redor do anfiteatro e salta sobre a Miss Lapin, que solta um gritinho e se protege. Ele toma o braço de Kat.

— Você precisa compensar as fases da Lua no momento em que o trecho foi escrito! O padrão lunar é essencial!

Estendo a mão e tiro sua garra trêmula do braço dela.

— Mr. Tyndall, não se preocupe — digo. Já vi uma linha de luas parcialmente comidas desfilar pelas telas. — Eles conhecem as técnicas do senhor. — E se posso dizer que o Google é uma coisa, é detalhista e completo.

Enquanto as telas acendem e apagam lá embaixo, um grupo de Googlers circula entre o pessoal da irmandade, jovens com pranchetas e rostos simpáticos, fazendo perguntas como: "Quando você nasceu? Onde mora? Qual seu nível de colesterol?".

Fico curioso para saber quem são.

— Eles são do Google Forever — diz Kat, tímida. — Estagiários. Quero dizer, ainda é uma boa oportunidade. Algumas dessas pessoas são tão velhas e ainda tão saudáveis!

A Miss Lapin está descrevendo seu trabalho na Pacific Bell a um Googler que segura uma pequenina câmera de vídeo. Tyndall está cuspindo em um frasco plástico.

Uma das estagiárias se aproxima, mas ele a dispensa com um aceno, sem dizer palavra. Seu olhar está fixo nos telões. Ele está completamente absorto, com os olhos azuis bem abertos e brilhando como o céu lá no alto. Distraído, o alerta de Corvina ecoa em minha mente: *E este, o último e maior de seus esquemas... também não vai funcionar.*

Entretanto, não é mais o esquema só de Penumbra. Ele ficou muito maior que isso. Veja todas essas pessoas, veja Kat. Ela voltou para a frente do anfiteatro e digita furiosamente no celular. Ela o guarda no bolso e se vira para falar com sua equipe.

— Esperem um segundo! — grita ela, acenando os braços para cima. — Esperem! — A roleta do deciframento aos poucos começa a girar mais devagar e para. Em um dos telões, as letras MANVTIVS estão girando no espaço, todas em rotações com velocidades diferentes. Em outro, alguma espécie de nó complicado tenta se desatar.

— O PM está nos fazendo um grande favor — anuncia Kat. — O que quer que vocês estejam fazendo, taguear é algo FUNDAMENTAL. Vamos distribuir esse código por todo o sistema em cerca de dez segundos.

Espere aí! O sistema inteiro? Tipo, no sistema *inteiro*? A Big Box?

Kat está sorrindo. Ela agora é uma oficial de artilharia que botou as mãos em um canhão muito, muito grande. Então, ela olha para o seu público, a irmandade. Ela põe as mãos em concha em torno da boca.

— Isso foi só o aquecimento!

Há uma contagem regressiva nos telões. Números com as cores do arco-íris mudam de 5 (vermelho), para 4 (verde), 3 (azul), 2 (amarelo)...

E então, em uma manhã ensolarada de sexta-feira, por três segundos é impossível fazer qualquer busca. Impossível checar seus e-mails. Você não pode assistir a vídeos. Não pode obter informações. Por apenas três segundos, nada funciona, todos os computadores do Google em todo o mundo estão dedicados a essa tarefa.

Isso é mesmo um canhão muito, *muito* grande.

As telas ficam completamente em branco. Não há nada a mostrar porque há muita coisa acontecendo agora, mais do que jamais seria possível exibir num conjunto de quatro telas, ou quarenta, ou quatro mil. Toda transformação que pode ser aplicada ao texto está sendo aplicada. Todo erro possível está sendo conferido, todos os valores ópticos de Eigen estão sendo processados. Toda pergunta possível de ser feita a uma sequência de letras está sendo feita.

Três segundos depois, todos estão morrendo de curiosidade. O anfiteatro está em silêncio. A irmandade prende a respiração, menos o mais velho, o homem na cadeira de rodas, que emite uma espécie de assovio longo pela boca ao respirar. Os olhos de Penumbra brilham de tanta expectativa.

— E aí? O que conseguimos? — diz Kat.

Os telões estão ligados e eles têm a resposta.

— Gente, o que conseguimos?

Os Googlers ficam em silêncio. As telas ficam em branco. A Big Box está vazia. No fim das contas, nada. O anfiteatro permanece em silêncio. Na outra extremidade do gramado, os taróis da banda tocam *trr-ra-ta-tá*.

Vejo o rosto de Penumbra entre os outros. Ele está totalmente apavorado, ainda encarando os telões à espera que algo, qualquer coisa, surja. É possível ver as perguntas se acumulando em seu rosto. *O que isso significa? O que eles fizeram de errado? O que eu fiz de errado?*

Lá embaixo, os Googlers estão com expressões aborrecidas, sussurrando uns com os outros. Igor ainda está debruçado sobre seu teclado, tentando coisas. Flashes de cor aparecem e desaparecem nos telões.

Kat sobe as escadarias lentamente. Ela parece abatida e desapontada, pior do que quando achou que não tinha conseguido entrar para o grupo de PM.

— Bem, acho que eles estão errados — ela diz com um aceno fraco para a irmandade. — Não há nenhuma mensagem aí. É apenas ruído. Tentamos de tudo.

— Bem, não *tudo*, certo?

Ela ergue os olhos, mal-humorada.

— Sim, tudo. Clay: nós empenhamos aqui o equivalente a, tipo, um milhão de anos de trabalho humano. E não surgiu nada. — Seu rosto está enrubescido de vergonha, de raiva, dos dois. — Não tem nada aqui. Nada.

Quais são as possibilidades? Ou esse código é tão sutil, tão complexo, que nem mesmo a força dos computadores mais poderosos da história do mundo consegue decifrar, ou não há nada mesmo ali e a irmandade tem perdido seu tempo, todos os seus 500 anos de existência.

Tento encontrar outra vez o rosto de Penumbra. Procuro pelo anfiteatro, olhando atentamente o grupo da irmandade de cima a baixo. Tyndall está sussurrando sozinho; Fedorov está sentado encurvado e pensativo; Rosemary Lapin tem um leve sorriso. E então eu o vejo: uma figura alta e magra como um pau andando pelo gramado do Google, quase chegando às árvores do outro lado, caminhando rápido, sem olhar para trás.

E este, o último e maior de seus esquemas... também não vai dar certo.

Começo a correr atrás dele, mas estou fora de forma. Como ele consegue ser tão rápido? Atravesso o gramado resfolegando na direção do último lugar em que eu o vi. Quando chego, ele não está mais lá. O *campus* caótico do Google se ergue por toda a minha volta, com setas arco-íris apontando para todos os lados ao mesmo tempo, e aqui a calçada se divide em cinco direções. Ele sumiu.

É tolice, não vai dar certo. E aí, o que vai acontecer?

Penumbra desapareceu.

A Torre

Pedacinhos de Metal

MATRÓPOLIS TOMOU CONTA da sala de estar. Mat e Ashley afastaram o sofá e, para passar por lá, é necessário percorrer um canal estreito entre as mesas de jogo: o sinuoso Rio Mittel, com duas pontes para rematar. O distrito comercial floresceu e novos prédios altos se erguem acima do antigo atracadouro de aeronaves e quase alcançam o teto. Desconfio que Mat seja capaz de construir alguma coisa lá em cima. Logo Matrópolis vai anexar o céu.

Passa de meia-noite e não consigo dormir. Ainda não consegui acertar meu relógio biológico, apesar de já ter se passado uma semana desde a nossa sessão fotográfica na madrugada. Estou deitado no chão, nas profundezas do Rio Mittel, dublando *As Crônicas da Balada do Dragão*.

A edição em audiolivro que comprei para Neel foi produzida em 1987 e o catálogo do distribuidor não especifica que ela ainda vem em fitas cassete. Fitas cassete! Ou talvez tenha especificado isso e eu não percebi na empolgação da grande encomenda. De qualquer modo, ainda quero dar os audiolivros para Neel, por isso comprei um Walkman da Sony, preto, por 7 dólares no eBay, e agora estou tocando as fitas e as passando para meu laptop, tornando a regravá-las e conduzindo cada uma delas para a grande jukebox digital no céu.

A única maneira de fazer isso é em tempo real, então basicamente tenho de me sentar e escutar os dois primeiros volumes novamente na íntegra. Mas isso não é tão ruim porque os audiolivros são lidos pelo próprio Clark Moffat. Eu nunca tinha o ouvido falar e isso é um pouco esquisito e assustador, sabendo agora o que sei sobre ele. Sua voz é boa, grave e clara, e posso imaginá-la ecoando na livraria. Posso vislumbrar a primeira vez em que Moffat entrou por aquela porta, a batida do sino, os rangidos do piso de madeira.

Penumbra teria perguntado: *Quem você procura nessas estantes?*

Moffat teria olhado ao redor, avaliado o lugar, percebido as profundezas sombrias do Catálogo Pré-histórico, com certeza, e talvez tenha dito: *Bem, o que um feiticeiro deveria ler?*

Penumbra teria sorrido com isso.

Penumbra.

Ele desapareceu e sua livraria permanece abandonada. Não tenho ideia de como achá-lo.

Em um lampejo de gênio, confiro o registro de domínios para pemumbra.com e, é claro, pertence a ele. Foi comprado na era primitiva da internet por Ajax Penumbra e renovado em 2007, com um prazo otimista de dez anos... mas o registro lista apenas o endereço da loja na Broadway. Mais pesquisas no Google não deram nenhum resultado. Penumbra tem a menor sombra digital possível.

Em outro quase lampejo, menor, de gênio, tento localizar Muriel, a mulher de cabelo prateado, e sua fazenda de criação de cabras, ao Sul de São Francisco, em um amontoado enevoado de fazendas chamado Pescadero. Ela também não sabe dele.

— Ele já fez isso antes — ela diz. — Desapareceu. Mas... normalmente ele telefona. — Seu rosto suave franziu de leve o cenho e as microrrugas em torno de seus olhos se aprofundaram. Quando fui embora, ela me deu um queijo de cabra redondo do tamanho de minha mão.

E então, em um lampejo final e desesperado, eu abro as páginas escaneadas de PENVMBRA. O Google não conseguiu decifrar MANVTIVS, mas os *codex vitae* mais recentes não eram criptografados com tamanha dificuldade e, além disso (eu tinha quase certeza), havia alguma coisa nesse livro para ser decifrada. Enviei uma mensagem sobre isso a Kat e sua resposta foi curta e definitiva: *Não*. Treze segundos mais tarde: *De jeito nenhum*. Após outros sete: *Esse projeto está encerrado*.

Kat tinha ficado profundamente desapontada quando o Grande Deciframento não deu certo. Ela realmente acreditava que havia algo profundo à nossa espera naquele texto. Ela *queria* que houvesse algo profundo. Agora ela estava totalmente dedicada ao grupo de PM e praticamente me ignorava. Exceto, é claro, para dizer *De jeito nenhum*.

Provavelmente era melhor assim. As páginas duplas na tela de meu laptop (letras pesadas em Gerritszoon sob a luz dura dos flashes das câmeras do GrumbleGear) ainda faziam com que eu me sentisse estranho. A expectativa de Penumbra era que seu *codex vitae* só fosse lido após sua morte. Resolvi crackear e revelar o livro da vida de um homem só para encontrar o endereço de sua casa.

Finalmente, com minha genialidade esgotada, conferi com o Mr. Tyndall, com a Miss Lapin e com Fedorov. Eles tampouco tinham notícias de Penumbra. Estavam todos se preparando para mudar para o Leste, para se refugiar com a Unbroken Spine em Nova York e se juntar à gangue de Corvina por lá. Se me perguntar, é uma futilidade: levamos o *codex vitae* de Manutius e mexemos nele de todo jeito possível. Na melhor das hipóteses, a irmandade está fundamentada sobre uma falsa esperança. Na pior, foi fundada em cima de uma mentira. Tyndall e os outros ainda não aceitaram isso, mas em algum momento, vão ter que fazê-lo.

Tudo isso parece desagradável, e é mesmo. E me sinto terrível porque, se você voltar a história passo a passo, verá que tudo é minha culpa.

Minha mente está viajando. Levei muitas noites para chegar outra vez a esse ponto, mas Moffat finalmente está terminando o *Volume II*. Nunca ouvi um audiolivro antes e preciso dizer: é uma experiência totalmente diferente. Quando você lê um livro, a história, sem dúvida, acontece dentro de sua mente. Quando você o escuta, ele parece se

desenrolar em uma nuvem em torno de sua cabeça, como um gorro de
lã felpuda puxado sobre seus olhos:

"— A Trompa de Ouro do Griffo é primorosamente trabalhada — disse
Zenodotus, passando o dedo pelo tesouro de Telemach. — E a magia está
toda no ato de fazê-lo. Entende? Não há nenhuma feitiçaria aqui... nenhuma que eu consiga detectar."

A voz de Zenodotus feita por Moffat não é a que eu esperava. Em
vez de um rugido forte e dramático, ela é rápida, entrecortada e clíni-
ca. É a voz de um consultor empresarial de magia.

"Os olhos de Fernwen se arregalaram ao ouvir isso. Eles não tinham acabado de enfrentar um pântano de horrores para resgatar essa trompa encantada? E agora o Primeiro Feiticeiro diz que ela não tinha poder nenhum?

— A magia não é o único poder neste mundo — disse calmamente o
velho mago enquanto entregava a trompa para seu dono real. — Griffo
criou um instrumento tão perfeito que até os mortos têm de se erguer para
ouvir seu toque. Ele a fez com suas mãos, sem feitiços ou baladas de dragões. Eu queria poder fazer o mesmo."

Na leitura de Moffat, percebo a intenção sinistra na voz do Primeiro Mago. É tão óbvio o que vai acontecer depois:

"— Até Aldrag, o Patriarca Wyrm, ficaria com inveja de um objeto desses."

Espere, o quê?

Até agora, todas as palavras ditas por Moffat tinham sido mera re-
petição. Sua voz era como uma agulha costurando confortavelmente
por buracos profundos já traçados em meu cérebro. Mas essa frase...
eu nunca li essa frase.

Essa frase é nova.

Meu dedo aperta o botão do pause do Walkman, mas não quero
estragar a gravação de Neel. Vou rapidamente ao meu quarto, pego o
Volume II na estante e vou direto para o final. Sim, estou certo: não há
menção de Aldrag, o Patriarca Wyrm aqui. Ele foi o primeiro dragão
que cantou e usou o poder de sua música para forjar os primeiros
anões de rocha derretida; mas essa não é a questão, a questão é que
essa frase não está no livro.

Então, o que mais não está no livro? O que mais é diferente? Por que Moffat está improvisando?

Os audiolivros foram produzidos em 1987, logo após a publicação do *Volume III*. Portanto, também foi logo depois do envolvimento de Clark Moffat com a Unbroken Spine. Meu sexto sentido está gritando: está tudo ligado.

Mas só consigo pensar em três pessoas no mundo que podem ter pistas da intenção de Moffat. A primeira é o senhor sombrio da Unbroken Spine, mas não tenho absolutamente nenhuma vontade de me comunicar com Corvina ou algum de seus capangas na Festina Lente Company, nem em cima nem no subsolo. Além disso, ainda estou com medo que meu endereço de IP esteja incluído em uma de suas listas de piratas de livros.

O segundo é meu antigo empregador. Estou com um desejo profundo de me comunicar com ele, mas não sei como. Deitado ali no chão, escutando o chiado da parte sem gravação da fita, me dou conta de algo bem triste: aquele senhor magro e de olhos azuis virou minha vida de cabeça para baixo... e tudo o que sei sobre ele é o que está escrito na vitrine de sua loja.

Há uma terceira possibilidade. Edgar Deckle é tecnicamente parte da equipe de Corvina, mas ele tem algumas coisas a seu favor.

1. Ele é um notório companheiro de conspiração.
2. Ele guarda a porta da Sala de Leitura, deve ter um cargo bem alto na irmandade. Portanto, deve ter acesso a muitos segredos.
3. Ele conhecia Moffat. E, o mais importante de tudo:
4. Seu nome está na lista telefônica. Brooklyn.

Escrever uma carta para ele parece ter o peso apropriado e o estilo da Unbroken Spine. Não fazia isso há mais de uma década. A última carta que escrevi com tinta sobre papel foi uma missiva melosa para minha pseudo-namorada a distância na semana maravilhosa após o acampamento de ciências. Eu tinha 13 anos. Leslie Murdoch nunca me respondeu.

Para essa nova epístola, escolho papel grosso, apropriado para arquivamento. Compro uma esferográfica de ponta fina. Componho minha mensagem com cuidado. Primeiro, explico o que transpirou nas telas iluminadas do Google. Depois, pergunto a Edgar Deckle o que ele sabe, se é que sabe alguma coisa, sobre as edições dos romances de Clark Moffat em audiolivro. Amasso seis folhas de papel no processo porque sempre cometo erros de ortografia ou misturo palavras. Minha letra ainda é horrível.

Finalmente, ponho a carta em uma caixa de correio e torço pelo melhor.

Três dias depois, recebo um e-mail. É de Edgar Deckle. Ele sugere que conversemos por chat de vídeo.

Ok, sem problemas.

É pouco depois de meio-dia, em um domingo, quando clico no ícone da câmera verde. A janela se abre e lá está Deckle, de olhos baixos, em seu computador. Seu nariz redondo parece um pouco menor. Ele está sentado em uma sala estreita e bem iluminada, com paredes amarelas. Parece haver uma claraboia em algum ponto acima dele. Por trás de sua coroa de cabelo emaranhado, vejo panelas de cobre penduradas em ganchos e a parte da frente de uma geladeira preta enfeitada com ímãs coloridos e desenhos indistintos.

— Gostei de sua carta — diz Deckle com um sorriso, com a folha de papel nas mãos dobrada cuidadosamente em três.

— Certo, legal. Eu achei... Enfim.

— Eu já sabia o que aconteceu na Califórnia — diz ele. — As notícias viajam rápido na Unbroken Spine. Você deu uma boa agitada nas coisas.

Esperava que ele estivesse com raiva por causa disso tudo, mas ele continua sorrindo.

— Corvina sofreu muita pressão. As pessoas ficaram com raiva.

— Não se preocupe, ele fez o possível para impedir.

— Ah, não, não. Ficaram com raiva porque nós mesmos não tínhamos tentado isso. "Essa empresinha nova não devia ficar com toda a diversão", eles reclamaram.

Isso me faz sorrir. Talvez o domínio de Corvina não seja tão absoluto quanto parece.

— Mas você ainda está nessa?

— Apesar de os poderosos computadores do Google não terem achado nada? — diz Deckle. — Claro. Quero dizer, veja bem... Eu tenho um computador. — Ele dá um peteleco na borda da tela de seu laptop, o que faz a câmera tremer. — Eles não são mágicos. São apenas tão capazes quanto seus programadores, certo?

É, mas aqueles eram programadores muito capazes.

— Para falar a verdade — diz Deckle —, perdemos algumas pessoas. Alguns dos mais jovens, desencadernados, ainda no princípio. Mas tudo bem. Isso não é nada em comparação a...

Há um borrão de movimento às costas de Deckle e surge um rostinho por cima de seu ombro, esticando o pescoço para ver a tela. É uma menininha e fico surpreso ao ver que ela é um Deckle em miniatura. Ela tem cabelo loiro como o sol, comprido e despenteado, e tem o nariz dele. Parece ter uns 6 anos de idade.

— Quem é esse? — ela diz apontando para a tela. Então Edgar Deckle está cercando suas apostas: imortalidade pelos livros e imortalidade pelo sangue. Será que algum dos outros tem filhos?

— Esse é meu amigo Clay — diz Deckle, passando o braço em volta da cintura da menina. — Ele conhece o tio Ajax. Também mora em São Francisco.

— Eu gosto de São Francisco — ela diz. — Gosto de baleias!

Deckle se aproxima do ouvido da filha e sussurra, fingindo que eu não vou ouvir.

— Qual é o som que uma baleia faz, querida?

A menina se solta de seu abraço, se levanta direto na ponta dos pés e faz um som entre um mugido e um miado, enquanto faz uma pirueta lenta. É sua imitação de baleia. Eu rio e ela se vira para a tela com olhos brilhantes, adorando a atenção. Ela repete o canto da baleia, dessa vez girando e indo embora, deslizando os pés pelo chão da cozinha. O miado-mugido some para outro aposento.

Deckle sorri e a observa ir embora.

— Então, vamos ao que interessa — diz ele, se voltando para mim. — Não, eu não posso ajudar você. Vi Clark Moffat na loja, mas depois que ele solucionou o Enigma do Fundador, em cerca de três meses, foi direto para a Sala de Leitura. Nunca mais o vi depois disso, e com certeza não sei nada sobre seu audiolivro. Para dizer a verdade, odeio audiolivros.

Mas um audiolivro é como uma nuvem em torno de sua cabeça, como um gorro de lã felpuda puxado sobre seus...

— Você sabe com quem devia falar, não sabe?

Claro que sei.

— Penumbra.

Deckle balança a cabeça.

— Ele tinha a chave do código do *codex vitae* de Moffat, sabia disso? Eles eram muito próximos, pelo menos durante algum tempo.

— Mas eu não consigo encontrá-lo — digo, desanimado. — Ele parece um fantasma. — Depois me dou conta de que estou conversando com o noviço favorito do homem. — Espere... você sabe onde ele mora?

— Sei — diz Deckle. Ele olha direto para a câmera. — Mas não vou contar a você.

Minha decepção deve ter ficado evidente em meu rosto, porque Deckle imediatamente ergue as mãos e diz:

— Não, vou propor uma troca com você. Quebrei todas as regras do livro, e é um livro muito velho, e dei a você a chave da Sala de Leitura quando você precisou, certo? Agora quero que faça uma coisa por mim. Em troca, conto com alegria para você como achar nosso amigo, o Mr. Ajax Penumbra.

Esse tipo de proposta calculada não é o que eu esperava do amistoso e sorridente Edgar Deckle.

— Lembra-se dos tipos Gerritszoon que mostrei a você na oficina de impressão?

— Claro que lembro. — Na gráfica subterrânea. — Não sobraram muitos.

— É. Acho que contei isso a você: os originais foram roubados. Isso aconteceu há cem anos, logo que chegamos aos Estados Unidos. A Unbroken Spine enlouqueceu. Contratou uma equipe de detetives, subornou a polícia e pegou o ladrão.

— Quem era?

— Um de nós, um dos encadernados. Seu nome era Glencoe e seu livro tinha sido queimado.

— Por quê?

— Eles o flagraram fazendo sexo na biblioteca — conta Deckle sem rodeios. Em seguida, ergue o indicador e diz em voz baixa. — O que, aliás, ainda é algo malvisto, mas não faria ninguém ser queimado hoje em dia.

Então a Unbroken Spine faz progressos... lentamente.

— Enfim, ele roubou uma pilha de *codex vitae* e alguns talheres de prata. Na época, tínhamos uma sala de jantar elegante. E levou também as matrizes tipográficas da Gerritszoon... elas também foram roubadas e nunca mais recuperadas.

— Que história estranha. E depois?

— Eu quero que você as encontre.

Hum...

— Sério?

Deckle dá um sorriso.

— Sim, sério. Sei que podem estar no fundo de um depósito de lixo em qualquer lugar. Mas também é possível... — seus olhos reluzem — ... que estejam escondidas à vista de todos.

Pequenos pedaços de metal perdidos há um século. Talvez seja mais fácil procurar Penumbra batendo de porta em porta.

— Acho que você consegue fazer isso — diz Deckle. — Você parece cheio de recursos.

Mais uma vez.

— É sério?

— Me telefone quando encontrá-los. *Festina lente*. — Ele sorri e a janela do chat de vídeo fica preta.

Está bem. Agora estou com raiva. Esperava que Deckle me ajudasse. Em vez disso, ele me passou um dever de casa. Um dever de casa impossível.

Mas: *Você parece cheio de recursos.* Isso é algo que nunca ouvi antes. Penso na palavra. Recursos: cheio de recursos. Quando penso em recursos, penso em Neel. Mas talvez Deckle tenha razão. Tudo o que fiz até agora foi por meio de favores. Conheço pessoas com habilidades especiais e sei como juntar essas habilidades.

E, pensando bem, tenho os recursos para isso.

Para achar algo antigo e obscuro, algo estranho e importante, procuro Oliver Grone.

Quando Penumbra desapareceu e a loja fechou, Oliver foi com tanta rapidez para outro emprego que eu desconfiei que ele já devia ter essa proposta no bolso. O emprego é na Pygmalion, uma livraria propositalmente independente, uma livraria sem frescuras criada por alunos do Movimento de Liberdade de Expressão em Berkeley. Neste exato momento, Oliver e eu estamos sentados no café lotado da Pygmalion, encolhidos atrás da grande seção de POLÍTICA ALIMENTAR. As pernas de Oliver são grandes demais para a mesinha, então ele as estica para um lado. Estou beliscando um bolinho de framboesa com broto de feijão.

Oliver parece feliz por trabalhar ali. A Pygmalion é grande, quase um quarteirão inteiro de estantes de livros. E é extremamente organizada. Grandes faixas de cores no teto indicam as seções e tiras combinando seguem pelo chão, como uma placa de circuitos, com as cores do arco-íris. Quando cheguei, Oliver estava carregando uma grande pilha de exemplares na direção das estantes de ANTROPOLOGIA. No fim das contas, talvez seu corpo forte não seja o de um jogador de futebol americano, mas o de um bibliotecário.

— E então, o que são essas matrizes? — diz Oliver. Seu conhecimento de objetos obscuros não é tão profundo após o século 12, mas estou determinado.

Explico que o sistema de tipos móveis usa pequenas letras de metal montadas em linhas que se combinam para formar as páginas. Por centenas de anos, as letras eram feitas individualmente e fundidas manualmente. Para fundir as letras, você precisava de um modelo original produzido em metal duro. São esses modelos e há um para cada letra.

Oliver fica em silêncio por um instante, seus olhos parecem distantes. Então, ele fala.

— Bem, vou contar a você. Na realidade, há dois tipos de objeto neste mundo. Isso vai soar meio doido, mas... algumas coisas têm uma aura. Outras, não.

Bem, vou confiar na aura.

— Estamos falando de objetos fundamentais para um culto de centenas de anos.

Ele assente.

— Isso é bom. Objetos cotidianos... objetos de casa? Esses já eram. — Ele estala os dedos: *puf.* — Temos muita sorte quando achamos, digamos, uma saladeira maravilhosa. Mas objetos religiosos? Você não imagina quantas urnas cerimoniais ainda estão por aí. Ninguém quer ser a pessoa que joga a urna fora.

— Então, se eu estiver com sorte, ninguém também ia querer ser a pessoa que jogou fora o material de Gerritszoon.

— Isso, e se alguém o roubou, é bom sinal. Ser roubado é uma das melhores coisas que pode acontecer a um objeto. Coisas roubadas circulam. Não ficam enterradas. — Então, ele aperta os lábios. — Mas não crie muitas esperanças.

Tarde demais, Oliver. Como o resto de meu bolinho e pergunto:

— Então, se você tem uma aura, como isso pode ajudar?

— Se essas matrizes existem em algum lugar do meu mundo — diz Oliver —, há um lugar onde você vai encontrá-las. Você precisa conseguir acesso à Tabela Geral de Aquisições.

Primeiro Ano

Tabitha Trudeau é a melhor amiga de Oliver, de Berkeley. Ela é baixa e gordinha, com cabelo castanho encaracolado e sobrancelhas grossas intimidadoras por trás de óculos grossos de armação preta. Ela agora é a diretora-assistente do museu mais obscuro de toda a Bay Area, um lugar minúsculo em Emeryville chamado Museu das Artes do Tricô & da Ciência do Bordado da Califórnia.

Oliver nos apresentou por e-mail e explicou para Tabitha que estou em uma missão especial na qual ele está interessado. Ele também me confidenciou um conselho tático de que uma doação não ia fazer mal nenhum. Infelizmente, qualquer doação razoável seria pelo menos 20% de minha fortuna total, mas ainda tenho um mecenas, então respondi a Tabitha e lhe disse que eu talvez conseguisse mil dólares de doação (cortesia da Fundação Neel Shah para Mulheres nas Artes) caso ela pudesse me ajudar.

Quando a encontro no museu, conhecido por Tricô da Califórnia pelos mais íntimos, sinto uma identificação imediata, pois o Tricô da Califórnia é quase tão esquisito quanto a livraria de Penumbra. É um grande salão, uma escola adaptada agora cheia de mostruários e atividades para crianças. Num balde grande perto da porta, agulhas de tricô estão perfiladas como um exército: grossas, finas, algumas feitas de

plástico brilhante, outras de madeira entalhada em formas antropo-
mórficas. O lugar tem um cheiro forte de lã.

— Quantos visitantes você recebe aqui? — pergunto enquanto
examino uma das agulhas de madeira. É um totem indígena muito
fino e comprido.

— Ah, muitos — ela diz, empurrando os óculos para cima. — A
maioria, estudantes. Há um ônibus a caminho agora mesmo, então é
melhor resolvermos o seu problema o quanto antes.

Ela está sentada a uma mesa na entrada do museu, onde uma
plaquinha diz: ENTRADA GRATUITA. DOAÇÕES DE NOVELOS SÃO
BEM-VINDAS. Localizo o cheque de Neel no bolso e o estendo sobre
a mesa. Tabitha o pega com um sorriso.

— Você já usou uma dessas antes? — ela diz, clicando uma tecla
em um terminal de computador azul. Ele emite um bipe alto e nítido.

— Nunca. Eu nem sabia que isso era uma coisa até dois dias atrás.

Tabitha ergue os olhos e sigo seu olhar: um ônibus escolar está fazendo a curva para entrar no estacionamento do museu.

— Bem — ela diz. — É uma coisa. Você vai descobrir. Só não, tipo,
entregue nossos segredos a algum outro museu.

Balanço a cabeça e me encolho atrás da mesa, trocando de lugar
com ela. Tabitha anda ocupada pelo museu. Arruma cadeiras e esfrega
mesas plásticas com toalhas antissépticas. Para mim, a Tabela Geral de
Aquisições está aberta.

A Tabela Geral de Aquisições, segundo me contou Oliver, é um
banco de dados enorme que rastreia artefatos em todos os museus do
mundo. Existe desde a metade do século 20. Na época, funcionava
com cartões perfurados que circulavam, eram copiados e guardados
em catálogos. Em um mundo no qual artefatos estão sempre em movimento, do terceiro subsolo de um museu para a sala de exposições,
ou para outro museu, que pode ser em Boston ou na Bélgica, ela é uma
necessidade.

Todo museu do mundo usa a Tabela Geral de Aquisições. De um
pequeno museu comunitário de história até a coleção mais opulenta

de um museu nacional, todos os museus têm um monitor idêntico. É o terminal de antiguidades da Bloomberg. Quando qualquer artefato é achado ou comprado, é atualizado no banco de dados. Se ele for vendido ou queimado e destruído, o registro é eliminado. Mas enquanto reste ao menos um pedaço de tela ou uma lasca de pedra em qualquer coleção, em qualquer lugar, o item permanece nos registros.

O banco de dados da Tabela Geral de Aquisições ajuda a descobrir falsificações. Todo museu o monitora, em seus terminais, em busca de novos registros com similaridades suspeitas com artefatos já em sua coleção. Quando o programa soa seu alarme, significa que alguém em algum lugar foi enganado.

Se os moldes de Gerritszoon estiverem em algum museu do mundo, estarão listados na Tabela Geral de Aquisições. Eu só preciso de um minuto no terminal. Mas, para ser claro, um curador de qualquer museu decente ficaria horrorizado com esse pedido. Esses terminais constituem o conhecimento secreto desse culto particular. Então Oliver sugeriu que nós procurássemos um disfarce. Um museu pequeno cuidado por alguém simpático à nossa causa.

A cadeira atrás da mesa da frente range sob meu peso. Eu esperava que a Tabela Geral de Aquisições fosse um pouco mais moderna, mas ela própria lembra um artefato arqueológico. É um monitor azul-claro, de fabricação não muito recente; os pixels são vistos através de vidro grosso. Novas aquisições de todo o mundo são listadas continuamente na lateral da tela. Há pratos de cerâmica mediterrânea, espadas de samurai japonesas e estátuas de fertilidade mongóis (estátuas bem sensuais, com quadris largos e totalmente yakshini). E mais, muito mais. Há velhos cronômetros, mosquetes caindo aos pedaços e até livros, belos livros antigos encadernados em azul, com cruzes grandes na capa.

Como os curadores conseguem não ficar olhando para esse terminal o dia inteiro?

Uma torrente de crianças do 1º ano começa a entrar no Tricô da Califórnia, dando gritinhos. Dois garotos pegam agulhas de tricô no balde perto da porta e começam a duelar, fazendo o zumbido de sabres de luz acompanhado por muito perdigoto. Tabitha os conduz às atividades infantis e começa seu discurso. Há um cartaz na parede atrás dela que diz: TRICOTAR É LEGAL.

De volta à Tabela Geral de Aquisições. Do outro lado do terminal há gráficos, obviamente configurados por Tabitha. Eles acompanham atividades no programa em variadas áreas de interesse, áreas como TÊXTEIS e CALIFÓRNIA e SEM DOAÇÃO. TÊXTEIS é uma pequena cadeia de montanhas pontudas de atividade. CALIFÓRNIA tem uma curva ascendente evidente. SEM DOAÇÃO é uma linha reta.

Tudo bem. Onde está a caixa de busca?

Lá, onde está Tabitha, os novelos de lã chegaram e as crianças do 1º ano começam a remexer em grandes caixas de plástico em busca de suas cores favoritas. Uma delas cai dentro da caixa e dois colegas começam a cutucá-la com as agulhas.

Não há caixa de busca.

Digito caracteres aleatoriamente até que a palavra DIRETÓRIOS se acende no alto da tela. (Foi a tecla F5.) Agora uma taxonomia cheia de detalhes e classificações se desenrola diante de mim. Alguém em algum lugar cadastrou tudo em todos os lugares:

METAL, MADEIRA, CERÂMICA.
SÉCULO 15, SÉCULO 16, SÉCULO 17.
POLÍTICO, RELIGIOSO, CERIMONIAL.

Mas, espere, qual a diferença entre RELIGIOSO e CERIMONIAL? Sinto uma pontada de decepção no estômago. Começo a explorar por METAL, mas há apenas moedas, pulseiras e anzóis de pesca. Não há espadas, acho que devem estar arquivadas sob armas. Talvez GUERRA. Talvez COISAS PONTUDAS.

Tabitha está abaixada perto de uma daquelas crianças, ajudando-a a juntar duas agulhas em cruz para fazer seu primeiro ponto. A testa do menino está franzida pela grande concentração. Vi essa mesma expressão na Sala de Leitura. Então, o menino entende, faz um laço e começa a rir de felicidade.

Tabitha olha para mim.

— Já achou?

Sacudo a cabeça. Não, ainda não encontrei. Não está no SÉCULO 15, mas quase tudo está incluído em SÉCULO 15, esse é o problema. Ainda estou empacado à procura de uma agulha em um palheiro. Provavelmente um palheiro antigo da dinastia Song que os mongóis queimaram junto com todo o resto.

Abaixo a cabeça e levo as duas mãos ao rosto, olhando fixamente para o terminal azul, que está me mostrando uma imagem de algumas moedas esverdeadas com a superfície irregular, resgatadas de um velho galeão espanhol. Será que eu simplesmente joguei fora os mil dólares de Neel? O que devo fazer com esse negócio? Por que o Google ainda não indexou os museus?

Uma menininha de cabelo ruivo corre até a mesa da entrada, rindo e quase se sufocando com um emaranhado de fios verdes. Um belo cachecol? Ela sorri, saltitante.

— Oi — eu digo. — Posso perguntar uma coisa a você? — Ela ri e balança a cabeça. — Como você faria para encontrar uma agulha num palheiro?

A menina para, pensativa, puxando o fio verde em torno do pescoço. Na realidade, ela está pensando sobre o problema. Pequenas engrenagens estão funcionando. Ela retorce os dedinhos juntos, refletindo. É muito fofa. Por fim, ela olha para mim e diz com seriedade.

— Eu pediria à palha para encontrar a agulha. — Então, emite um guincho fantasmagórico baixo e sai pulando em um pé só.

Um gongo antigo da dinastia Song ribomba na minha cabeça. Sim, claro. Ela é um gênio! Rindo comigo mesmo, aperto a tecla "Esc" até me livrar daquela taxonomia horrorosa do terminal. Opto pelo comando que diz simplesmente AQUISIÇÕES.

É tão simples. É claro, é claro. A menininha do 1º ano tem razão. É fácil achar uma agulha num palheiro! *Peça à palha que a encontre!*

O formulário de acesso ao banco de dados é longo e complicado, mas eu vou preenchendo rápido.

CRIADOR: Griffo Gerritszoon
ANO: 1500 (aprox.)
DESCRIÇÃO: Tipos de metal. Matrizes de Gerritszoon. Fonte
     completa.
PROCEDÊNCIA: Perdido em torno de 1900. Recuperado por
     doação anônima.

Deixo outros campos vazios e aperto a tecla "Enter" para incluir esse artefato, totalmente inventado, no banco de dados. Se compreendi bem, ele agora está procurando em todos os outros terminais, iguais a este, em todos os museus do mundo. Os curadores estão checando, cruzando referências, milhares deles.

Um minuto se passa. Mais um. Um menino de andar relaxado e uma cabeleira preta chega furtivamente até a mesa, fica na ponta dos pés e se debruça com ares conspiratórios.

— Você tem algum jogo aí? — sussurra, apontando para o terminal. Sacudo a cabeça com uma cara triste. Desculpe, garoto, mas talvez...

O programa faz *plim, plim*. É um som alto que vai aumentando, como um alarme de incêndio: *plim, plim*. O garoto relaxado dá um pulo, e todas as crianças se viram em minha direção. Tabitha também vira, com uma de suas grossas sobrancelhas erguida.

— Está tudo bem aí?

Balanço a cabeça, excitado demais para conseguir falar. Uma mensagem em letras vermelhas grossas pisca raivosamente no pé da tela.

ACESSO NEGADO

Eba!

ARTEFATO EXISTE

Uh-hu, uh-hu, uh-hu!

FAVOR ENTRAR EM CONTATO: CONSOLIDATED UNIVER-
SAL — ARMAZENAGEM DE LONGO PRAZO LLC

A Tabela Geral de Aquisições toca. Como assim, toca? Examino a lateral do terminal e vejo um aparelho telefônico azul-claro preso a ele. Será uma linha de emergência secreta dos museus? *Ajudem, esvaziaram a tumba de Tutancâmon!* Ele toca outra vez.

— Ei, cara, o que você está fazendo aí? — Tabitha pergunta alto dos fundos do salão.

Aceno animado, está tudo bem. Em seguida, pego o fone, o levo ao ouvido e murmuro.

— Alô, Tricô da Califórnia.

— Aqui é da Consolidated Universal Armazenagem de Longo Prazo — diz a voz do outro lado da linha. Uma mulher de voz levemente anasalada. — Me transfira para o Departamento de Aquisições, por favor.

Olho à minha volta. Tabitha está tirando duas crianças de um casulo de lã verde e amarela. Uma delas está com o rosto avermelhado, como se estivesse sufocando. Digo ao telefone:

— Aquisições? Sou eu, senhora.

— Ah, você é tão educado! Bem, olha, querido, alguém está enrolando você — ela diz. — Olha, deixe-me ver, artefato cerimonial que você submeteu já foi registrado aqui. Há anos. É preciso conferir *sempre*, querido.

Tenho de resistir à imensa vontade de sair pulando e começar a dançar atrás da mesa. Eu me componho e respondo ao telefone.

— Nossa, obrigado pela informação. Vou tirar esse cara daqui. Ele é bem estranho, diz que faz parte de uma sociedade secreta, que eles possuem esse material há séculos... você sabe, o de sempre.

A mulher emite um suspiro de simpatia.

— É a história da minha *vida*, querido.

— Olha — digo despretensiosamente. — Qual o seu nome?

— Cheryl, querido. Desculpe-me muito por isso. Ninguém gosta de receber uma ligação da Con-U.

— Isso não é verdade! Agradeço pela sua ajuda, Cheryl. — Estou interpretando o papel. — Mas somos bem pequenos. Na realidade, nunca ouvi falar na Con-U...

— Meu amor, você está falando sério? Somos *apenas* a maior e mais avançada instalação de armazenamento que atende ao setor de entretenimento histórico em qualquer lugar a Oeste do Mississippi — ela diz num fôlego só. — Fica bem aqui em Nevada. Você já foi a Vegas?

— Bem, não...

— O lugar mais seco em todos os Estados Unidos, querido.

Perfeito para placas de pedra. Ok, é isso. Vou fazer meu movimento.

— Olha, Cheryl, talvez você possa me ajudar. Aqui no Tricô da Califórnia, acabamos de receber uma grande doação da, uh, Fundação Neel Shah...

— Que legal!

— Bem, ela é grande para nossos padrões, o que não é tão grande assim. Mas estamos montando uma nova exposição... e vocês têm as matrizes tipográficas originais de Gerritszoon, não é?

— Não sei o que é isso, querido, mas diz aqui que está conosco.

— Então, nós gostaríamos de pegá-los emprestados.

Pego os detalhes com Cheryl, agradeço, me despeço e ponho o fone azul de volta no lugar. Uma bola de lã verde faz um longo arco no ar e cai na mesa da frente, depois rola e cai em meu colo, se desenrolando no caminho. Levanto os olhos e é a menininha ruiva de novo, parada num pé só e mostrando a língua para mim.

Os estudantes se empurram e não param sossegados a caminho do estacionamento. Tabitha fecha a porta da frente, a tranca e volta mancando até a mesa na entrada. Ela tem um leve arranhão vermelho no rosto.

Eu começo a enrolar o fio verde.

— Turma difícil?

— Eles são rápidos com essas agulhas — ela diz, com um suspiro.
— E você?

Anotei o nome do local das instalações de armazenagem no bloco de notas do Tricô da Califórnia. Eu o giro para mostrar a ela.

— É, não é de surpreender — diz. — Provavelmente 90% de tudo está armazenado nessa tela. Sabia que a Biblioteca do Congresso mantém a maioria de seus livros fora de Washington? Eles têm, tipo, mil quilômetros de prateleiras. Tudo em armazéns.

— Uh! — Detesto o som que emiti. — Qual a razão, se ninguém jamais pode vê-los?

— Uma das funções de um museu é preservar as coisas para a posteridade — desdenha Tabitha. — Temos uma unidade de armazenamento, com temperatura controlada, cheia de suéteres de Natal.

Claro. Sabe, estou começando a achar que o mundo inteiro é uma colcha de retalhos de pequenos cultos amalucados, todos com seus espaços secretos, registros próprios e suas próprias regras.

No trem de volta a São Francisco, envio três mensagens curtas pelo celular.

Uma é para Deckle, e diz: *Descobri algo importante.*

Outra é para Neel, e diz: *Me empresta seu carro?*

A última é para Kat, e diz simplesmente: *Oi.*

A Tempestade

A **Consolidated Universal** Armazenagem de Longo Prazo é um prédio cinza e comprido localizado às margens da autoestrada, logo na saída de Enterprise, Nevada. Ao entrar no estacionamento amplo, sinto sua massa vazia comprimir minha alma. É a perfeita desolação de um parque industrial, mas pelo menos detém a promessa de tesouros guardados. O Applebee's, que fica a mais cinco quilômetros na mesma estrada, também é deprimente, mas lá você sabe exatamente o que esperar no interior.

Para entrar na Con-U, passo por dois detectores de metal e uma máquina de raios X e depois sou revistado manualmente por um segurança chamado Barry. Minha bolsa, carteira, casaco e moedas são todos confiscados. Barry procura facas, bisturis, tesouras, picadores de gelo, furadores, escovas e cotonetes. Ele confere o comprimento de minhas unhas, depois me faz vestir luvas de borracha rosa. Por fim, ele me veste num macacão de Tyvek branco com elástico nos pulsos, já com proteção para os sapatos. Quando entro no ar seco e imaculado das instalações de armazenamento, sou um homem tornado completamente inofensivo: não posso lascar, arranhar, gastar, corroer ou reagir com qualquer substância conhecida do universo. Acho que eu ainda poderia lamber alguma coisa. Fico surpreso por Barry não ter fechado minha boca com uma fita.

Cheryl me encontra num corredor estreito, com a luz dura de lâmpadas fluorescentes no teto, diante de uma porta com as palavras
AQUISIÇÃO/DESAQUISIÇÃO escritas em letras pretas e grandes, pintadas em estêncil. Parece até que queriam dizer REATOR NUCLEAR.

— Bem-vindo a Nevada, querido! — acena e abre um grande sorriso que faz suas bochechas incharem. — É bom ver um rosto novo
por aqui.

Cheryl é uma mulher de meia-idade com cabelo negro bem encaracolado. Está vestindo um cardigã verde com um padrão legal em zigue-zague e calças jeans de cintura alta. Nada de traje de Tyvek para
ela. Seu crachá da Con-U está pendurado no pescoço, e a foto no crachá
parece dez anos mais jovem.

— Tudo bem, querido. O formulário de empréstimos entre museus
está aqui. — Ela me entrega uma folha de papel enrugado verde bem
claro. — E esta é a declaração de retirada. — Outro papel, amarelo. — E
tem de assinar este aqui. — É rosa. Cheryl respira profundamente. Ela
franze o cenho e diz: — Olha, querido. Sua instituição não está creden-
ciada como instituição nacional, por isso não podemos pegar e embalar o material para você. É contra as regras.

— Pegar e embalar?

— Me desculpe por isso. — Ela me dá um iPad de uma geração anterior envolto em uma capa feita de borracha de pneu. — Mas aqui
tem um mapa. Agora temos esses tablets legais. — Ela sorri.

O iPad mostra um corredor pequeno, que ela aponta com o dedo.

— Vê, nós estamos aqui.

O corredor vai até um retângulo gigantesco em branco.

— E esse é o local do estoque. — Ela levanta o braço cheio de pulseiras, que tilintam, e aponta para o fim do corredor, na direção de portas duplas.

Um dos formulários, o amarelo, diz que as matrizes de Gerritszoon
estão na prateleira zulu-2591.

— Então, onde eu encontro isso?

— Honestamente, querido, é difícil dizer — admite ela. — Você vai ver.

A área de armazenagem da Con-U é um dos espaços mais impressionantes que já vi. E lembre que recentemente trabalhei numa livraria vertical e, ainda mais recentemente, visitei uma biblioteca subterrânea. E saiba, também, que visitei a Capela Sistina quando era criança e, como parte do programa do acampamento de ciências, visitei um acelerador de partículas. Este armazém ganha de todos eles.

O teto é muito alto, com vigas metálicas que lembram um hangar. O chão é um labirinto de estantes altas de metal cheias de caixas, latas, contêineres e caixotes. Bem simples. Mas as estantes... as estantes todas estão em movimento.

Fico meio tonto por um instante, minha visão não para quieta. Todo o local está se revirando como se fosse um balde cheio de minhocas. É o mesmo movimento complicado e difícil de acompanhar. Todas as estantes estão montadas sobre grandes pneus de borracha, e sabem como usá-los. Elas andam em movimentos curtos e controlados, depois deslizam velozmente por caminhos de chão livre. Elas param e, educadamente, esperam umas pelas outras. Elas se juntam e formam grandes caravanas. É inacreditável. É bem o clima de "O aprendiz de feiticeiro".

O mapa no iPad de repente fica em branco porque o local se rearruma em tempo real.

O local é escuro, sem luzes no teto, mas cada estante tem uma lâmpada laranja instalada no alto, piscando e girando. Elas projetam estranhas sombras giratórias conforme as estantes fazem suas migrações complexas. O ar é seco, muito seco. Passo a língua nos lábios.

Uma estante carregando suporte com várias lanças e dardos passa voando por mim, faz uma curva pronunciada que sacode as lanças, e vejo que está a caminho de portas largas do outro lado do galpão. Lá, uma luz fria azulada se destaca na escuridão, e uma equipe em roupas de Tyvek tira caixas das prateleiras, as confere em pranchetas e depois as levam dali. As estantes fazem fila como crianças na escola, sempre se movendo e se empurrando. Depois, quando o pessoal de branco termina, elas deslizam para longe dali e se perdem outra vez no labirinto.

Aqui, nas instalações mais avançadas e isoladas que atendem o setor de entretenimento histórico em qualquer lugar a Oeste do Mississippi, você não acha os artefatos. Os artefatos acham você.

O iPad pisca para mim e agora mostra um ponto azul identificado como zulu-2591 perto do centro do galpão. Tudo bem, isso ajuda. Deve ser um código de identificação para um sistema eletrônico de localização. Ou um feitiço.

Há uma linha amarela grossa pintada no chão à minha frente. Ponho a pontinha do pé além de seu limite, e todas as estantes próximas desviam e recuam. Isso é bom. Elas sabem que estou aqui.

Entro lentamente nesse turbilhão. Algumas estantes não reduzem a velocidade, mas fazem desvios em suas trajetórias para passar bem atrás de mim ou bem à minha frente. Caminho num ritmo marcado, em passos lentos e calculados. Enquanto elas se movem ao meu redor, promovem um desfile de maravilhas. Há urnas enormes esmaltadas em azul e ouro presas por tiras e empacotadas com espuma; cilindros largos de vidro cheios de formol, com tentáculos ondulantes e mal se pode ver em seu interior; barras de cristal se projetam de rochas ásperas e escuras, e brilham num tom verde naquela escuridão. Uma estante tem apenas um único quadro a óleo, com quase 2 metros de altura: um retrato de um mercador muito rico de cara feia e bigode fininho. Seus olhos parecem me seguir quando a pintura se afasta, faz uma curva e some de vista.

Eu me pergunto se a cidade em miniatura de Mat, bem, agora de Mat e Ashley, vai acabar em estantes como essas um dia. Será que vão prendê-la de lado? Ou vão desmontá-la cuidadosamente e guardar todos os prédios separadamente, cada um deles envolto em gaze protetora? Será que as estantes iriam se separar e seguir caminhos diferentes? Será que Matrópolis vai se espalhar por todo aquele lugar como poeira estelar? Tantas pessoas sonham em ter algo num museu... Será que é isso o que têm em mente?

O perímetro externo do galpão é como uma autopista. Deve ser onde ficam os artefatos mais populares. Mas à medida que sigo o iPad e me dirijo ao centro da área, as coisas vão ficando mais lentas. Aqui, há engradados de máscaras de vime, aparelhos de chá embalados com pequenos gomos de isopor, painéis de metal grosso cobertos por cracas secas. Ali, há um motor de avião e um terno de três peças. Acolá, as coisas são mais estranhas.

Também, não são apenas estantes! Há baús móveis, grandes caixas de metal sobre lagartas de tanques de guerra. Alguns deles rastejam lentamente adiante, outros ficam parados no lugar. Todos têm trancas complicadas e câmeras pretas reluzentes instaladas no alto. Uma tem um grande e nítido aviso de biorrisco na frente. Dou uma longa volta em torno dele.

De repente, ouço um estalo hidráulico e um dos baús se ergue para a vida. Ele se move para frente com as lâmpadas laranja piscantes. Pulo para sair do caminho e o baú avança mais um pouco, para e fica girando no ponto onde eu estava. Todas as estantes se movem e abrem espaço quando o baú inicia sua jornada lenta na direção das portas largas.

Acho que se eu for esmagado aqui, vão demorar para me encontrar.

Percebo um leve movimento. A parte de meu cérebro dedicada à detecção de outros seres humanos (e em especial assaltantes, assassinos e ninjas inimigos) se acende como uma das lâmpadas laranja. Há uma pessoa vindo do meio da escuridão. Entrar em modo hamster: preparar para fugir. Alguém está correndo em minha direção, depressa, e se parece com Corvina. Eu me viro para encará-lo, estico os braços para frente, ergo as mãos e berro:

— Ah!

É aquele quadro de novo, o mercador rico de bigode. Ele voltou para dar outra olhada. Será que está me seguindo? Não, claro que não. Meu coração está acelerado. Calma, Fluff McFly.

No centro exato do galpão, nada se move. É difícil enxergar ali. As luzes das estantes estão apagadas, talvez para poupar bateria ou talvez apenas por desespero. Tudo está silencioso, estou no olho do furacão. Faixas de luz vindas do perímetro movimentado conseguem penetrar os espaços das estantes e iluminam brevemente caixas marrons cheias de marcas do tempo, pilhas de jornais, placas de pedra. Checo o iPad e encontro o ponto azul piscante. Acho que está perto, por isso começo a procurar.

Todas as estantes têm uma grossa camada de poeira. Limpo prateleira por prateleira para conferir as etiquetas. Em caracteres altos e pretos sobre amarelo-vivo, leio: BRAVO-3877. GAMMA-6173. Continuo a procurar, usando o celular como lanterna. TANGO-5179. ULTRA-4549. E, então: ZULU-2591.

Esperava uma caixa grande, uma arca ricamente trabalhada para a maior criação de Gerritszoon. Em vez disso, é uma caixa de papelão com as abas de cima dobradas para dentro. Dentro dela, cada matriz está envolta em seu próprio saco plástico e presa por um elástico. Parecem peças velhas de carro.

Mas, então, eu pego um deles (é o "X", e é pesado) e sou tomado por uma sensação completamente maravilhosa de vitória. Não acredito que estou segurando isso na mão. Não acredito que os encontrei. Eu me sinto como Telemach Half-Blood com a Trompa de Ouro de Griffo. Eu me sinto um herói.

Ninguém está olhando. Levanto o "X" bem alto como se fosse uma espada mítica. Imagino que vai cair um raio através do telhado. Imagino as legiões negras da rainha Wyrm ficando em silêncio. Emito um ruído baixo de sobrecarga de energia: *pshowww!*

Então, pego a caixa com os dois braços, a retiro da estante e caminho de volta pelo meio da tempestade.

As Crônicas da Balada do Dragão
— Volume III

De volta ao escritório de Cheryl, preencho a papelada e espero pacientemente enquanto ela atualiza a Tabela Geral de Aquisições. O terminal em sua mesa é igual ao do Tricô da Califórnia: plástico azul, tela de vidro grosso e um telefone embutido. Ao lado dele, ela tem uma folhinha com um gato por dia, todos vestidos como personagens famosos. O de hoje é um Júlio César, branco e peludo.

Eu me pergunto se Cheryl entende a importância histórica do conteúdo da caixa de papelão.

— Ah, querido — ela diz, com um aceno displicente da mão. — Tudo aqui é um tesouro para alguém. — Ela chega mais perto do terminal para conferir seu trabalho mais uma vez.

Uh... Está bem. O que mais está adormecido no olho do furacão à espera de que a pessoa certa apareça para resgatá-lo?

— Quer botar isso no chão, querido? — pergunta Cheryl, apontando o queixo para a caixa em minhas mãos. — Parece pesado.

Não, não quero botar no chão. Tenho medo de que possa desaparecer. Ainda parece impossível que eu esteja segurando as matrizes. Há 500 anos, um homem chamado Griffo Gerritszoon esculpiu essas formas, exatamente essas. Séculos se passaram e milhões, talvez bilhões, de pessoas viram impressões feitas a partir delas, apesar de a maioria não se dar conta disso. Agora eu os estou embalando como se fossem um recém-nascido. Um recém-nascido muito pesado.

Cheryl aperta uma tecla e a impressora ao lado de seu terminal começa a emitir um ronronar.

— Quase pronto, querido.

Para objetos de valor estético profundo, as matrizes não parecem grande coisa. Apenas barrinhas de uma liga escura de metal, rústicas e arranhadas, e só nas extremidades elas se tornam belas, os glifos que emergem do metal como o cume de uma montanha em meio ao nevoeiro.

De repente, resolvo perguntar:

— Quem é o dono disso?

— Ah, ninguém — diz Cheryl. — Não tem mais dono. Se fosse de alguém, era com essa pessoa que você estaria conversando, não comigo!

— Então o que isso está fazendo aqui?

— Nossa, nós somos uma espécie de orfanato para muitas coisas — ela diz. — Vamos ver aqui. — Ela ajeita os óculos e move a roda de rolagem do mouse. — O Museu Flint da Indústria Moderna nos enviou para cá, mas eles fecharam em 1988. Era um lugar bem bacaninha. Tinha um curador simpático, Dick Saunders.

— E ele simplesmente deixou tudo aqui?

— Bem, ele veio, pegou alguns carros antigos e os levou num caminhão-plataforma, mas o resto ele entregou para a coleção da Con-U.

Talvez a Con-U devesse montar uma exposição própria: Artefatos Anônimos de Várias Eras.

— Tentamos leiloar algumas coisas — diz Cheryl. — Mas outras coisas... — Ela dá de ombros. — Como eu disse, tudo é um tesouro para alguém. Mas muitas vezes você não consegue achar esse alguém.

Isso é deprimente. Se esses pequenos objetos tão importantes para a história da imprensa e da tipografia e da comunicação humana, estavam perdidos numa unidade de armazenamento gigantesca... Que chance qualquer um de nós tem?

— Está bem, Se-nhor Jannon — diz Cheryl fingindo formalidade. — Está tudo certo. Ela enfia a folha que saiu da impressora na caixa e me dá um tapinha no braço. — É um empréstimo de três meses, podendo ser prolongado até um ano. Está pronto para tirar essa roupa de baixo esquisita?

Volto para São Francisco com as matrizes no banco do carona do carro híbrido de Neel. Elas preenchem seu interior com um forte odor metálico que me dá uma coceira no nariz. Eu me pergunto se deveria lavá-las em água fervente ou algo assim. Fico preocupado que o cheiro fique nos assentos do carro.

É um caminho longo para casa. Durante algum tempo, observo o painel de controle de gerenciamento de energia do Toyota e fico tentando superar a eficiência energética anterior. Mas isso logo me deixa entediado, então conecto o Walkman e ligo a versão em audiolivro de *As Crônicas da Balada do Dragão — Volume III*, lido pelo próprio Clark Moffat.

Jogo os ombros para trás, seguro o volante com as duas mãos posicionadas às 10 horas e às 2 horas, e começo a pensar sobre aquela estranheza. Estou acompanhado de irmãos da Unbroken Spine, separados por séculos: Moffat no som, e Gerritszoon no banco do carona. O deserto de Nevada é uma paisagem desolada por quilômetros, e lá no alto da torre da rainha Wyrm, as coisas estão ficando bizarras.

Não esqueça que essa série começa com um dragão cantor perdido no mar, pedindo ajuda a golfinhos e baleias. Ele é resgatado por um barco que passa por perto e que, por acaso, também transporta um anão sábio. O anão fica amigo do dragão e cuida dele até que recupere a saúde; depois, salva sua vida quando o capitão do navio surge de noite para cortar sua garganta e pegar o ouro na faringe, e isso apenas nas cinco primeiras páginas. Então, você imagina que, para essa história ficar ainda mais bizarra, não custa muito.

Mas, é claro, agora eu sei a razão: o terceiro e último volume de *As Crônicas da Balada do Dragão* tinha a função dupla de ser também o *codex vitae* de Moffat.

Toda a ação dessa parte ocorre na torre da rainha Wyrm, que revela ser praticamente um mundo inteiro em si mesma. A torre chega às estrelas, e cada pavimento tem seu próprio conjunto de regras, seus próprios enigmas a solucionar. Os dois primeiros volumes têm aventuras, batalhas e, é claro, traições. Esse tem apenas enigmas, enigmas e enigmas.

Começa com o fantasma amistoso que aparece para libertar Fernwen, o anão, e Telemach Half-Blood das masmorras da rainha Wyrm e ajudá-los em sua subida. Moffat descreve o fantasma pelos alto-falantes do Toyota:

"Era alto, feito de luz azul e pálida, uma criatura com braços longos e pernas longas, e uma sombra de sorriso, mas, acima de tudo, olhos que brilhavam ainda mais azuis que seu corpo."

Espere um instante.

"— O que procura neste lugar? — pergunta diretamente o espectro."

Pego o Walkman para voltar a fita. Me enrolo e volto demais, aí tenho de avançar de novo e perco outra vez o ponto certo e tenho de voltá-la outra vez. Aí o Toyota estremece ao passar por cima dos sinalizadores da pista. Puxo o volante, aponto o carro na direção da estrada e aperto novamente o play:

"[...] olhos que brilhavam ainda mais azuis que seu corpo.
— O que procura neste lugar?"

De novo:

"[...] mais azuis que seu corpo.
— O que procura neste lugar?"

Não há nenhuma dúvida: Moffat está imitando aqui a voz de Penumbra. Essa parte do livro não é nova: eu me lembro do fantasma azul amigável nas masmorras desde a primeira vez que li. Mas, é claro, na época eu não tinha como saber que Moffat podia codificar um livreiro excêntrico de São Francisco em seu épico fantástico. E, da mesma forma, quando entrei pela porta da Livraria 24 Horas, não tinha como saber que já tinha me encontrado algumas vezes com Penumbra.

Ajax Penumbra é o espectro de olhos azuis nas masmorras da torre da rainha Wyrm. Tenho certeza absoluta disso. E ouvir a voz de Moffat, a grande afeição que há nela, quando termina a cena:

"As mãozinhas de Fernwen queimaram na escada. O ferro estava frio como gelo e parecia que cada degrau o mordia, tentava com toda sua maldade derrubá-lo de volta para as profundezas escuras das masmorras. Telemach estava bem mais acima, já começando a cruzar o portal. Fernwen deu uma olhada para baixo. O fantasma estava lá, de pé no interior da porta secreta. Ele sorria, uma pulsação de luz que atravessava o azul espectral, e acenou o braço longo e gritou:

— Suba, meu rapaz! Suba!

E assim fez ele."

Incrível! Penumbra já conquistou um toque de imortalidade. Será que ele sabe?

Acelero de volta à velocidade de cruzeiro, sacudindo a cabeça e sorrindo comigo mesmo. A história também está acelerando. A voz grave de Moffat leva os heróis a andar por aí, solucionando enigmas e recrutando aliados pelo caminho: um ladrão, um lobo e uma cadeira falante. Pela primeira vez entendi: os andares são uma metáfora para as técnicas de deciframento de códigos da Unbroken Spine. Moffat está usando a torre para contar a história de seu próprio caminho dentro da irmandade.

Isso fica muito óbvio quando você sabe o que escutar.

Bem no final, após uma história estranha e tortuosa, os heróis chegam ao alto da torre, o local de onde a rainha Wyrm vê o mundo inteiro e trama para dominá-lo. Ela está ali, esperando por eles, e tem sua legião negra com ela. Seus robes-negros agora parecem mais significativos.

Enquanto Telemach Half-Blood lidera seu bando de aliados para a batalha final, Fernwen, o anão sábio, faz uma descoberta importante. Em meio à confusão cataclísmica, vai escondido até o telescópio mágico da rainha Wyrm e olha por ele. Daquele ponto privilegiado, impossivelmente alto, ele consegue ver algo impressionante. As montanhas que dividem o Continente Ocidental formam letras. Elas são, percebe Fernwen, uma mensagem, e não uma mensagem qualquer, mas a mensagem prometida muito tempo atrás por Aldrag, o próprio Patriarca Wyrm, e quando Fernwen pronuncia as palavras em voz alta...

Puta merda!

Quando finalmente atravesso a ponte de volta para São Francisco, a voz de Clark Moffat nos últimos capítulos ganha um novo tom. Acho que a fita pode ter se cansado de tanto tocar e voltar, tocar e voltar, tocar e voltar. Meu cérebro também está um pouco cansado. Ele carrega uma nova teoria que começou como uma semente, mas agora cresce rapidamente, toda ela com base no que eu tinha acabado de ouvir.

Moffat: Você era brilhante. Viu algo que ninguém em toda a história da Unbroken Spine conseguiu perceber. Você subiu rapidamente na hierarquia, se tornou um dos encadernados, talvez apenas para ter acesso à Sala de Leitura, e depois juntou todos os seus segredos num livro próprio. E os escondeu em plena vista.

— Precisei ouvir para entender.

É tarde, passa da meia-noite. Estaciono o carro de Neel em fila dupla em frente ao apartamento e aperto o pisca-alerta. Salto, pego a caixa de papelão do banco do carona e subo correndo a escada. Minha chave arranha a fechadura: não consigo achar o buraco no escuro, minhas mãos estão ocupadas, e estou tremendo.

— Mat! — Corro até a escada e o chamo em seu quarto. — Mat, você tem um microscópio?

Ouço um murmúrio e uma voz bem baixa, de Ashley, e Mat aparece no alto da escada só com cuecas samba-canção estampadas com uma reprodução colorida de um quadro de Salvador Dali. Ele está acenando com uma lente de aumento gigante. É enorme, e fica parecendo um detetive de desenho animado.

— Ei, aqui — diz ele em voz baixa enquanto desce correndo para me entregar a lente. — É o melhor que posso fazer. Bem-vindo de volta, Jannon. Não a deixe cair. — Então ele sobe as escadas e fecha a porta com um estalido baixo.

Levo os originais de Gerritszoon para a cozinha e acendo todas as luzes. Eu me sinto meio louco, mas de um jeito bom. Com muito cuidado, pego uma das matrizes na caixa, o "X" de novo. Eu o retiro de seu saco plástico, limpo-o com um pano e o seguro sob o brilho da luz fluorescente do fogão. Então, firmo a lente de aumento de Mat e olho por ela.

As montanhas são uma mensagem de Aldrag, o Patriarca Wyrm.

O Peregrino

UMA SEMANA SE PASSOU e descobri tudo, em vários sentidos. Mandei um e-mail para Edgar Deckle e disse a ele que era melhor vir à Califórnia se quisesse as matrizes. Disse que ele devia ir à Pygmalion na quinta à noite.

Convidei todo mundo: meus amigos, a irmandade e todo mundo que me ajudou no caminho. Oliver Grone convenceu seu gerente a me deixar usar os fundos da loja, onde eles têm equipamento de áudio e vídeo montado para leituras de livros e encontros de poesia. Ashley preparou quatro travessas de biscoitos veganos de aveia. Mat arrumou as cadeiras.

Tabitha Trudeau está sentada na primeira fila. Eu a apresento a Neel Shah (seu novo benfeitor) e ele imediatamente sugere uma exposição no Tricô da Califórnia com foco no modo como os seios ficam em suéteres.

— É muito diferente — diz ele. — É a peça de roupa mais sexy. É verdade. Fizemos uma pesquisa com um grupo focal. — Tabitha franze o cenho e une as sobrancelhas. Neel prossegue. — A exposição poderia ter cenas de filmes clássicos passando o tempo todo, e podíamos localizar os verdadeiros suéteres que elas usaram para a mostra...

Rosemary Lapin está sentada na segunda fila e ao seu lado estão Tyndall, Fedorov, Imbert, Muriel e outros, a maioria das pessoas que foi ao Google numa bela manhã não muito tempo atrás. Fedorov está com os braços cruzados e seu rosto fechado numa máscara de ceticismo, como se dissesse: *Já passei por isso antes*. Mas tudo bem. Não vou desapontá-lo.

Também há dois irmãos desencadernados do Japão, de cabelo estilo emo em calças do tipo skinny. Eles ouviram um boato circulando pelos ramos da Unbroken Spine e decidiram que valia a pena pegar um voo em cima da hora para São Francisco. (Eles tinham razão.) Igor está sentado com eles, conversando confortavelmente em japonês.

Há um laptop aberto na primeira fila para que Cheryl, da Con-U, possa nos acompanhar. Ela aparece via chat de vídeo, com o cabelo negro e crespo, tomando a tela inteira. Convidei Grumble para se juntar ao grupo, também, mas esta noite ele está num avião rumo a Hong Kong, diz ele.

A escuridão adentra a livraria pela porta da frente. Edgar Deckle chegou e trouxe consigo um séquito de robes-negros de Nova York. Na realidade, não estão usando os robes, não aqui, mas suas roupas ainda indicam que são gente estranha e de fora: ternos, gravatas e uma saia lápis escura. Eles entram em fila pela porta, mais de dez deles, e então surge Corvina. Está num terno cinza impecável. Ainda é um sujeito imponente, mas parece diminuído. Sem toda a aquela pompa e o fundo de pedra, não passa de um velho. Seus olhos brilham e me encontram. Tudo bem, talvez não muito diminuído.

Os clientes da Pygmalion se viram para ver, com sobrancelhas erguidas, os robes-negros marcharem pela loja. Deckle está com um leve sorriso no rosto. Corvina está numa seriedade absoluta.

— Se você tem mesmo as matrizes de Gerritszoon — diz ele sem rodeios —, vamos levá-las.

Estico a coluna e levanto um pouco o queixo. Não estamos mais na sala de leitura.

— Estou com elas, mas isso é apenas o começo. Sente-se. — Ah, saco! — Por favor.

Ele passa os olhos pelo grupo de pessoas que ali conversam e fecha a cara. Logo depois, acena para que seus robes-negros se acomodem.

Todos conseguem se sentar na última fila, um parêntese escuro no fundo da assembleia. Corvina fica de pé atrás deles.

Quando Deckle passa, seguro seu ombro.

— Ele vem?

— Eu falei com ele — responde, balançando a cabeça. — Mas ele já sabia. As notícias viajam rápido na Unbroken Spine.

Kat está ali, sentada na frente, bem para o lado, conversando baixo com Mat e Ashley. Está usando o blazer de *pied-de-poule* outra vez, com uma echarpe verde em volta do pescoço. Ela cortou o cabelo desde a última vez que a vi, e agora ele está pouco abaixo das orelhas.

Não estamos mais namorando. Não houve nenhuma declaração formal, mas é uma verdade objetiva, como o peso atômico do carbono ou o preço das ações do Google. Isso não me impediu de importuná-la e extrair dela uma promessa de presença. Ela, entre todas as pessoas, precisa ver isso.

As pessoas estão se remexendo nas cadeiras e os biscoitos veganos de aveia estão quase acabando, mas tenho de esperar. A Miss Lapin se debruça para a frente e me pergunta:

— Você vai para Nova York? Talvez para trabalhar na biblioteca?

— Hum, não, com certeza, não — digo claramente. — Não tenho interesse.

Ela franze o cenho e junta as mãos com os dedos entrelaçados.

— Eu deveria ir, mas acho que não quero. — Ela olha para mim. Parece perdida. — Sinto falta da loja. E sinto saudades...

Ajax Penumbra.

Ele entra pela porta da Pygmalion como uma alma perdida, com o casaco todo abotoado, a gola virada para cima sobre o cachecol cinza fino enrolado no pescoço. Ele examina o local e, quando vê as pessoas nos fundos, com muita gente da irmandade, robes-negros e tudo mais, seus olhos se arregalam.

Eu corro até ele.

— Mr. Penumbra! O senhor veio!

Ele parece duvidar se deve ou não se juntar ao grupo e põe a mão ossuda em torno do pescoço. Ele não olha para mim. Os olhos azuis estão grudados no chão.

— Meu rapaz, eu sinto muito — diz em voz baixa. — Eu não devia ter sumido tão... ah. Foi simplesmente... — Ele solta um suspiro sussurrante. — Eu estava envergonhado.

— Mr. Penumbra, por favor, não se preocupe com isso.

— Eu tinha tanta certeza de que ia funcionar — diz ele. — Mas não funcionou. E lá estavam você, seus amigos e todos os meus alunos. Eu me senti como um velho tolo.

Pobre Penumbra! Fico imaginando-o escondido em algum lugar, sofrendo com a culpa de ter conduzido a irmandade a um fracasso nos gramados verdes do Google. Avaliando sua fé e se perguntando o que poderia possivelmente vir depois. Ele tinha feito uma grande aposta, a maior de todas, e perdeu. Mas não tinha feito essa aposta sozinho.

— Venha, Mr. Penumbra. — Dou um passo atrás na direção do equipamento montado e aceno para que me acompanhe. — Venha, sente-se. Somos todos tolos... todos, menos um de nós. Venha e veja.

Está tudo pronto. Há uma apresentação em meu laptop prestes a começar. Eu me dou conta de que a grande revelação deveria acontecer mesmo em um salão enfumaçado, e o detetive prenderia a atenção do público usando apenas a voz e seus poderes de dedução. Mas eu prefiro livrarias e slides.

Então, ligo o projetor e tomo posição. A luz forte queima meus olhos. Junto as mãos às costas, aprumo os ombros e olho para o grupo ali reunido. Então, aperto o controle remoto e começo:

SLIDE 1

Se quisesse que uma mensagem durasse, como você faria? Você a esculpiria em pedra? Gravaria em ouro?

Criaria a sua mensagem de modo tão potente que as pessoas não resistiriam a passá-la adiante? Inventaria uma religião em torno dela que, talvez, envolvesse as almas das pessoas? Você criaria uma sociedade secreta?

Ou faria o que Gerritszoon fez?

SLIDE 2

Griffo Gerritszoon era filho de um fazendeiro que plantava cevada no Norte da Alemanha em meados do século 15. Seu pai não era rico, mas graças à sua boa reputação e reconhecida devoção, conseguiu arranjar para seu filho um trabalho de aprendiz com o ourives local. Isso era algo muito importante no século 15, e desde que ele não metesse os pés pelas mãos, o jovem Gerritszoon basicamente estava com a vida feita.

Mas ele meteu os pés pelas mãos.

Era um garoto religioso e o ofício de ourives o afastou disso. Passava o dia inteiro derretendo joias velhas para fazer novas, e ele sabia que seu trabalho iria sofrer o mesmo destino. Tudo em que acreditava lhe dizia: isso não é importante. Não há ouro na Cidade de Ouro.

Fazia o que lhe mandavam e aprendeu o ofício. Ele era muito bom nisso também. Mas quando fez 16 anos, disse adeus e deixou o ourives para trás. Na realidade, saiu também da Alemanha. E partiu em uma peregrinação.

SLIDE 3

Sei disso porque Aldus Manutius sabia, ele mesmo o escreveu. Escreveu em seu *codex vitae*... que eu decifrei.

(Ouço expressões de espanto da plateia, que perde o fôlego. Corvina ainda está de pé no fundo, de cara amarrada. Sua boca era um esgar profundo com o bigode negro caindo sobre ela. Outros rostos estavam sem qualquer expressão, à espera. Eu olho para Kat, que está exibindo uma expressão séria, como se estivesse preocupada que algo tivesse provocado um curto-circuito em meu cérebro.)

Vamos tirar logo uma coisa do caminho: Não há fórmula secreta em seu livro. Não há um feitiço mágico. Se existe realmente o segredo da imortalidade, não está aqui.

(Corvina faz sua escolha. Ele gira, vai andando pelo corredor, passa pelas seções de HISTÓRIA e AUTOAJUDA a caminho da porta. Passa por Penumbra, que está de pé ao lado do grupo, apoiado em uma estante baixa. Ele vê Corvina passar, depois se volta para mim, leva as mãos em concha à boca e exclama alto: — Vá em frente, meu rapaz!)

SLIDE 4

Na realidade, o *codex vitae* de Manutius é apenas o que diz ser: é um livro sobre a vida dele. Como obra de História, é um tesouro. Mas quero me concentrar na parte referente ao Gerritszoon.

Usei o Google para traduzir isso do latim, por isso me desculpe se eu entendi errado alguns detalhes.

O jovem Gerritszoon perambulou pela Terra Santa fazendo trabalhos em metal para ganhar um dinheirinho aqui e ali. Manutius diz que ele estava se encontrando com místicos (cabalistas, agnósticos e sufis) para tentar descobrir o que fazer com sua vida. Também estava ouvindo rumores, através da rede de informações dos ourives, de algo bem interessante acontecendo em Veneza.

Este é um mapa da jornada de Gerritszoon, o melhor que eu pude reconstruir. Ele perambulou pela região do Mediterrâneo, desceu até Constantinopla, foi até Jerusalém pelo Egito e voltou para a Itália subindo pela Grécia.

Em Veneza, ele conheceu Aldus Manutius.

SLIDE 5

Foi na oficina de impressão de Manutius que Gerritszoon encontrou seu lugar no mundo. A impressão exigia todas as suas habilidades no trabalho com metais, mas com objetivos totalmente novos. Imprimir não era fazer anéis e pulseiras, eram palavras e ideias. Sem falar que isso, basicamente, era a internet de sua época. Era excitante.

E assim como na internet hoje, a impressão no século 15 era cheia de problemas, o tempo todo. Como armazenar a tinta? Como misturar os metais? Como moldar os tipos? As respostas mudavam a cada seis meses. Em toda cidade grande da Europa, havia uma dúzia de oficinas de impressão, todas tentando descobrir essas respostas primeiro. Em Veneza, a maior dessas casas de impressão pertencia a Aldus Manutius, e Gerritszoon foi trabalhar lá.

Manutius imediatamente reconheceu seu talento. Também diz que reconheceu sua alma: viu que Gerritszoon era um pesquisador. Então, ele o contratou e os dois trabalharam juntos por anos. Tornaram-se melhores amigos. Não havia ninguém em quem Manutius confiasse mais que Gerritszoon, e não havia ninguém que Gerritszoon respeitasse mais que Manutius.

SLIDE 6

Finalmente, após algumas décadas, depois de inventar uma nova indústria e de imprimir centenas de volumes que ainda consideramos como os livros mais bonitos já feitos, esses dois caras estavam ficando velhos. Resolveram colaborar em um grande projeto final que juntaria tudo o que haviam experimentado, tudo o que haviam aprendido, e prepará-lo para a posteridade.

Manutius escreveu seu *codex vitae* e, nele, foi honesto: explicava como as coisas realmente funcionavam em Veneza. Explicava as negociatas que teve de fazer para garantir sua licença exclusiva para imprimir os clássicos; explicou como todos os seus rivais tentaram acabar com o seu negócio; explicou como, em vez disso, ele acabou com alguns negócios. Exatamente por ser tão honesto, e porque se fosse publicado imediatamente iria prejudicar o negócio que ele estava passando para seu filho, ele resolveu criptografá-lo. Mas como?

Ao mesmo tempo, Gerritszoon estava esculpindo uma nova fonte, a melhor que havia feito até então. Um design ousado e inovador que iria sustentar a oficina de impressão de Manutius após sua morte. Ele acertou em cheio, porque essas são as formas que hoje levam seu nome. Mas, durante o processo, ele fez algo inesperado.

Aldus Manutius morreu em 1515, deixando um livro de memórias muito revelador. Nesse momento, de acordo com as informações da Unbroken Spine, Manutius confiou a chave para decifrar sua história criptografada a Gerritszoon. Mas algo se perdeu na tradução ao longo de 500 anos.

Gerritszoon não *recebeu* a chave para decifrar o livro.

Gerritszoon *é* a chave.

SLIDE 7

Vejam essa foto de uma das matrizes de Gerritszoon, o "X".

Aqui uma imagem mais detalhada.

E essa ainda mais detalhada.

Essa outra foi feita através da lente de aumento de meu amigo Mat. Conseguem ver os pequenos entalhes nas bordas da letra? Parecem os dentes de uma engrenagem, não? Ou os dentes de uma chave.

(Ouço uma exclamação alta. É Tyndall. Sempre posso contar com ele para ficar empolgado.)

Esses pequenos entalhes não são acidentais nem aleatórios. Há entalhes como esse em todas as matrizes e moldes feitos a partir delas e em tudo o que foi impresso usando a fonte Gerritszoon. Tive de ir a Nevada para descobrir isso. Tive de ouvir a voz de Clark Moffat em fita para compreender isso de verdade. Mas se eu soubesse o que estava procurando, poderia ter aberto meu laptop, digitado algum texto em Gerritszoon e aumentá-lo 3000%. Os entalhes também aparecem na versão do computador. Lá, em sua biblioteca, a Unbroken Spine não permite o uso de computadores... mas, acima dela, a Festina Lente Company contratou alguns especialistas em digitalização muito caprichosos.

Esse é o código, bem aqui. Esses entalhes mínimos.

Ninguém nos 500 anos de história da irmandade pensou em olhar para os caracteres tão de perto. Tampouco os especialistas em criptografia do Google. Estávamos vendo um texto digitalizado numa tipologia completamente diferente. Estávamos à procura da sequência, não da forma.

O código é simultaneamente complicado e simples. Complicado porque um "F" em caixa-alta é diferente de um "f" em caixa-baixa. É uma matriz completamente diferente. É complicado porque a ligadura "ff" não são dois "f" minúsculos, é uma matriz completamente diferente. Gerritszoon tem toneladas de glifos alternativos: três "P", dois "C" e um "Q" verdadeiramente épico, e cada um deles significa algo diferente. Para decifrar esse código, é preciso pensar tipograficamente.

Mas, depois disso, é simples, porque tudo o que é preciso fazer é contar os entalhes, o que eu fiz com muito cuidado sob uma lente de aumento na mesa da cozinha, sem a necessidade de nenhum centro de processamento de dados. É o tipo de código que se aprende numa revista em quadrinhos: um número corresponde a uma letra. Basta uma simples substituição e é possível usá-lo para decifrar rapidamente o *codex vitae* de Manutius.

SLIDE 8

Você também pode fazer outra coisa. Quando posiciona as matrizes em ordem, a mesma que eles usariam numa oficina de impressão do século 15, encontra outra mensagem, esta do próprio Gerritszoon. Suas últimas palavras para o mundo ficaram escondidas à plena vista por 500 anos.

Não é nada assustador, nada místico. Apenas uma mensagem de um homem que viveu há muito tempo. Mas aqui está a parte assustadora: olhem em torno de vocês.

(Todo mundo faz isso. Lapin estica o pescoço. Ela parece preocupada.)

Vejam as placas de identificação nas estantes. Onde está escrito HISTÓRIA, ANTROPOLOGIA e ROMANCES ADOLESCENTES PARANORMAIS? Percebi mais cedo: essas placas são todas compostas em Gerritszoon.

O iPhone vem com a fonte Gerritszoon incluída. Todo documento novo da Microsoft começa, como padrão, com a Gerritszoon. O jornal

The Guardian compõe as manchetes em Gerritszoon, assim como o *Le Monde* e o *Hindustan Times*. A *Enciclopédia Britânica* antigamente era em Gerritszoon. A Wikipédia mudou faz um mês. Pense nos trabalhos escolares, nos currículos acadêmicos, nas dissertações, nas teses. Pense em currículos profissionais, ofertas de emprego, cartas de demissão. Contratos e processos jurídicos. Pêsames.

Está por toda parte, à nossa volta. Vemos Gerritszoon todos os dias. Esteve aqui todo esse tempo, nos olhando na cara por 500 anos. Tudo isso, os romances, jornais, documentos novos, todos formam uma onda de portadores de sua mensagem secreta, oculta no colofão.

Gerritszoon, na realidade, descobriu a chave da imortalidade.

(Tyndall dá um pulo da cadeira aos gritos. — Mas o que é? — Ele puxa seu cabelo. — Qual é a mensagem?)

Bem, está em latim. A tradução do Google é tosca. Lembrem que Aldus Manutius nasceu com outro nome: ele era Teobaldo, e todos os seus amigos o chamavam assim.

Então aqui está: a mensagem de Gerritszoon para a eternidade.

SLIDE 9

Obrigado, Teobaldo
Você é meu maior amigo
Isso foi a chave de tudo

IRMANDADE

O SHOW TERMINOU e o público está indo embora. Tyndall e a Miss Lapin estão na fila do pequeno café da Pygmalion. Neel ainda está tentando convencer Tabitha da beleza transcedental dos seios em suéteres. Mat e Ashley conversam animados com Igor e a dupla de japoneses, todos caminhando lentamente na direção da porta da livraria.

Kat está sentada sozinha, mordiscando o último biscoito vegano de aveia. Sua expressão está abatida. Eu me pergunto o que ela achou das palavras imortais de Gerritszoon.

— Desculpe — ela diz, sacudindo a cabeça. — Não é bom o bastante. — Seus olhos estão escuros, tristes e baixos. — Ele era tão talentoso e mesmo assim morreu.

— Todo mundo morre...

— Isso é o bastante para você? Ele nos deixou um bilhete, Clay. *Ele nos deixou um bilhete!* — Ela grita e um farelo de biscoito sai voando de sua boca. Oliver Grone olha para ela da estante de ANTROPOLOGIA, as sobrancelhas erguidas. Kat olha para o chão e diz baixinho: — Não chame isso de imortalidade.

— Mas e se isso for a melhor parte dele? — Estou montando essa teoria em tempo real. — Sabe, mas e se... mas e se andar com Griffo Gerritszoon não fosse sempre bom? E se ele fosse estranho e sonhador? E se a melhor parte dele fossem as formas que podia criar com metal? Essa parte dele é imortal de verdade. Tão imortal quanto qualquer coisa pode ser.

Ela sacode a cabeça, suspira e se encosta um pouco em mim, empurrando os últimos pedaços do biscoito na boca. Descobri o conhecimento antigo, o Old Knowledge (ok) que estávamos procurando, mas ela não gosta do que ele tem a dizer. Kat Potente vai continuar sua busca.

Após um instante, ela se afasta, respira fundo e se levanta.

— Obrigada por me convidar — ela diz. — Nós nos vemos por aí. — Ela dá de ombros dentro do blazer, me dá tchau e sai em direção à porta.

Penumbra, então, me chama.

— É impressionante! — exclama, e é ele mesmo outra vez, com os olhos brilhantes e sorriso largo. — Esse tempo todo estávamos fazendo o jogo de Gerritszoon. Meu rapaz, tínhamos suas letras na vitrine da loja!

— Clark Moffat descobriu isso — conto a ele. — Não tenho ideia de como ele fez isso, mas fez. Então, acho que ele simplesmente... decidiu entrar na brincadeira. Dar prosseguimento ao enigma. — Até alguém encontrar tudo nos livros dele.

Penumbra balança a cabeça.

— Clark era brilhante. Sempre agia por conta própria, seguia sua intuição a qualquer lugar que ela o levasse. — Ele faz uma pausa, inclina a cabeça para o lado e sorri. — Você teria gostado dele.

— Então, não ficou desapontado?

Os olhos de Penumbra se arregalam.

— Desapontado? Impossível. Não é o que eu esperava, mas o que eu esperava? O que cada um de nós esperava? Eu lhe digo que não esperava descobrir a verdade ainda em minha vida. Isso é um presente sem igual, e fico agradecido a Griffo Gerritszoon e a você, meu rapaz.

Agora, Deckle se aproxima. Está radiante, quase saltitando.

— Você conseguiu! — diz ele me dando tapinhas no ombro. — Você as encontrou! Sabia que ia conseguir, sabia, mas não que isso nos levaria tão longe. — Atrás dele, os robes-negros estão conversando uns com os outros. Eles parecem animados. Deckle olha ao redor. — Posso tocá-las?

— São todas suas! — Tiro as matrizes de Gerritszoon de sua arca de papelão sobre uma cadeira da primeira fila. — Você terá de comprá-las oficialmente da Con-U, mas tenho os formulários e não acho...

Deckle ergue a mão.

— Isso não é problema, pode confiar em mim, não é problema. — Um dos robes-negros de Nova York se aproxima e o restante o segue. Eles se debruçam sobre a caixa, emitindo "ooohhhs" e "aahhs" como se houvesse uma criancinha lá dentro.

— Então, foi você que o botou nesse caminho, Edgar? — diz Penumbra erguendo uma sobrancelha.

— Eu percebi, senhor, que tinha à minha disposição um talento raro. — Ele faz uma pausa, sorri e prossegue. — O senhor sabe escolher os atendentes certos. — Penumbra emite uma expressão de satisfação e abre um sorriso ao ouvir isso. — Isso é um triunfo. Vamos fazer tipos novos, reimprimir alguns dos livros antigos. Corvina não pode ir contra isso.

Penumbra fecha a cara à menção do Primeiro Leitor, seu velho amigo.

— E ele? — pergunto. — Ele, uh... pareceu aborrecido.

O rosto de Penumbra está sério.

— Você tem de cuidar dele, Edgar. Apesar de sua idade, Marcus tem pouca experiência com decepções. Por mais firme que pareça, ele é frágil. Eu me preocupo com ele, Edgar. De verdade.

Deckle balança a cabeça.

— Vamos tomar conta dele. Temos de descobrir o que vem agora.

— Bem, eu tenho uma coisa com que vocês podem começar. — Eu me abaixo e pego outra caixa de papelão, desta vez embaixo da cadeira. Esta é novinha e está fechada com um "X" de fita isolante na parte de cima. Rasgo a fita, abro as abas da caixa e, lá dentro, há um monte de livros: pilhas de livros de bolso envoltos em filme plástico. Furo o plástico e pego um deles. É azul e na capa diz MANVTIVS em letras maiúsculas altas e brancas.

— Este é para você. — Estendo os braços e o entrego a Deckle. — Cem cópias do livro decifrado. No original, em latim. Achei que vocês mesmos iam gostar de traduzir.

Penumbra ri e diz para mim:

— E agora você também é um editor, meu rapaz?

— Impressão sob demanda, Mr. Penumbra. Dois dólares cada.

Deckle e seus robes-negros transportam seus tesouros, uma caixa velha e outra nova, para sua van estacionada lá fora. O gerente grisalho da Pygmalion observa cautelosamente do café enquanto varrem a loja, cantando uma canção animada em grego.

Penumbra está com uma expressão contemplativa.

— A única coisa ruim — diz ele —, é que Marcus com certeza vai queimar meu *codex vitae*. Como o do Fundador, era uma espécie de história, e me entristece vê-lo desaparecer.

Neste momento, o deixo entusiasmado outra vez.

— Quando eu estava lá embaixo na biblioteca, escaneei mais que o Manutius. — Meto a mão no bolso, tiro um pen drive azul e o aninho em seus dedos longos. — Não é tão bacana quanto o original, mas as palavras estão todas aqui.

Penumbra ergue o pen drive bem alto. O plástico reluz sob a luz da livraria e há um meio sorriso maravilhado em seus lábios.

— Meu rapaz, você é cheio de surpresas! — Então, ele ergue uma sobrancelha. — E posso imprimi-lo por apenas dois dólares?

— Sem dúvida.

Penumbra envolve meus ombros com o braço magro, se inclina para mais perto de mim e diz baixinho:

— Essa nossa cidade... levei muito tempo para perceber, mas estamos na Veneza desta era. *A Veneza!* — Seus olhos se abrem, depois se estreitam e ele sacode a cabeça. — Igual ao próprio Fundador.

Não estou certo de onde ele quer chegar com isso.

— O que acabei finalmente entendendo — diz Penumbra —, é que devemos pensar como Manutius. Fedorov tem dinheiro, e seu amigo também, aquele engraçado. — Estamos olhando juntos lá para fora, além da livraria. — Por isso, o que acha de encontrar um mecenas ou dois... e começar de novo?

Não posso acreditar.

— Tenho de admitir — diz Penumbra, sacudindo a cabeça. — Estou impressionado com Griffo Gerritszoon. Sua realização é inigualável. Mas me resta mais que pouco tempo, meu rapaz. — Ele dá uma piscadela. — E ainda há tantos mistérios sem solução. Você está comigo?

Mr. Penumbra, você nem imagina!

Epílogo

O QUE VAI acontecer depois disso?

O mestre de RPG Neel Shah vai ter sucesso em seu esforço para vender sua empresa para o Google. Kat vai fazer a sugestão para o PM. Eles vão comprar a Anatomix, trocar o nome para Google Body, e lançar uma nova versão do software que qualquer um vai poder baixar de graça. Os peitos ainda vão ser a melhor parte.

Depois disso, Neel vai finalmente ficar rico além da conta e vai se transformar num mecenas. Primeiro, a Fundação Neel Shah para Mulheres nas Artes vai receber uma doação, uma sede e uma diretora executiva, Tabitha Trudeau. Ela vai encher o velho prédio dos bombeiros com desenhos, pinturas, peças têxteis e tapeçarias, tudo obra de mulheres artistas, tudo resgatado da Con-U, e depois ela vai começar a oferecer bolsas. Bolsas polpudas para artistas.

Em seguida, Neel vai convencer Mat a sair da ILM e, juntos, vão abrir uma produtora que usa pixels, polígonos, facas e cola. Neel vai comprar os direitos de adaptação para o cinema de *As Crônicas da Balada do Dragão*. Após a aquisição da Anatomix, ele vai contratar imediatamente Igor de volta do Google como programador-chefe nos Estúdios Half-Blood. Ele vai planejar uma trilogia em 3-D. Mat vai ser o diretor.

Kat vai subir os escalões do PM. Primeiro, vai levar para o Google as memórias decifradas de Aldo Manutius, que vai se transformar na pedra fundamental de um projeto novo de Livros Perdidos. O *The New York Times* vai postar sobre isso em seu blogue. Depois, a aquisição da Anatomix e a popularidade do Google Body vão lhe dar ainda mais prestígio. Ela terá sua foto estampada na *Wired*, uma meia página brilhante inteira, de pé sob as enormes telas de visualização de dados com as mãos nos quadris e o blazer jogado solto sobre a camiseta vermelha com *bam!* escrito.

É nesse momento que vou me dar conta de que ela nunca parou de usá-la.

Oliver Grone vai completar o doutorado em Arqueologia. Vai arrumar um emprego imediatamente, mas não num museu, e sim na empresa que opera a Tabela Geral de Aquisições. Vai receber a tarefa de recadastrar e recategorizar todos os artefatos de mármore feitos antes de 2000 a.C., e isso para ele será o paraíso.

Eu vou chamar Kat para sair, e ela vai aceitar. Vamos ver um show do Moon Suicide e, em vez de conversarmos sobre cabeças congeladas, vamos só dançar. Vou descobrir que Kat dança muito mal. Nos degraus diante de seu edifício, ela vai me beijar uma vez nos lábios, e então entrará pela porta e desaparecerá no corredor escuro. Vou caminhar para casa e enviar uma mensagem de texto para ela no caminho. A mensagem terá apenas um número, um valor que deduzi sozinho após uma luta difícil com um livro de geometria: 40.000 km.

Vai ocorrer uma ruptura organizacional na base da Unbroken Spine. De volta a Nova York, o Primeiro Leitor vai ameaçar com ruína e decepção todos os outros que o desobedecerem. Para mostrar o que pretende, queima o *codex vitae* de Penumbra, e isso vai ser um terrível erro de cálculo. Os robes-negros vão ficar horrorizados e, finalmente, vão querer fazer uma eleição. Todos os encadernados vão se reunir em sua cripta subterrânea cheia de livros e erguer as mãos, um a um; Corvina vai ser removido do cargo de Primeiro Leitor. Ele vai continuar na presidência executiva da Festina Lente Company, onde os lucros são cada vez maiores, mas lá embaixo haverá outro Primeiro Leitor, Edgar Deckle.

Maurice Tyndall vai viajar para Nova York para começar a escrever seu *codex vitae*, e vou sugerir que ele peça para substituir Deckle como guardião da Sala de Leitura. Aquele posto merece um pouco de vitalidade.

Apesar de seu original ser destruído, o conteúdo do *codex vitae* de Penumbra estará seguro, e vou me oferecer para ajudar a publicá-lo.

Ele vai resistir.

— Talvez um dia, mas ainda não. Deixe que permaneça em segredo por enquanto. Afinal, meu rapaz — seus olhos azuis vão se estreitar e piscar —, você vai se surpreender com o que ler ali.

Juntos, Penumbra e eu vamos criar uma nova irmandade, na realidade, uma pequena empresa. Vamos convencer Neel a investir um pouco do que ganhou com o Google, e vamos descobrir que Fedorov tem milhões em ações da HP, então pode botar um pouco de dinheiro em nosso negócio também.

Penumbra e eu vamos nos sentar e discutir muitas vezes sobre que tipo de empresa seria melhor para nós dois. Outra livraria? Não. Algum tipo de editora? Não. Penumbra vai admitir que é mais feliz como guia e treinador, não estudioso ou especialista em códigos. Vou admitir que só quero uma desculpa para reunir todas as minhas pessoas favoritas na mesma sala. Então, vamos abrir uma consultoria: uma equipe de operações especiais para empresas que operam na intersecção de livros e tecnologia, tentando solucionar mistérios que se acumulam nas sombras das estantes digitais. Kat vai nos dar nosso primeiro contrato: projetar o sistema de anotações nas margens para o protótipo do leitor digital do Google, que é fino, leve e com uma superfície externa não de plástico, mas de tecido, como livros de capa dura.

Depois disso, vamos ter de andar por conta própria e Penumbra vai se revelar um craque em reuniões de apresentação de projetos.

Ele vai vestir um terno de tweed escuro e limpar os óculos, e entrará nas salas de reunião da Apple e da Amazon, olhará ao redor da mesa e dirá em voz baixa:

— O que vocês desejam desse encontro? — Seus olhos azuis, o sorriso marcante e (honestamente) a idade avançada vão deixá-los todos pasmos, cativados e totalmente vendidos.

Teremos um escritório pequeno na ensolarada Valencia Street, espremido entre uma loja de tacos e uma oficina de scooters, mobiliado com grandes mesas de madeira de uma feira de antiguidades e prateleiras verdes compridas da IKEA. As estantes estarão cheias dos livros favoritos de Penumbra, todos resgatados da loja: primeiras edições de Borges e Hammett, edições com ilustrações feitas a aerógrafo na capa de Asimov e Heinlein, cinco biografias diferentes de Richard Feynman. De vez em quando, com algumas semanas de intervalo, levamos os livros para fora da loja nas estantes com rodinhas e fazemos uma liquidação relâmpago surpresa à luz do sol e anunciada pelo Twitter em cima da hora.

Haverá mais gente além de mim e Penumbra nessas mesas. Rosemary Lapin vai se juntar a nós como a funcionária número um. Vou ensinar a ela a linguagem Ruby e ela vai construir nosso site. Então, vamos tirar Jad do Google e também usar o trabalho de Grumble.

Vamos chamar a empresa de Penumbra, só Penumbra, e a logomarca, criada por mim, usará, é claro, a fonte Gerritszoon.

Mas e quanto à Livraria 24 Horas do Mr. Penumbra? Por três meses ela ficará vazia com uma placa de ALUGA-SE na vitrine, pois ninguém vai saber o que fazer com aquele espaço alto e estreito. Então, por fim, alguém vai descobrir o quê.

Ashley Adams vai surgir no pequeno escritório da Telegraph Hill Credit Union vestida em grafite e creme, carregando uma carta de recomendação do cliente vivo mais antigo do banco. Ela vai descrever sua visão com a elegância e postura de uma profissional de RP.

Vai ser seu último trabalho como RP.

Ashley vai desmontar as prateleiras, reformar o piso, trocar a iluminação e transformar a livraria em uma academia de escalada. A salinha de descanso vai virar um vestiário. As estantes pequenas na frente vão se transformar numa fileira de iMacs nos quais os escaladores
poderão se conectar à internet (ainda pela *bootynet*). Onde antes ficava
a mesa da frente, haverá um balcão branco reluzente onde a encasacada (ou melhor, Daphne) vai arrumar outro emprego fazendo suco de
couve e bolinhos de risoto assados. As paredes da frente serão muito
coloridas: murais fantásticos pintados por Mat, todos com base nos
detalhes obtidos através das fotos com zoom da livraria. Se souber o
que procurar, vai encontrar: uma linha de letras, uma série de lombadas, um reluzente sino recurvado.

Lá no fundo, onde antigamente se erguia o Catálogo Pré-histórico,
Mat vai dirigir uma equipe de artistas jovens para construir uma enorme parede de escalada. Será um campo irregular verde e cinza pontilhado com LEDS dourados, tracejado com linhas azuis ramificadas e
os apoios para mãos e pés serão montanhas com topos nevados. Mat
não vai construir apenas uma cidade, desta vez, mas todo um continente, uma civilização virada de lado. E aqui, também, se souber o que
procurar, se souber desenhar as linhas entre os apoios, pode até ver
um rosto espiando da parede.

Vou entrar de sócio e voltar a escalar.

E, finalmente, vou escrever tudo o que aconteceu. Vou copiar uma parte do livro de registros, encontrar mais em e-mails e mensagens de
textos antigos, e reconstruir o resto de memória. Vou pedir a Penumbra que o leia, depois vou procurar uma editora e botá-lo à venda em
todos os lugares em que se encontram livros hoje em dia: grandes Barnes & Nobles, na maravilhosa Pygmalion, na lojinha silenciosa construída no Kindle.

Você terá esse livro em suas mãos e vai aprender junto comigo todas as coisas que aprendi: não existe imortalidade que não seja basea-
da em amizade e trabalho feito com capricho. Todos os segredos do

mundo que merecem ser conhecidos estão escondidos debaixo de nossos olhos. Levam 41 segundos para subir uma escada de três andares. Não é fácil imaginar o ano de 3012, mas isso não significa que você não deva tentar. Temos agora novas habilidades, poderes estranhos aos quais ainda estamos nos acostumando. As montanhas são uma mensagem de Aldrag, o Patriarca Wyrm. Sua vida deve ser uma cidade aberta, saiba quais são e deixe claros todos os modos de se entrar nela.

Depois disso, o livro vai desaparecer, como desaparecem todos os livros em sua mente. Mas espero que se lembre disso:

Um homem caminhando apressado por uma rua escura e deserta. Passos rápidos e respiração ofegante, maravilhado e ávido. Um sino acima de uma porta e seu tilintar. Um atendente e uma escada e uma luz dourada quente, e então: o livro exatamente certo, no tempo exatamente certo.